호주머니 속의
축제

A Moveable

Feast

어니스트 헤밍웨이
안정효 옮김

호주머니 속의 축제

A Moveable Feast

젊은 시절을 파리에서 보낸 행운을 누린 사람이라면 누구나 어디를 가더라도 그 추억을 평생 간직하고 살아간다네. 그건 파리라는 도시가 머릿속에 담아 가지고 다닐 수 있는 휴대용 축제나 마찬가지기 때문이지. ─어니스트 헤밍웨이(1950)

일러두기

원발음을 살리려는 의도로 외래어 표기법을 적용하지 않은 표현이 더러 있다.

차례

충분히 그럴 만한 이유가 있었기에 여러 장소와 사람들, 보고 느낀 것들과 머리에 남았던 어떤 인상들은 이 책에 담지를 않았다. 어떤 것들은 비밀이기 때문이고, 어떤 것들은 누구나 다 알고 있으며 많은 사람들이 그런 얘기를 이미 글로 썼을 뿐더러 앞으로도 쓸 사람들이 있겠기 때문이다.

나무 밑에 늘어놓은 식탁에서 권투 선수들이 웨이터 노릇을 했으며 정원에다 링을 설치했던 아나스타지 경기장 얘기는 하나도 하지 않겠다. 캐나다의 흑인 권투 선수 래리 게인스와의 연습 시합이나 겨울곡예극장에서 열렸던 굉장한 20회전 얘기도 마찬가지다. 그리고 야구 선수 찰리 스위니, 언론인 빌 버드 그리고 미국 화가 마이크 스트레이터도 언급하지 않겠고, 프랑스 화가 앙드레 마송이나 에스파냐 화가 후안 미로 같은 다정한 친구들 얘기도 역시 빼놓았다. 우리들이 슈바르츠발트로 여행을 갔거나 파리 근처의 숲을 당일치기로 즐겨 다녀오던 얘기도 여기에는 없다. 그런 모든 얘기를 이 책에 담았더라면 좋았겠지만, 지금은 그냥 넘어가는 수밖에 없다.

독자들이 우기겠다면, 이 책을 소설이라고 불러도 상관없다. 어쨌든 이런 소설책이 때로는 사실대로 써 놓은 얘기에 새로운 시각을 부여하기도 한다.

1960년 쿠바의 샌프란시스코 드 파울라에서

어니스트 헤밍웨이

어니스트는 이 책의 집필을 1957년 가을 쿠바에서 시작했고, 이듬해 겨울 동안 아이다호의 케첨에서 계속했으며, 1959년 4월 우리들이 에스파냐로 갔을 때 원고를 가지고 갔다가 쿠바를 거쳐 그해 늦가을에 케첨으로 다시 가져갔다. 그는 1959년 에스파냐의 투우계에서 안토니오 오르도네스와 루이스 미겔 도밍긴이 벌인 치열한 경쟁을 소재로 삼은 다른 책 『위험한 여름(The Dangerous Summer)』을 집필하는 동안 손을 떼었다가 1960년 봄 쿠바에서 원고를 끝냈다. 그리고 1960년 가을 케첨에서 일부 내용을 고쳐 썼다. 이 책은 1921년부터 1926년까지 파리에서 보낸 시절을 회고한 얘기다.

메리 헤밍웨이

생-미셸 광장의 멋진 카페

그리고 나쁜 날씨도 문제였다. 가을이 끝나면 어느 날 슬그머니 궂은 날씨가 닥쳤다. 우리들은 밤이면 비가 들이치지 않도록 창문을 닫아야 했고 콩트르스카르프 광장의 나무들은 찬바람에 잎사귀가 떨어져 날아갔다. 낙엽은 빗물에 촉촉하게 젖어 땅바닥에 깔렸고 빗발은 바람에 불려 정거장의 커다란 초록빛 버스를 후려쳤으며 데자마퇴르 카페에는 사람들이 붐벼서 내부의 열기와 담배 연기로 창문들이 부옇게 흐렸다. 초라하고 장사 솜씨가 엉망인 카페에서는 동네 술꾼들이 한데 어울렸는데, 그들 몸에서 나는 더러운 냄새와 술에 찌든 퀴퀴한 냄새가 싫어서 나는 그곳을 별로 드나들지 않았다. 데자마퇴르를 단골로 드나드는 남자들과 여자들은 보통 반 리터나 1리터씩 포도주를 사서 다 마실 때까지 죽치고 앉아 시간을 보냈으며, 호주머니 사정만 넉넉하면 하루 종일 취해서 빈둥거렸다. 술집에서는 이름이 묘한 여러 가지 안주를 선전했지만 술친구들을 합석시키려고 유인할 때 외에는 그런 안주를 사 먹을 여유를 부릴 사람이 거의 없었다. 여자 술꾼들은 푸아브로트(poivrotte)라고 불렀는데, 그 말은 여자 주당이라는 뜻이다.

데자마퇴르 카페는 무프타르 거리에서 똥통으로 악명을 떨쳤는데, 사람들이 붐벼 비좁고 친근한 장터 거리 몽프타르를 빠져나가면 콩트르스카르프 광장이 나왔다. 낡은 공동 주택들은 층마다 계단 옆에 구식 공동 변소를 하나씩 두었는데, 쭈그리고 앉아서 일을 봐야 하는 세입자들이 미끄러지지 않도록 변기통 구멍 양쪽 옆으로 하나씩 신발 모양으로 돋운 시멘트 디딤대를 두 개 만들어 놓았으며, 밤이면 말이 끄는 똥차가 와서 분뇨 수집통으로 떨어진 배설물을 펌프로 퍼내었다. 창문을 모두 열어 놓아야 하는 여름철이면 우리들은 펌프질 소리를 억지로 들어야 했고 악취 또한 대단했다. 분뇨차들은 갈색과 샛노랑으로 칠했으며 카르디날 르무안 거리에서 달빛을 받으며 사람들이 작업을 할 때면 바퀴가 달리고 말이 끄는 원통들이 브라크의 그림처럼 보였다. 하지만 데자마퇴르의 분뇨통은 아무도 퍼내지를 않았고, 공공장소에서의 음주에 대한 법의 규칙과 처벌을 알리는 빛바랜 경고문은 파리가 쉬를 슬었고, 악취를 풍기며 줄기차게 드나드는 손님들은 술집 벽에 붙인 경고문 따위는 거들떠보지도 않았다.

차가운 첫 겨울비가 내리면 도시의 온갖 서글픔이 한꺼번에 갑자기 밀어닥쳤고, 길거리를 걸어가노라면 하얗고 높다란 집들의 꼭대기는 더 이상 보이지를 않았고, 시커멓고 축축한 길거리, 조그마한 가게들의 잠긴 문, 약초 장수들, 문방구와 신문 판매대, 싸구려 돌팔이 산파 그리고 베를렌이 죽은 곳이자 내가 꼭대기 층에다 방을 하나 얻어 작업을 하던 호텔이 눈에 띄었다.

꼭대기까지는 여섯 층이나 여덟 층을 올라가야 했고 날씨는 무척 추웠으며, 나는 방 안을 따뜻하게 하기 위해서 꼭 사야 하는 불쏘시개 잔가지 한 단과 불쏘시개에서 불을 붙이도록 연필 반 토막만 하게 소나무를 잘라 철사로 묶은 몽땅한 장작과 반쯤 말린 딱딱한 나무 한 꾸러미의 값이 얼마인지를 알았다. 그래서 나는 저만치 길을 걸어 내려가 혹시 어느 굴뚝에 불을 때고 연기가 어떻게 피어오르는지를 알아보기 위해 빗속에서 지붕을 올려다보았다. 연기는 어디에서도 오르지 않았기에 나는 '굴뚝에 냉기가 차 불기를 빨아올리지 못할 테고 방 안은 연기가 가득하고 땔감은 낭비가 되고, 따라서 돈도 그냥 없어지는구나 하는 생각을 하고는 비를 맞으며 계속해서 걸었다. 나는 앙리 4세 고등학교와 고색이 창연한 생-에티엔-뒤-몽 성당과 비바람이 휩쓸어 대는 뒤 팡테옹 광장을 지나 추위를 피해 오른쪽으로 방향을 꺾어 계속 걸어가 바람을 등지고 마침내 생-미셸 대로 쪽으로 나가 클뤼니 수도원과 생-제르맹 거리를 내려가 마침내 생-미셸 광장에서 내가 가장 잘 아는 아늑한 카페에 이르렀다.

그곳은 쾌적한 카페여서 따뜻하고 깨끗하고 분위기가 정겨운 곳이었으며, 나는 낡은 방수복을 말리려고 옷걸이에 걸어 놓고는, 찌들고 낡아 빠진 중절모를 긴 의자 위쪽 모자걸이에 얹고는 카페오레를 시켰다. 웨이터가 커피를 가져왔고 나는 저고리 호주머니에서 공책과 연필을 꺼내 글을 쓰기 시작했다. 미시간 시절의 얘기를 썼는데, 그날은 사납고 춥고 바람이 심한 날이었으므로 소설 속에서도 그런 날씨였다. 나는 어릴 적과 소년 시절과 청년기에 가을이 끝나는 계절을 이미 겪었고, 그런 얘기는 더 잘 써지는 장소가 따로 있었다. 그런 현상은 자아의 이식(移植)이라고 해야 옳을 듯싶은데, 자라나는 온갖 다른 생명들에게 모두 그렇겠지만 사람들에게도 분갈이가 필요하리라고 나는 생각했다. 하지만 소설에서는 청년들이 술을 마시는 중이었기에 나는 갈증이 나서 세인트 제임스 럼주를 한 잔 주문했다. 추운 날에는 기막힌 럼주의 맛에 기분이 아주 좋아졌고 훌륭한 마르티니크 럼주가 내 몸과 마음을 속속들이 데워 주는 기분을 느끼며 계속해서 글을 썼다.

젊은 여자가 혼자 카페로 들어와서는 창가 탁자에 앉았다. 그녀는 아주 예뻤으며, 피부가 매끄러웠는데, 비를 맞아 생기가 도는 피부로 동전을 찍어낼 수야 없겠지만 그녀의 얼굴은 갓 찍어낸 동전처럼 신선했고, 까마귀의 날개처럼 새까만 머리카락은 뺨 위로 비스듬히 산뜻한 선을 그었다.

그녀를 보자 내 마음은 설레고 무척 흥분되었다. 나는 그녀를 소설에 등장시키거나 어디론가 데리고 가고 싶었지만, 그녀는 길거리와 들어오는 사람들을 지켜보기에 편한 자리를 잡았으므로 누구인가를 기다린다는 생각이 들었다. 그래서 나는 계속 글을 썼다.

소설은 제멋대로 전개되었고 나는 그 얘기를 뒤따라가기가 힘이 들었다. 세인트 제임스 럼주를 또 한 잔 시키고는 술잔을 올려놓은 받침 접시에 오그라든 연필 나무껍질을 떨구며 연필깎이로 연필을 깎을 때마다 그리고 머리를 들 때마다 나는 여자를 쳐다보았다.

아름다운 여인아, 나는 그대를 보았고, 누구를 기다리는지 모르겠으며 다시는 만나지 못한다 하더라도 이제 그대는 나의 여인이라고 나는 생각했다. 그대는 내 소유이고, 파리도 모두 내 소유이고, 나는 이 공책과 이 연필의 소유다.

그러고는 다시 계속해서 글을 썼으며 나는 소설 속에 깊이 파묻혀 몰입하게 되었다. 이제는 소설이 저절로 전개되는 것이 아니라 내가 쓰는 상태였으며 나는 머리를 들지도 않았고 시간에 대한 의식도 전혀 없어져 내가 어디에 있는지조차 생각하지 않았고 럼주를 더 시키지도 않았다. 나는 왜 그런지 따져 보지도 않고 어느새 그냥 럼주에 싫증이 났다. 그러자 소설은 끝났고 무척 피로했다. 나는 마지막 구절을 읽어 보고는 머리를 들어 여자를 찾아보았는데, 그녀는 사라지고 없었다. 그녀가 훌륭한 남자와 같이 나갔으면 좋겠다고 생각했다. 하지만 마음은 슬펐다.

나는 공책에 적은 소설의 마무리를 지어 속주머니에 넣고는 웨이터에게 백포도주 반 병과 굴을 한 그릇 달라고 했다. 나는 단편 소설을 하나 쓰고 나면 항상 성교를 한 다음처럼 허전하고 기쁘면서도 서글펐는데, 이튿날 다시 읽어 봐야만 얼마나 훌륭한지를 진실로 알겠지만, 아주 멋진 작품을 하나 썼다는 느낌이 들었다.

바다의 맛이 강렬한 굴을 먹자 약간 금속성 맛도 났지만 백포도주를 마시면서 그 맛은 사라지고 바다의 맛과 상큼한 감촉만 남았으며, 껍질에 남은 차가운 즙을 하나씩 마시고 포도주의 상큼한 맛으로 입가심을 하면서는 허전한 기분을 잊고 마음이 즐거워져 계획을 세우기 시작했다.

이제 날씨가 험해졌으니 우리들은 얼마 동안 파리를 떠나야 하고, 이 궂은비가 눈으로 바뀌어 소나무들 사이로 내려 길과 높은 산등성이를 뒤덮고 쌓여서, 우리들이 밤에 집으로 걸어가노라면 발밑에서 뽀드득 소리가 나는 고지대로 가야 할 때가 되었다. 스위스의 레자방 밑에는 임대료가 마음에 드는 오두막 별장이 있으니까 우리들은 함께 그곳으로 가서 책을 읽겠고 밤이면 포근한 침대에 나란히 누워 창문들을 열어 놓으면 별들이 밝게 빛나리라. 우리들이 갈 곳은 그곳이다. 삼등 기차로 여행하면 돈은 많이 들지 않는다. 하숙집 임대료는 파리에서 드는 돈보다 그다지 비싸지 않았다.

나는 작품을 쓰느라고 얻은 호텔 방은 포기해야 되겠고, 카르디날 르무안 74번지의 얼마 안 되는 월세만 해결하면 될 일이었다. 토론토의 신문에 기사를 보냈으니까 수표가 도착할 예정이었다. 신문에 기고할 글은 어떤 곳, 어떤 환경에서라도 쓸 수가 있으며, 우리들에게는 여행 경비가 있었다.

미시간에 대한 글을 파리에서 써냈듯이 아마도 파리에서 멀리 떠나면 나는 쉽게 파리 얘기를 쓸지도 모른다. 나는 아직 파리를 잘 알지 못했으므로 그러기에는 너무 이르다는 사실은 알 길이 없었다. 하지만 결국 일이 그렇게 돌아간 셈이다. 어쨌든 아내만 좋다고 하면 우리들은 떠날 터였고, 나는 굴과 포도주를 다 비우고는 카페에서 계산을 치른 다음에 언덕 꼭대기에 있는 공동 주택으로 가는 가장 빠른 길을 택하여 가파른 생트 주느비에브 비탈을 오르느라고 빗발을 무릅써야 했지만, 이제는 그까짓 비쯤이야 한 지역의 날씨에 지나지 않으며 사람의 인생을 몽땅 바꿔 놓을 일은 아니라고 생각했다.

"정말 신날 것 같아, 테이티[1]." 아내가 말했다. 그녀의 얼굴은 다정다감함의 귀감이었으며, 무언가 결정되면 마치 값비싼 선물이라도 받은 듯 두 눈과 미소가 밝아졌다. "언제 떠날 생각인데?"

---

1 어니스트의 애칭

"당신이 좋다면 언제라도 괜찮아."

"아, 난 당장 여길 떠나고 싶어. 몰랐어?"

"우리들이 돌아올 때쯤이면 날씨도 맑고 좋아지겠지. 추위도 날씨만 맑으면 아주 좋아."

"틀림없이 그럴 거야. 당신도 떠날 생각을 했다니, 참 잘했어."

스타인 여사의 가르침

우리들이 파리로 돌아왔을 때는 날씨가 맑고, 춥고, 쾌적했다. 도시는 겨울을 맞는 채비를 갖춰서 우리 집 길 건너편 장작과 석탄을 파는 가게에서는 질이 좋은 땔나무를 준비해 놓았고, 여러 훌륭한 카페에서는 밖에다 난로를 피워 테라스에 나가도 따뜻하게 시간을 보낼 수가 있었다. 우리들이 사는 아파트먼트도 따뜻하고 상쾌했다. 우리들은 장작불 위에다 석탄 가루를 달걀 모양으로 갠 조개탄을 피웠고 길거리에서는 겨울이 아름답게 빛났다. 이제는 하늘을 배경 삼아 앙상하게 드러난 나무들이 눈에 익었고, 산뜻하게 씻긴 뤽상부르 공원의 자갈길을 걸으면 날카로운 바람이 쾌청했다. 눈에 익기만 하면 잎이 진 앙상한 나무들이 조각품같이 보였으며 호수의 표면을 스쳐 겨울바람이 불었고 분수의 물줄기가 눈부신 빛을 받으며 나부꼈다. 산에서 지내고 온 다음이라 모든 거리가 짧아진 기분이었다.

고도가 달라졌기 때문에 나는 언덕들의 높이를 의식하지 않았고, 어쩌다 의식하더라도 오히려 기쁨을 느꼈으며, 내가

20

작업실로 쓰는 방이 있는 호텔의 꼭대기층으로 올라가 동네의 높은 언덕에 늘어선 수많은 굴뚝과 지붕을 내다보는 즐거움 또한 컸다. 방 안의 벽난로는 불이 잘 들었고 일을 하면 따뜻해서 기분이 좋았다. 나는 종이 꾸러미에 싼 귤과 군밤을 작업실로 가져다가 작은 밀감 같은 오렌지를 벗겨 먹으면서 불에다 껍질을 던지고 씨를 뱉었으며, 배가 고파질 때마다 귤과 군밤을 주워 먹었다. 걸어서 오가느라 힘이 들고 날씨가 추워서, 그리고 일을 한 다음이면 나는 항상 배가 고파지고는 했다. 방으로 올라가면 우리들이 산에서 가져온 앵두 술이 한 병 있어서, 소설이 하나 끝나 가거나 하루의 일을 끝마칠 때쯤 되면 나는 그것을 꺼내 한잔 마셨다. 하루 일과가 끝나고 나면 나는 공책이나 원고지를 책상 서랍에 넣어두고 혹시 귤이 남았으면 호주머니에 챙겨 넣었다. 방 안에 밤을 그냥 놓아두면 얼어 버리는 까닭이었다.

일이 잘 풀려 좋은 글을 썼다는 생각이 드는 날이면 한참 층계를 걸어 내려갈 때의 기분이 아주 좋았다. 나는 무언가 성취감이 들고 보람을 느낄 때까지 작업을 했고 다음에 이야기가 어떻게 전개될지 확실히 방향이 잡힐 즈음에 일을 끝냈다. 그러면 이튿날 분명히 순조롭게 일을 계속할 준비가 갖추어진다. 하지만 가끔 새로운 작품을 시작하려는데 일이 제대로 진전이 되지 않으면 나는 불가에 앉아 작은 귤의 껍질을 쥐어짜서 불의 언저리에다 즙을 떨구고는 파란 불똥이 후드득거리며 튀는 광경을 지켜보았다. 나는 가끔 창가에 멀거니 서서 파리의 지붕들을 내다보며 이런 생각을 했다. '걱정을 하면 안되지. 전에도 줄곧 글을 써 왔으니까 지금도 쓰는 덴 문제가 없을 거야. 내가 해야 할 일이라고는 참된 문장 하나를 쓰는 것뿐이야. 내가 아는 가장 진실한 문장을 하나 써야 해.' 그리하여 마침내 나는 참된 문장 하나를 쓰면, 거기서부터 일이 저절로 풀려 나간다. 그러면 내가 알았거나, 겪었거나, 누가 하는 말을 들었던 하나의 참된 문장은 항상 있기 마련이어서 일이 쉬워진다. 혹시 말을 일부러 지어내거나, 누가 무엇을 소개하고 제시하듯 글을 시작했다는 사실을 깨닫게 되면 나는 억지로 꾸민 상투적인 표현이나 장식적인 구절은 가차 없이 잘라내 버리고, 내가 써 놓은 참되고 간결하고 명료한 문장을 가지고 다시 글을 시작한다. 꼭대기 작업실에서 나는 내가 잘 아는 여러 소재들에 대하여 작품을 하나씩만 써야겠다고 결심했다. 나는 항상 그런 식으로 글을 쓰려고 노력했는데, 힘겹지만 훌륭한 수련 방식이었다.

하루의 글쓰기를 마친 다음부터 이튿날 재개하게 될 때까지는 내가 쓰는 작품에 대해서 아무 생각을 하지 않도록 스스로 길을 들인 것도 역시 그 방에서였다. 그렇게 함으로써 내 잠재의식이 그 작품을 저절로 발전시키는 동안에 나는 다른 사람들의 얘기에 귀를 기울이고 온갖 사물들을 의식하게 되기를 바랐고, 그럼으로써 무엇인가 배우기를 바랐으며, 내 작품에 신경을 쓰지 않고 무감각한 상태에 이르기 위해 책을 읽고는 했다. 훈련뿐 아니라 운도 따라 줘야 하는 일이었지만, 흡족하게 일을 하고 난 다음 층계를 내려가면 기분이 흐뭇했고, 그러고 나서는 홀가분한 마음으로 파리의 아무 곳으로나 산책을 나갔다.

오후에 뤽상부르 공원으로 가는 여러 다른 길거리를 따라 걸어 내려가서, 공원을 지난 다음에 나는 지금은 대부분 루브르나 죄 드 폼 국립 미술관으로 옮겨 놓은 위대한 그림들을 전시했던 뤽상부르 미술관에 다다르고는 했다. 나는 세잔의 작품들과 마네와 모네의 그림들 그리고 시카고의 현대 미술관에서 처음 접했던 다른 인상파 그림들을 보려고 거의 날마다 그곳으로 갔다. 내가 세잔의 그림에서 깨우친 바는 단지 간결하고 참된 문장들을 쓴다고 해서 내가 함축하려고 애쓰던 차원의 크기로 작품들을 다듬어 내기란 역부족이리라는 사실이었다. 그에게서 배운 점이 아주 많았지만 나는 그것이 무엇인지를 누구에게도 설명할 만큼 표현력이 정확하지 못했다. 더구나 그것은 남들에게 얘기하면 안 되는 비밀이기도 했다. 하지만 어쩌다가 뤽상부르에 불이 꺼진 경우에는 공원을 지나쳐 걸어 올라가서는 거트루드 스타인이 기거하는 플뢰뤼스 거리 27번지 작업실을 찾았다.

언젠가 아내와 내가 스타인 여사를 찾아갔을 때, 그녀와 함께 사는 친구가 무척 상냥하고 다정하게 우리들을 대해 주었는데, 우리들은 위대한 미술 작품들이 걸린 그녀의 널찍한 작업실이 퍽 마음에 들었다. 최고 수준의 미술관에 마련된 가장 훌륭한 전시실을 방불케 하는 데다가 커다란 벽난로까지 있어서 따뜻하고 아늑했으며, 맛좋은 간식과 차, 자줏빛 자두와 노랑 자두, 산딸기로 발효한 술까지 내놓았다. 과일주들은 향기롭고 빛깔이 없는 술이었으며, 무늬를 새긴 작은 유리잔에 따라서 주었는데, 오얏 술이거나 노랗고 향기로운 미라벨 자두 술이거나 나무딸기로 만든 것이거나 간에 하나같이 본디 과일 맛이 그대로 났고, 혀에 닿으면 불처럼 화끈거리며 온몸을 훈훈하게 덥혀 긴장을 풀어 주었다.

스타인 여사는 덩치가 무척 컸지만 키는 크지 않았고, 시골 아낙네처럼 몸집이 단단했다. 그녀는 눈이 아름다웠고

프리울리[2] 사람을 연상시키기도 하는 독일계 유대인의 골격이 얼굴에 뚜렷했는데, 그녀를 보면 대학 시절에도 아마 똑같은 방법으로 치켜 올렸을 듯싶은 숱이 많고 경쾌하고 예쁜 외국식 머리와 더불어, 옷차림과 감정의 표현이 풍부한 용모에서 북부 이탈리아의 농촌 여자가 머리에 떠올랐다. 대화는 항상 그녀가 주도했으며, 처음에는 사람들이나 여러 장소를 내용으로 얘기를 시작했다.

그녀의 동거인은 목소리가 무척 명랑했으며, 키가 작고, 아주 가무잡잡한 피부에 머리는 부테 드 몽벨[3]의 그림에 나오는 잔 다르크처럼 잘랐고, 매부리코가 상당히 심했다. 처음 만났을 때 그녀는 레이스를 뜨고 있었으며, 뜨개질을 하면서도 음식과 술시중을 들고 내 아내와 얘기를 나누었다. 그녀는 한 사람과 대화를 하면서 두 사람의 얘기를 동시에 들었는데, 말을 알아듣기 힘든 사람의 대화는 자주 중단시켰다. 나중에 그녀는 나에게 자기가 항상 아내들과의 대화를 담당한다고 설명했다. 나와 아내는 우리가 함께 가면 그들이 별로 달가워하지 않는다고 느꼈다. 하지만 우리들은 스타인 여사와 그녀의 친구를 좋아했는데, 그래도 어쨌든 친구를 무섭게 느꼈으며, 집안에 걸린 그림들과 케이크와 화주(火酒)는 정말로 훌륭했다. 그들 또한 우리들을 좋아하는 것 같았고, 우리 부부를 아주 얌전하고 착실하고 장래가 촉망되는 아이들처럼 대했으며, 우리가 사랑하며 결혼한 사이라는 사실을 세월이 지나면

---

2   Friuli. 이탈리아 동북부 지방의 자치구로 독특한 문화와 역사적 배경을 간직해 온 곳.

3   Louis-Maurice Boutet de Monvel(1850~1913). 아동 도서에 수채화로 삽화를 그린 독보적인 프랑스 화가.

다 이해가 될 일이기 때문에 봐준다고[4] 느꼈고, 차를 마시러 오라는 내 아내의 초대에 그들은 응했다.

우리 아파트먼트로 찾아온 그들은 우리들을 훨씬 좋아하게 되었다는 인상을 주었는데, 아마도 장소가 비좁아 서로 훨씬 바싹 붙어 앉았어야 했기 때문인 듯싶었다. 스타인 여사는 마룻바닥에 놓인 침대에 앉아서 내가 써 놓은 글들을 보여 달라더니 몇 편은 마음에 들지만 「미시간에서」[5]라고 제목을 붙인 작품만큼은 신통치 않다고 그랬다.

"쓰기는 잘 썼어. 그건 전혀 왈가왈부할 문제가 아냐. 하지만 이건 inaccrochable[6]해. 그건 화가가 그려 놓기는 했지만 전시회를 열어도 내놓지를 못하고 고객들이 차마 집으로 가져다 걸지 못할 테니까 아무도 사지 않는 그림이나 마찬가지라는 뜻이야." 그녀가 말했다.

"하지만 그게 추잡한 내용이 아니고, 사람들이 실제로 사용하는 어휘들을 그대로 쓰려는 시도에 지나지 않는다면 어때요? 작품의 내용을 실감나게 전달할 어휘는 그것뿐이어서 꼭 그 말을 써야만 한다면 말예요. 그렇다면 사용해야 되겠죠."

그녀가 대답했다. "무슨 얘기인지 전혀 알아듣지를 못하는구먼. 내놓지 못할 글은 하나도 쓰지 말아야 한다는 거야. 그래 봤자 소용없는 짓이니까. 어리석은 짓이고, 옳지도 못한 일이지."

그녀 자신은 월간지 《애틀랜틱》에 글을 발표할 생각이었

---

4 동성애자 스타인 여사가 이성 간의 사랑이 얼마나 가겠느냐고 깔보았다는 뜻.

5 Up in Michigan. 1921년에 쓴 단편 소설.

6 프랑스어로 걸어 놓기가 불가능하다는 뜻.

고, 꼭 그렇게 되리라고 나에게 말했다. 그녀는 내가 《애틀랜틱》이나 《새터디 이브닝 포스트》에 실릴 만큼 훌륭한 작가는 되지 못하지만, 내 나름대로 어떤 새로운 유형의 작가로 성장할 가능성도 없지는 않으니까 우선 내놓지 못할 작품을 쓰면 안 된다는 점부터 잊지 말라고 그랬다. 나는 그 말을 반박하지도 않았고 대화체에 내가 어떤 의도를 품고 있는지도 구태여 설명하지 않았다. 그것은 내가 알아서 할 일이었고 차라리 그녀가 하고 싶어 하는 얘기를 듣는 편이 나로서는 훨씬 흥미로웠다. 그날 오후에 그녀는 어떻게 그림을 사는지에 대해서도 얘기했다.

"옷을 사느냐, 그림을 사느냐 어느 한쪽을 골라잡아야 해. 간단한 거야. 별로 돈이 많지 않은 사람이 두 가지를 다 할 수는 없어. 옷에는 신경을 쓰지 않고 최신 유행 따위 또한 신경을 쓰지 말고, 그저 편하고 질긴 옷만 산다면 그림을 살 돈이 생기지."

"하지만 아무리 옷을 사지 않는다고 해도, 내가 원하는 피카소 그림을 살 만큼 넉넉한 돈을 모을 수는 없어요." 내가 대답했다.

"그래. 자네로선 엄두도 못 낼 일이지. 나이가 비슷한 사람들, 그러니까 군대를 같이 나간 또래 사람들의 그림을 사야 해. 그 사람들을 찾아내긴 어렵지 않아. 이 주변을 돌아다니면 쉽게 만날 수 있을 테니까. 진지하고 훌륭한 신인 화가들이란 어디든지 있기 마련이야. 하지만 옷을 많이 사는 사람은 자네가 아냐. 항상 자네 아내 쪽이지. 여자들의 옷이 비싸니까 그래."

아내는 스타인 여사가 걸친 이상하고 값싼 옷에 눈길을

주지 않으려고 애를 썼는데, 그리 어렵지는 않은 일이었다. 내 짐작으로는 돌아갈 때쯤에도 그들은 아직 우리 부부에게 호감을 잃지 않았으며, 우리는 플뢰뤼스 27번지로 또 놀러 오라는 초대를 받았다.

겨울에는 오후 5시 이후라면 언제라도 작업실로 놀러와도 좋다는 초청을 받은 것은 그보다 나중 일이었다. 내가 스타인 여사를 처음 만난 것은 뤽상부르에서였다. 그녀가 개를 데리고 산책을 나왔었는지, 그 무렵 개를 기르기나 했는지는 기억나지 않는다. 내가 혼자 산책을 하던 중이었다는 사실만큼은 확실한데, 그때 우리는 개는커녕 고양이도 기를 경제적인 여유가 없었고, 내가 아는 고양이들이라면 카페나 작은 식당에서 어슬렁거리는 놈들과 관리인 사무실의 창문 너머로 구경하던 커다란 고양이들이 고작이었다. 나중에는 개를 데리고 산책 나온 스타인 여사를 뤽상부르 공원에서 자주 만났지만, 처음 알았을 때는 분명히 그녀가 개를 기르기 전이었다.

개야 어떻든 간에 나는 그녀의 초청을 받아들였고, 작업실에 들르는 버릇이 생겼으며, 그녀는 항상 나에게 천연 화주를 주면서 자꾸만 잔을 채우도록 권했고, 나는 그림들을 구경했고, 우리들은 얘기를 많이 나누었다. 그림들은 훌륭했고 대화 내용도 아주 훌륭했다. 얘기는 거의 그녀가 다 했으며, 그녀는 현대 미술과 화가들에 관한 얘기를 했는데, 화가로서보다는 그들의 인간적인 측면에 관한 내용이 더 많았고, 자신의 작풍에 대해서도 얘기를 했다. 그녀는 자기가 쓰고 동거인이 날마다 타자를 친 원고 여러 권을 보여 주었다. 그녀에게는 날마다 글을 쓰는 일이 기쁨이었지만 그녀를 더 잘 알게 된 다음에는 그녀가 행복해지려면, 나날의 정력에 따라 생산량이 다르기는 했어도 날마다 줄기차게 써내던 작품들이 발표되고 그녀가 인정을 받아야 한다는 조건이 필수적이라는 사실을 깨닫게 되었다.

　누구에게나 이해가 갈 만큼 난해하지 않은 작품 세 편이 이미 단행본으로 발표된 이후였기에 내가 처음 그녀를 알았을 때는 그것이 심각한 문제는 아니었다. 그녀의 실험적인 성향을 보여 주는 글쓰기의 본보기들이 책으로 출판되자 스타인 여사를 만났거나 아는 문학 비평가들로부터 호평이 쏟아졌고, 그 작품들 가운데 하나인 「멜랑타(Melanctha)」는 특히 훌륭했다. 개성이 어찌나 뚜렷한지 그녀는 누구라도 자기편으로 끌어넣고 싶을 때면 상대방을 꼼짝도 못 하게 만들었으며, 그녀를 만났거나 사진을 본 비평가들은, 스타인 여사의 강렬한 개성에 도취된 데다 그녀의 판단력을 워낙 신뢰한 까닭에 이해할 수조차 없는 난해한 작품을 그저 믿고 받아들였다. 또한 그녀는 어휘의 반복과 운율에 대한 여러 가지 규칙을 찾아냈는데, 타당하고 귀중한 그런 공식들을 만인에게 납득시키는 솜씨 또한 대단했다.

　하지만 그녀가 쓴 글을 남들에게 이해가 가도록 손질해야 하는 의무적인 일이나 퇴고의 고역을 치르지 않으면서 날마다 집필을 계속하며 창작의 행복감만 누리던 스타인 여사에게는 작품이 출판되고 정식으로 인정을 받는 절차를 거쳐야 하는 필요성이 절실해졌는데, 믿어지지 않을 정도로 방대한 소설 『어느 미국인 가족의 탄생(The Making Of Americans)』의 경우가 특히 그러했다.

　이 책은 멋지게 시작하여 굉장히 찬란한 재능을 번득이며 상당히 긴 부분에 걸쳐 아주 훌륭하게 전개되었지만, 그다음에는 조금만 더 양심적이고 부지런한 작가라면 휴지통에 버렸어야 할 만큼 한없이 반복만 계속되었다. 내가 그 책의 사정을 아주 잘 알게 된 까닭은 《트랜스어틀랜틱 리뷰》[7]에 연재하도록 포드 매독스 포드에게 주선한 사람이 나였기 때문이었는데, 잡지가 폐간된 이후까지도 작품이 종결되지 않으리라는 사실이 분명했으므로 내가 한 부탁은 차라리 강요라고 했어야 맞는 표현이었다. 뒤처리 작업은 스타인 여사가 즐기지 않는 일이었기에 잡지에 발표를 하기 위해서 나는 그녀의 작품을 도맡아 교정을 봐 주어야 했다.

　　관리인의 숙소와 냉랭한 마당을 지나 따뜻한 작업실로 찾아 들어간 그 추운 날 오후에는 여러 해가 지난 다음에 닥쳐올 그런 일들을 나는 알지 못했고, 스타인 여사는 그날 나에게 성생활에 대한 교육을 시켰다. 그 무렵 우리들은 서로 무척 친한 사이였고, 이해하지 못하는 그녀의 모든 얘기에는 무언가 배워야 할 값진 비밀이 담겨 있을지 모른다는 생각을 나는 얼마 전부터 해 온 터였다. 스타인 여사는 나를 요즈음 사고방식으로 보자면 성에 대해서 고지식한 편견이 심한 사람이라고 했는데, 나는 동성애에 대해서는 상당히 원시적인 양상들을 잘 알았으므로 어느 정도 편견을 가지고 있었음을 인정해야 옳겠다. 늑대라는 표현이 여자들을 집요하게 쫓아다니는 남자들을 일컫는 속어로 등장하기 이전의 시절에 소년 시절을 보낸 남자라면 깡패들과 어울릴 때 칼을 지니고 다녀야 하는 이유와 필요하다면 사용해야 된다는 사실을 잘 알았다. 나는

7　　The Transatlantic. 파리에서 발간된 월간 문학지로 포드 매독스 포드가 편집장이었다.

캔자스 시티 시절에 점잖지 못한 어휘와 표현 들을 많이 배웠고, 그 도시의 여러 곳과 시카고와 호수의 놀잇배에서 벌어지는 행태를 잘 알았다. 꼬치꼬치 캐묻는 스타인 여사에게 나는 소년 시절에 어른들과 어울려 다니다 보면 사람을 죽일 각오가 되어 있고, 어떻게 죽이는지를 진짜로 알아야 하고, 시달림을 받지 않으려면 기꺼이 그래야 했다는 현실을 열심히 설명했다. 그런 말은 함부로 입에 올릴 만한 내용이 아니었다. 만일 누구를 죽이겠다는 마음을 먹게 되면 상대방은 아주 빨리 눈치를 채고 귀찮게 굴지 않기는 하지만, 억지로 행동을 하거나 함정에 빠지지 않도록 스스로 처신을 해야 할 상황들도 있었다. 나는 뱃놀이를 할 때 늑대들이 사용하던 점잖지 못한 어휘를 동원해서 내 생각을 훨씬 생생하게 표현할 수도 있었다. "그야 뭐 째진 구멍도 괜찮을지 모르지만 진짜는 따로 있지." 하지만 참된 어휘들이 하나의 편견을 더 잘 표현하거나 명확하게 나타낼 수가 있는 경우라도 스타인 여사가 있는 자리에서는 항상 말을 삼갔다.

"그래, 맞았어, 헤밍웨이. 하지만 자넨 범죄자들과 타락한 자들의 무리 속에서 살았잖아." 그녀가 말했다.

나는 현실 세계에 살았으며 거기에는 온갖 사람들이 있었고, 비록 어떤 자들은 좋아할 수가 없고 아직도 증오하더라도 그들을 이해하려고는 노력했다고 믿었지만, 그녀의 말을 반박하고 싶지 않았다.

"하지만 행실이 기막히게 점잖고 이름 높은 노인이 이탈리아의 병원으로 나를 문병까지 오고 마르살라 포도주나 캄파리 과일주를 가져다주며 빈틈없이 처신했지만, 어느 날 내가 간호사더러 다시는 그 남자를 병실에 들어오지 못하게 해 달라고 부탁해야 했던 경우는 어쩌고요?" 내가 물었다.

"그런 사람들은 병적이어서 스스로 자제를 못 하기 마련 이니까 자네 쪽에서 그들을 불쌍히 여겨야 옳겠지."

"아무개도 내가 동정해야 하나요?" 내가 물었다. 나는 그 때 남자의 이름을 밝혔지만, 그 사람은 워낙 자신에 관한 얘기를 자주 털어놓고는 했으므로 여기에서 내가 대신 이름을 밝힐 필요는 없으리라고 생각된다.

"아냐. 그 사람은 아주 못됐어. 남들을 타락시키기나 하는, 정말로 나쁜 사람이야."

"하지만 남들은 그를 훌륭한 작가라고 하는데요."

그녀가 대답했다. "그렇지 않아. 그냥 잘난 체만 하는 사람인 데다가, 오직 타락의 즐거움만을 위해 남들을 타락시켜서 못된 짓들을 하게 만들어. 마약을 권한다든가 말이야."

"그럼 내가 동정해야 마땅하다는 밀라노의 그 남자는 나를 타락시키려고 하지 않았다는 말인가요?"

"한심한 소리 말라고. 그 사람이 어떻게 감히 자넬 타락시킬 생각을 했겠어? 자네 같은 술꾼 청년을 마르살라 한 병으로 어떻게 타락시킬 수 있겠나? 그렇지 않지, 그 사람은 자신의 행동을 통제하지 못하는 가엾은 노인이었다고. 그는 병적이어서 자제를 못 했으니까 자네가 불쌍히 생각해야지."

내가 대답했다. "그때는 불쌍하게 여겼죠. 하지만 행실이 너무나 모범적이었던 사람이었기 때문에 난 실망이 컸어요."

나는 화주를 한 모금 더 천천히 마셨고, 노인을 불쌍하게 생각했으며, 꽃바구니를 든 젊은 여체를 그린 피카소의 작품을 쳐다보았다. 내가 꺼낸 얘기는 아니었지만 화제가 위험한 단계에 이르렀음을 나는 깨달았다. 스타인 여사와 얘기를 나누다가 중단되는 일은 거의 없었지만 우리는 말을 멈추었고, 그녀가 할 말이 있는 듯 보여서 나는 술잔을 채워 주었다.

그녀가 말했다. "자넨 이런 면에 대해서 정말 아무것도 몰라, 헤밍웨이. 자넨 범죄자들과 병든 사람들과 사악한 자들을 만나고 사귀었어. 중요한 건 동성 연애를 하는 남자들이 저지르는 행위가 추악하고 불쾌하며, 나중에 그들이 자기 혐오를 느낀다는 사실이야. 그런 감정을 잠재우기 위해서 그들은 술을 마시고 마약을 쓰지만, 그들은 자신의 행위에 역겨움을 느끼고, 그래서 끊임없이 상대를 바꾸기 때문에 진실로 행복해질 수가 없는 거야."

"알겠어요."

"여자들의 경우는 정반대지, 그들은 나중에 역겨움을 느끼거나 불쾌감을 주는 행동을 하나도 하지 않기 때문에 즐거움을 느끼며 행복하게 같이 살 수가 있어."

"알겠어요." 내가 말했다. "하지만 누구누구는 어떻죠?"

스타인 여사가 대답했다. "그 여잔 못되었어. 그 여잔 정말로 사악해서 새 사람들을 만날 때 외에 절대로 행복해할 줄을 몰라. 그 여잔 남들을 타락시켜."

"이해가 가는군요."

"정말로 이해가 가?"

그 시절에는 이해해야 할 일이 너무나 많았고 나는 다른 얘기가 나오자 마음이 놓였다. 공원이 폐쇄되었기 때문에 나는 담을 끼고 걸어 내려가서는 보지라르 거리를 따라 공원의 아래쪽으로 우회해야 했다. 공원의 문이 닫히고 잠기면 서글퍼졌고, 가로질러 지나가는 대신 서둘러 걸어 돌아 카르디날 르무안에 있는 집으로 가는 내내 기분이 울적했다. 너무나 찬란하게 하루가 시작된 탓이기도 했다. 내일은 일을 열심히 해야 되겠다고 나는 다짐했다. 그 무렵에 나는 일이 거의 모든 아픔을 치유한다고 믿었으며, 지금도 그렇게 믿는다. 그런데 스타인 여사는 내가 치유해야 할 잘못이라고는 아내에 대한 사랑과 젊음뿐이라고 믿는 모양이라고 나는 단정을 내렸다. 카르디날 르무안 집에 도착하자 나는 조금도 슬프지 않았고, 새로 얻은 지식을 아내에게 얘기해 주었고, 우리들은 이미 알던 지식과 산에서 얻은 새로운 지식으로 행복한 밤을 보냈다.

거트루드 스타인 도대체 어떻게 번역해야 좋을지 난감
한 Rose is a rose is a rose is a rose라
는 시구로 유명한 미국의 소설가이며 시인인 거트루드 스타인
(Gertrude Stein, 1874~1946)은 펜실베이니아의 알레게이니에서
1874년 2월 3일에 태어났으므로 헤밍웨이보다 스물다섯 살이 연
상이다. 몸집은 작아도 여송연을 피우는 여장부라면 대충 상상이
갈 만큼 독특한 개성을 지닌 인물이다.

19세기 유럽에서는 남성과의 평등을 추구하는 상류층 여성들이 금
주령 시대의 시카고 폭력배 두목들에게나 잘 어울리는 여송연을
피워 대며 멋진 품위와 당당함을 과시하고는 했다. 막스 오퓔스 감
독의 유작 영화 「롤라 몽테(The Sins of Lola Montès)」(1955)를 보
면 피터 유스티노프 곡마단장이 여주인공을 "유럽에서 여송연을
피운 최초의 여성"이라고 선전한다. 아일랜드 태생인 실존 인물 롤
라 몬테즈(Lola Montez, 실명 Marie Dolores Eliza Rosanna Gilbert,
1821~1861)는 "고전 발레라고는 배워 본 적이 없는" 에스파냐 무
희 행세를 하다가 고급 접대부(courtesan) 생활을 하면서 작곡가
프란츠 리스트(Franz Listz)를 비롯하여 유럽 각국의 군인, 은행가,
레슬링 선수 등등 수많은 남성을 상대로 복잡하고 파란만장한 애
정 행각을 벌였다. "화려한 남성 편력의 염문이 여자에게는 소중한
재산이니까 '부끄러운 여인의 일생'을 상품화하자."라고 설득하는
미국인 곡마단장의 제안에 따라 그녀는 자신의 과거에 관한 관객
의 질문에 돈을 받고 하나씩 답하는 「호기심 고백극」을 공연했다.

거트루드 스타인은 1차 세계 대전 이후의 유럽 문화계에서 롤라 몬 테즈만큼이나 특이하면서도 화려한 활동을 벌여 이름을 떨쳤다. 어릴 적에는 빈과 파리에서 성장했고 소녀 시절을 캘리포니아 오 클랜드에서 보낸 그녀는 당시 하버드 대학교 부속이었던 명문 여 대 래드클리프에서 윌리엄 제임스로부터 심리학을 배웠다. 실용주 의 사상가이며 의사였던 윌리엄 제임스는 소설가 헨리 제임스의 형이다.

그녀를 "내가 가르친 가장 똑똑한 여학생"으로 꼽은 제임스 교수의 권고로 1897년 스타인은 존스 홉킨스로 적을 옮겼지만, 의학에 별 다른 관심이 없었던 그녀는 남성 위주의 의과 대학 성 차별 문화에 질려 정체성 장애를 겪다가 4학년 때 자퇴했다. 스타인이 동성애에 눈을 뜬 시기는 존스 홉킨스 3학년 때였다고 한다.

그녀는 미술 활동을 하려는 오빠를 따라 1902년에 영국으로 갔다 가 이듬해 파리에 정착했다. 이때 그녀가 거처로 정한 플뢰뤼스 27번지는 39년에 걸쳐 프랑스에서 활동한 수많은 다국적 화가와 작가들의 사교장 노릇을 하며 20세기 서양 문화계의 기념비적인 명소로 자리매김했다. 활력이 넘치고 강인하며 다정다감했던 그녀 는 사람들과 사귀기를 무척이나 좋아해서 많은 작가들에게 이론적 인 영향을 끼치기도 했다.

그녀의 플뢰뤼스 집을 단골로 드나들던 사람들로는 앙리 마티스, 파블로 피카소, 에스파냐의 입체파 화가 후안 그리[8], 영국의 문학 및 미술 비평가 클라이브 벨, 영국의 화가이며 작가인 윈담 루이스, 현대 음악과 발레 전문 예술 사진에 정진했던 미국 작가 칼 밴 백 턴, 소설가 셔우드 앤더슨, 시인 에즈라 파운드와 포드 매독스 포 드, 어니스트 헤밍웨이, 앙드레 지드, 볼셰비키 혁명을 취재하여

---

8   Juan Gris, 본명 José Victoriano Carmelo Carlos González-Pérez(1889~ 1927). 에스파냐의 입체파 화가이며 조각가.

『세계를 뒤흔든 열흘(Ten Days That Shook the World)』을 펴낸 미국의 언론인이자 시인인 존 리드, 역시 언론인이었던 미국 작가 엘리엇 폴, 미국 조각가 조 데이빗슨, 미국의 흑인 배우이며 가수인 폴 로브슨 등 이른바 길 잃은 세대의 기라성 같은 예술가들을 총망라했다.

독일계 유대인 핏줄을 타고났어도 2차 세계 대전 동안 나치 점령 아래의 파리를 떠나지 않았던 그녀는 1946년 7월 27일 그곳 예술의 도시에서 타계했다.

그녀가 남긴 문학 작품으로는 어니스트 헤밍웨이가 언급한 「멜랑타」가 포함된 첫 소설집 『세 사람의 삶(Three Lives)』(1909), 희곡 「백포도주(White Wines)」(1913), 「빙빙 도는 연극(A Circular Pay)」(1920), 몇 명의 여자와 그녀가 나눈 낭만적인 동성애를 그린 『나는 이렇게 증언한다(Q.E.D.: Quod Erat Demonstrandum)』(1903), 입체파 그림처럼 여러 각도에서 사물을 관찰하며 서술한 대표적인 연금술 시집 『말랑말랑한 단추들(Tender Buttons)』(1914)[9], 산문집 『어휘로 그린 인물화(Word Portraits)』(1908~1913), 오페라 「3막 4성인(Four Saints in Three Acts)」(1927) 등이 있다.

앨리스 B. 토클라스　　　거트루드 스타인은 워낙 유명인이어서 문학 작품과 영화에 곧잘 실명으로 등장하는데, 우디 앨런 영화 「미드나잇 인 파리(Midnight in Paris)」(2011)에서는 캐시 베이츠가 그녀의 역을 맡았다. 「미드나잇 인 파리」는 "비가 내릴 때 가장 아름다운 마법의 도시"의 매혹에 빠진 사람들이 느끼는 아름다운 과거에 대한 향수의 분위기가 『호주머

9　젖꼭지를 의미한다.

니 속의 축제』와 아주 비슷하게 전개되는 영화다. 주인공 오언 월슨은 영화 각본이 아닌 진지한 소설을 써 보려고 고군분투하는데, 약혼녀와 밤거리에서 헤어져 혼자 방황하다가 길을 잃고 뒷골목에서 과거로의 여행을 시작한다.

자정을 알리는 종소리와 함께 1920년대 자동차 푸조176이 나타나 그를 태워 『호주머니 속의 축제』의 시대로 데려가고, 장 콕토를 위한 파티에서 2010년의 청년은 1920년대 F. 스콧 피츠제럴드와 그의 아내 젤다 그리고 술에 취한 어니스트 헤밍웨이를 만난다. 소설 원고를 읽고 비평(critique)해 달라는 청년의 부탁을 받고 헤밍웨이는 그를 스타인에게 소개해 준다. 윌슨이 스타인의 집을 처음 찾아갔을 때 문을 열어 주는 여자가 거트루드 스타인의 동거인인데, 이름이 앨리스다.

앨리스 B. 토클라스(Alice Babetter Toklas, 1877~1967)는 폴란드계 유대인 장교의 딸로 중류층 가정에 태어나 시애틀의 워싱턴 대학교에서 음악 공부를 했으며, 1906년 샌프란시스코 대지진 이후 미국을 떠나 파리로 건너가 전위파로 활동하다가 이듬해 가을에 스타인을 만나 죽을 때까지 같이 살았다. 원고를 정리해 주는 타자수이자 비서, 연인, 요리사로서 스타인의 그림자처럼 집안 살림을 도맡아 평생을 해로한 토클라스는 허리가 구부정하고 소심해서 집으로 찾아오는 손님들로부터 조금 뒤로 떨어져 언저리에서만 맴돌았고 "결혼식에는 초대하지만 피로연에는 끼워 주고 싶지 않은 손님"처럼 행동했다고 한다. 그러나 그녀의 목소리만큼은 "땅거미가 질 무렵에 들려오는 비올라 소리" 같았다고 전한다.

그녀의 은밀한 존재가 세상에 널리 알려지기는 스타인이 대신 써 준 『토클라스의 자서전(The Autobiography of Alice B. Toklas)』(1933)을 통해서였다. 토클라스의 진짜 회고록 『뒤에 남은 추억(What Is Remembered)』(1963)은 스타인의 죽음에 이르기까지 두 사람이 같이 보낸 세월을 회상하는 내용인데, 서술체는 스타인의 기묘한 화법을 많이 닮았다. 세상을 떠나면서 스타인은 소장했던 많은 미술품과 전 재산을 토클라스에게 물려주었지만, 법적으로 부부 사이임을 인정받지 못한 그녀는 친족들에게 유산을 모두 빼앗기고 병든 몸으로 가난에 시달리며 온갖 고생을 하다가 89세로 세상을 떠났다.

토클라스는 신문과 잡지에 자주 글을 기고했으며, 1954년 "추억과 요리법을 함께 담은" 『앨리스 B. 토클라스 요리책(The Alice B. Toklas Cookbook)』을 펴냈고, 이어서 1958년 『과거와 현재의 향기와 맛(Aromas and Flavors of Past and Present)』을 발표했다. 피터 셀러스 영화 「히피가 된 변호사(I Love You, Alice B. Toklas)」(1968)의 원제를 보면 토클라스의 전기 영화라도 되는 듯싶지만, 그녀의 요리책 때문에 붙은 제목이다.

영화의 줄거리를 보면 35세 변호사 셀러스가 스무 살짜리 히피 아가씨를 만나면서 짜증스럽고 답답하고 따분한 판박이 인생을 엎어 버리고 신나게 살겠다며 약혼녀와 집을 버리고 가출하여 히피가 된다. 그는 자동차에서 '꽃 아가씨'[10]와 동거하며 자유분방한 맨발의 비렁뱅이 일탈 인생을 시작하지만, 서양을 휩쓴 대항 문화(counterculture)의 무책임한 방종에 서서히 질려 질서의 삶으로 되돌아간다.

영화의 중간쯤 가면 셀러스의 집에서 하룻밤 신세를 진 꽃 아가씨가 고맙다는 마음의 표시로 과자를 한 접시 구워 두고 떠난다. 그녀는 식료품 찬장에서 찾아낸 코코아 과자(fudge brownies)를 갈아서 달걀과 우유를 넣고 과자를 빚는데, 나중에 집으로 함께 돌아온 셀러스와 약혼녀 그리고 변호사의 부모는 과자가 맛있다고 "음, 음, 그루비(groovy)!"라고 신음까지 해 가며 하나씩 열심히 집어먹

---

10 flower child, 히피족, 비현실적인 몽상가를 가리키는 말로 1960년대 후반 히피족이 머리에 꽃을 장식하여 평화와 사랑의 상징으로 삼은 데서 유래한 표현.

다가, 너도나도 실실 웃음을 터뜨리기 시작하고, 나중에는 네 사람이 완전히 해롱해롱하면서 노래를 불러 대고 성욕에 발동까지 걸린다.

상당히 긴 이 장면을 보고 한국 관객들은 네 사람이 왜들 그러는지 이해를 못 하겠지만, 사실 그들은 자기도 모르게 마리화나에 취해 버린 상태다. 꽃 아가씨가 만든 히피 군것질거리는 토클라스 요리책에 제조법이 자세히 소개된 마리화나 과자(cannabis brownies)였다. 1960년대 히피 문화에서는 토클라스의 이름이 마리화나 과자와 동의어로 쓰였다.

토클라스 마리화나 과자는 알록달록 꽃 자동차와 평화의 비둘기 발(☮) 그리고 요즈음 속어로 "쨩이야."쯤에 해당되는 속어 groovy처럼 1960년대 한 시대의 풍속도를 구성하는 기표(signifier)였다. 영화가 끝날 즈음에도 히피들은 집에 모여 광란의 파티를 벌이면서 부지런히 토클라스를 먹어 댄다.

"Une Génération Perdue"

　오후 늦게 몸을 녹이고, 훌륭한 그림들을 감상하고, 대화를 나누기 위해 플뢰뤼스 27번지에 들르는 버릇이 들기는 쉬웠다. 스타인 여사를 찾아오는 손님들이 없는 날이 많았고, 그녀는 항상 아주 친절했으며, 상당히 오랜 기간 우리를 다정다감하게 맞아 주었다. 내가 소속되어 있던 통신사들이나 캐나다 신문을 위해 국제적인 정치 행사가 열리는 근동이나 독일 등지로 취재를 하고 돌아오면 그녀는 나한테서 온갖 재미있는 얘기들을 자세히 듣고 싶어 했다. 재미있는 얘깃거리는 항상 있기 마련이었고 그녀는 항상 열심히 귀를 기울였으나, 독일인들이 "사형대의 농담[11]"이라고 부르는 얘기들도 끼어들기 마련이었다. 그녀는 세상살이의 유쾌한 면을 알고 싶어 했고, 진실되거나 나쁜 면은 좀처럼 들으려 하지 않았다.

　나는 젊었고 음울한 성격이 아니었으며 아무리 험악한 상

11　gallows-humor stories. 절망적이거나 처참한 상황을 소재로 삼은 참혹하고 끔찍한 농담.

황에서라도 이상하거나 우스운 사건들이 다반사로 벌어졌으므로 스타인 여사는 그런 얘기들만 듣고 싶어 했다. 다른 쪽 얘기들을 나는 입에 올리는 대신 그냥 글로만 썼다.

아무 여행도 다녀오지 않았지만 하루의 일을 끝내고 플뢰뤼스 거리의 집에 들르게 되면 가끔 스타인 여사가 들려주는 책들에 관한 얘기들을 듣고 싶어지고는 했다. 나는 작품을 집필하는 동안이면 일단 써 놓은 글을 되새기며 꼭 읽어 보는 버릇이 있었다. 이미 써 놓은 글에 대하여 자꾸만 생각하면 그 내용의 실체가 이튿날 다시 글을 쓰기 전에 자칫 머릿속에서 사라지고는 한다. 그래서 운동으로 몸을 지치게 할 필요가 있었으며, 사랑하는 사람과의 성교는 그럴 때 아주 큰 도움이 되었다. 그것이 무엇보다도 좋았다. 하지만 나중에 속이 비어 버리면, 재개할 때까지는 작품에 대하여 생각하거나 걱정하지 않기 위해서 독서로 시간을 보내기도 했다. 나는 내 글쓰기의 우물을 비우지 않고, 깊은 곳에 아직 남아 있는 샘물이 차올라 밤사이에 물이 가득해지기를 기다려야 한다는 사실을 진작부터 알고 있었다.

일이 끝난 다음에는 관심을 작품에서 다른 데로 돌리기 위해 올더스 헉슬리나 D. H. 로렌스뿐 아니라 당시에 활동을 하던 다른 작가들의 책을 실비아 비치의 책방과 강변 서점에서 가끔 구해다가 읽었다.

"헉슬리는 한물간 사람이야. 죽은 사람이나 마찬가지인 작가의 책을 무엇 하려고 읽어? 그 사람이 죽었다는 걸 모르겠어?" 스타인 여사가 말했다.

그 무렵에 나는 그를 한물간 사람이라고는 생각하지 않았으며, 그의 작품들은 재미가 있고 내 관심을 돌려 기분 전환을 도와준다고 나는 답했다.

"진짜로 훌륭하거나 노골적으로 형편없는 책들이 아니면 읽지 말아야 해."

"난 겨우내, 그리고 지난겨울 동안에도 아주 훌륭한 책들을 읽었고, 오는 겨울에도 그런 작품들을 읽겠지만, 노골적으로 나쁜 책들은 읽고 싶지 않아요."

"이런 거지 같은 책들을 왜 읽어? 이건 쓰레기 더미나 마찬가지야, 헤밍웨이. 죽은 사람이 쓴 쓰레기 같은 책이라고."

"난 그런 작가들이 어떤 글을 쓰는지 알고 싶어요. 그리고 그런 책들은 내 작품에서 관심을 돌리도록 도와주거든요." 내가 대답했다.

"요샌 또 누구 작품을 읽지?"

"D. H. 로렌스요. 로렌스는 아주 훌륭한 단편을 몇 편 모아 펴냈는데, 제목이 『프로이센의 장교(The Prussian Officer and Other Stories)』[12]예요." 내가 대답했다.

"나는 그 사람이 쓴 장편 소설들을 읽어 보려고 그랬어. 한심한 작가더라고. 그 사람은 한심하고, 뭐가 뭔지도 모르는 사람이야. 전신병자처럼 글을 쓰지."

"난 『아들과 연인(Sons and Lovers)』과 「하얀 공작새(The White Peacock)」가 좋았어요. 뭐 그렇게까지 대단한 작품이 아닐지도 모르지만요. 『사랑하는 여인들(Women in Love)』은 읽기 힘들더군요."

"만일 나쁜 작품을 읽기가 싫고, 관심을 끌면서도 나름대로 멋진 책을 읽고 싶다면 마리 벨록 라운즈를 읽어 봐."

---

12   1914년에 출판된 로렌스의 초기 단편집으로 열두 편이 수록되었다.

나는 그녀의 이름을 들어 본 적이 없었고, 스타인 여사는 잭 더 리퍼에 대한 기막힌 소설인 『하숙인(The Lodger)』과 틀림없이 앙쟁-레-뱅[13]이라고 생각되는 파리 근교의 어느 곳에서 벌어지는 살인 사건을 다룬 책을 나에게 빌려주었다. 두 소설 다 하루의 일을 끝낸 다음 읽기에 적절한 책이었으며 주인공들은 실감나는 인물들이었고, 사건 전개와 공포감은 긴장감을 놓아주지 않았다. 한가할 때 읽기에는 둘도 없는 작가여서 나는 벨록 라운즈의 책은 구할 수 있는 대로 모조리 구해서 읽었다. 하지만 처음에 읽은 두 권 이외에는 별로 신통한 소설이 없어서, 심농의 훌륭한 초기 작품들이 발표될 때까지는 밤이나 낮의 허전한 시간을 벨록으로 채울 수밖에 없었다.

내가 처음으로 읽은 심농의 책은 『제1호 수문(L'Ecluse numéro I)』 아니면 『운하 옆의 집(La Maison du Canal)』이었는데, 스타인 여사도 그를 좋아했으리라고는 생각하지만, 내가 알고 지내던 무렵의 스타인 여사는 프랑스어로 대화하기는 좋아하면서도 프랑스어로 된 책은 읽기를 싫어했으므로 확실하지는 않다. 처음 읽은 심농의 두 소설은 재닛 플래너가 준 것이었다. 그녀는 프랑스어로 된 책을 즐겨 읽었으며 심농이 범죄 사건들을 취재하는 기자일 때부터 그의 애독자였다.

우리가 친하게 지내던 삼사 년 동안에 거트루드 스타인이 로널드 퍼뱅크[14]와 그 후에 알게 된 스콧 피츠제럴드의 경우 이외에는, 자기의 작품을 호평했거나 그녀의 활동에 도움을 주지 않은 어떤 작가에 대해서도 듣기 좋은 얘기를 했던 기억

---

13   Enghien-les-Bains. 도박장으로 유명한 파리 북쪽 교외의 휴양지.

14   Arthur Annesley Ronald Firbank(1886~1926). 영국의 모더니즘 작가.

이 없다. 내가 처음 만났을 때 그녀는 셔우드 앤더슨을 작가로서 평가하는 대신 커다랗고 아름다우며 따뜻한 이탈리아인의 눈길에 친절한 매력이 넘치는 한 남자라는 황홀한 표현을 썼다. 나는 커다랗고 아름다우며 따뜻한 이탈리아인의 눈길에는 관심이 없었지만 그가 쓴 단편들 가운데 몇 작품을 무척 좋아했다. 그의 단편들은 소박한 서술체를 썼고 때로는 아름답기까지 했으며 작가가 주인공으로 삼은 사람들을 잘 이해하고 그들에 대하여 깊은 애착을 보였다. 스타인 여사는 항상 그의 작품이 아니라 인간적인 측면에 대해서만 얘기를 하려고 했다.

"그 사람이 쓴 장편 소설들은 어떻고요?" 내가 물었다. 그녀는 앤더슨의 작품들이라면 얘기를 하려고 들지 않았으며, 조이스에 대해서도 마찬가지였다. 어쩌다 누군가 조이스 얘기를 두 번만 입밖에 꺼냈다 하면 그 사람은 다시는 집으로 초대를 받지 못했다. 그것은 어느 장군의 앞에서 다른 장군에 대한 칭찬을 하는 격이었다. 한번 실수를 한 사람은 다시는 그러면 안 된다는 사실을 즉각 깨닫게 되었다. 하지만 화제에 오른 대상이 대화의 상대인 장군에게 패배를 당한 경우라면 아무 문제가 없었다. 대화를 나누는 장군은 패배한 장군을 마구 칭찬하면서 자기가 그 사람을 어떻게 물리쳤는지를 자세히 얘기하기 마련이다.

앤더슨의 단편 소설들은 너무나 훌륭해서 그 얘기를 꺼냈다 하면 즐거운 대화를 이어 가기가 불가능했다. 나는 그의 장편 소설들이 이상하게 여겨질 만큼 형편없다는 얘기를 스타인 여사한테 하고 싶기는 했지만, 그녀를 가장 충성스럽게 옹호하는 인물들 가운데 한 사람을 비난한다는 것도 역시 바람직한 일은 아니었다. 마침내 그가 『검은 웃음』이라는 장편 소설을 발표했을 때는 작품이 어찌나 형편없고 한심하고 가식적이었는지 내 스스로 그 작품을 비꼬는 희작[15]을 만들지 않고는 배길 수가 없었는데, 스타인 여사는 이를 두고 무척 심하게 화를 냈다. 그녀가 조립한 기계에서 하나의 부속품이나 마찬가지인 존재를 내가 공격했기 때문이었다. 하지만 그 전까지는 오랫동안 그녀가 화를 낸 적이 없었다. 셔우드 앤더슨이 작가로서 활동을 개시했을 때 그녀는 입이 마르도록 그를 칭찬했었다.

그녀가 에즈라 파운드에게 화를 낸 이유는 그가 자그마하고, 부서지기 쉽고, 보나마나 불편했을 의자에 급하게 털썩 앉아 금이 갔거나 깨졌기 때문인데, 스타인 여사가 고의적으로 그에게 이 의자를 내주었을지도 모를 일이다. 그가 위대한 시인이고, 다정다감하고 너그러운 사람이며, 보통 의자였다면 별다른 문제를 일으키지 않고 자리에 앉았으리라는 배려가 그녀에게는 전혀 없었다. 에즈라를 왜 그렇게 싫어했는지를 그녀는 여러 해가 지난 다음에야 악의적으로 교묘하게 드러냈다.

그 이유가 밝혀진 계기는 스타인 여사가 길 잃은 세대에 대한 얘기를 꺼냈을 때였는데, 그 무렵에 우리 부부는 캐나다에서 돌아와 노트르담-데-샹에서 살았으며 스타인 여사와는 아직 사이가 좋았다. 어느 날 그녀가 타고 다니던 낡은 T형 포드의 점화 장치에 고장이 났는데, 전쟁 마지막 해에 복무를 했으며 정비소에서 근무하던 젊은 남자는 눈치가 없어서였는

---

15 「봄날의 격류」를 뜻한다.

지 다른 차들을 제쳐 놓고 스타인 여사의 포드를 먼저 고쳐 놓지 않는 실수를 저질렀다. 아무튼 스타인 여사가 불평을 하자 정비사는 신중하지 못했다고 사장에게 야단을 맞았다. 정비소 주인은 정비사한테 말했다. "자네들은 모두가 génération perdue(길 잃은 세대)야."

스타인 여사가 말했다. "자네들이 바로 그런 부류야. 자네들은 그런 위인들이라고. 전쟁 동안에 복무한 젊은이들은 다 그렇단 말이야. 자네들은 길 잃은 세대야."

"정말요?" 내가 물었다.

그녀는 고집을 굽히지 않았다. "그럼. 자네들은 무엇에 대해서도 존경심이 없어. 죽어라고 술만 퍼마시고……"

"젊은 정비사가 술에 취했던가요?" 내가 물었다.

"물론 그렇지는 않았지."

"내가 술에 취한 걸 한 번이라도 보셨나요?"

"아니. 하지만 자네 친구들이 주정뱅이들이잖나."

"나도 취할 때가 많아요. 하지만 취해서 여길 찾아오지는 않죠." 내가 말했다.

"그야 물론이지. 난 그런 말은 하지 않았어."

"정비소 주인은 아마 아침 11시에 벌써 곤드레가 되어 있었는지도 몰라요. 그러니까 그런 멋진 표현이 튀어나오죠." 내가 말했다.

"내 말에 토를 달지 마, 헤밍웨이. 그래 봐야 좋을 게 하나도 없으니까. 정비소 주인의 말마따나 자네들은 모두가 길 잃은 세대야." 스타인 여사가 말했다.

나중에 첫 장편 소설을 쓰게 되었을 때 나는 정비소 주인의 얘기를 인용한 스타인 여사의 말과 구약 전도서의 한 구절을 연결 지어 균형을 맞춰 보려고 나름대로 노력했다. 하지만 그날 밤 집으로 걸어가면서 나는 정비소의 청년을 생각했고, 그가 혹시 부상을 당해 구급차로 개조한 차량에 실려 본 적이 있는지 궁금해졌다. 나는 그런 차량들이 부상병을 잔뜩 싣고 산길을 내려가다 브레이크가 열을 받으면 저속으로 일단 바꿨다가, 그러고도 안 되면 아예 후진으로 변속하고는 했던 기억이 났고, 나중에는 결국 금속과 금속이 맞물리는 제동기와 H형 변속 장치를 갖춘 성능 좋은 대형 피아트 차량들을 대신 지급받기 위해 빈 구급차들을 산기슭 아래로 굴려 버렸던 일들을 회상했다. 나는 자신을 단련하는 각고의 노력을 도외시하는 정신적인 태만과 이기주의와 스타인 여사와 셔우드 앤더슨을 생각하고는 도대체 누가 누구더러 길 잃은 세대라고 하는지 화가 났다. 그러고는 라일락숲 카페[16]로 올라가려니까 나의 오랜 친구 네 원수[17]의 동상이 불빛을 받고 서 있었는데, 그는 청동 몸체에 나무들의 그림자가 드리운 채로 칼을 내밀었으며, 뒤에 아무도 없이 홀로 선 그의 모습을 보니 워털루에서 얼마나 멍청한 바보짓을 벌였는지가 생각났고, 과거의 모든 세대가 저마다의 온갖 이유로 길을 잃었으며 현재와 미래의 세대 역시 길을 잃으리라는 생각을 했고, 제재소 너머 공동주택에 있는 집으로 가기 전에 동상에게 동무가 되어 줄 겸 차가운 맥주를 한잔 마시려고 라일락숲 카페에서 걸음을 멈추었다. 하지만 맥주를 앞에 놓고 그곳에 앉아 동상을 쳐다보면

---

16   Closerie des Lilas. 폴 베를렌이나 기욤 아폴리네르 같은 문인들이 즐겨 찾던 몽파르나스의 카페로 헤밍웨이가 『태양은 다시 떠오른다』를 집필한 곳으로 유명하다.

17   Michel Ney. 18세기 프랑스 장군.

서 나는 콜랭쿠르[18]와 함께 나폴레옹이 마차를 타고 모스크바에서 후퇴할 때 후방 경비대를 데리고 네가 얼마나 많은 나날을 홀로 싸워야 했는지를 기억하고는, 스타인 여사가 지금까지 얼마나 다정하고 온후한 친구였는지를 새삼스럽게 깨달았으며, 그리고 1918년 휴전 되던 날 군중이 "기욤은 물러가라."라고 소리를 지를 때 혼수상태에 빠져 그들이 자기를 규탄한다고 착각하며 죽어 간 아폴리네르에 대해서 그녀가 얼마나 아름답게 얘기했는지도 생각났으며, 그래서 나는 그녀를 위해 최선을 다할 터이고 그녀가 한 모든 훌륭한 일이 제대로 보상을 받게끔 열심히 일하겠으니 하나님과 네 원수가 축복을 내려 주십사고 빌었다. 하지만 길 잃은 세대에 대한 그녀의 얘기와 모든 더럽고 아무렇게나 지어 붙인 명칭 따위는 생각조차 하기가 싫었다.

집에 도착해서 마당으로 들어가 위층으로 올라간 나는 벽난로에서 활활 타오르는 불길과, 하나같이 행복해 보이는 아내와 아들 그리고 아들이 기르는 고양이 F. 퍼스를 보고 나서 아내에게 말했다. "하기야 따지고 보면 거트루드는 좋은 사람이야."

"좋은 여자지, 테이티."

"하지만 가끔 거지 같은 소리도 잘해."

"난 그 여자의 얘기를 들어 볼 기회가 전혀 없어. 난 살림을 하는 평범한 여자니까. 나한테 얘기를 거는 사람은 항상 그 여자의 친구뿐이야." 아내가 말했다.

---

18 Armand-Augustin-Louis, Marquis de Caulaincourt. 프랑스의 군인이며 외교관이자 나폴레옹 1세의 수행 부관이었다.

캐나다 신문 어니스트 헤밍웨이가 1920~1924년에 해외 특파원으로 세계를 돌아다니며 작가로서의 기반을 닦게끔 기회를 제공한《토론토 스타(The Toronto Star)》를 뜻한다.《토론토 스타》는 젊은 시절의 헤밍웨이에게 작가 형성기에 가장 중요한 체험과 창작 훈련의 기회를 마련해 주었다. 그가 신문에 쓴 기사들은 나중에 작품 속으로 자연스럽게 녹아들었고, 간결한 스타카토(staccato) 문체를 비롯한 주요 글쓰기 이론 또한 대부분 이 시기의 기사 작성 원칙으로부터 습득하고 정립했다.

마리 벨록 라운즈 영국 작가 마리 벨록 라운즈(Marie Ade-laide Elizabeth Rayner [née Belloc] Lowndes, 1868~1947)는 흥미진진한 역사적 사실이나 사건을 배경에 담은 심리극 추리 소설로 유명하다. 마흔 권이 넘는 작품을 발표한 그녀에 대하여 헤밍웨이는 "여성 심리에 대한 통찰력이 탁월하다."라고 찬사를 아끼지 않았다.

가장 유명한 작품 『하숙인』(1913)의 주인공은 런던 빈민가에서 1888년에 여자만 골라서 다섯을 죽인 유명한 정체불명의 살인마 '찢어 죽이는 칼잡이 잭(Jack the Ripper)'이다. 『하숙인』은 90분짜리 앨프리드 히치콕 무성 영화 「런던의 안개(The Lodger: A Story of the London Fog)」(1927)를 비롯하여 다섯 차례 영화로 제작되었다.

『레티 린턴(Letty Lynton)』(1931)은 스코틀랜드 사교계 여성 매들린 해밀턴 스미스가 다른 사람과 결혼하려고 하자 애인이었던 남자가 지금까지 그녀로부터 받은 연애편지를 미끼로 과거를 폭로하겠다고 협박하자 독살했다는 혐의로 1857년 재판에 회부된 사건을 다루었고, 1932년에 존 크로포드 주연으로 역시 영상화되었다.

『아이비의 비밀(The Story of Ivy)』(1927)은 미모로 부유층 남자들을 차례로 유혹하여 재산을 긁어 모으다가, 돈이 더 많은 사람과 살기 위해 남편까지 죽이는 여자가 주인공이며, 1947년에 조운 폰틴이 주연을 맡아 영화로 제작되었다.

조르주 심농   조르주 심농(Georges Joseph Christian Simenon, 1903~1989)은 500권에 이르는 소설을 발표하고 50개 국어로 번역되어 전 세계에서 6억 권 이상을 판매한 기록을 비롯하여 여러 면에서 신화적인 일화를 남긴 벨기에 추리 작가다. 1919년 15세 때부터 고향에서 발간되는 지방 신문 《가제트 드 리에주(Gaztte de Liège)》에서 일선 취재 기자로 활동하며 다양한 경험을 쌓았을 뿐 아니라 이른바 간결한 기사체(記事體) 문장까지도 헤밍웨이와 많이 닮은 소설가다.

사회 밑바닥을 뒤지며 밥거리, 창녀, 술집, 무정부주의자, 살인범, 방종한 예술가들의 세계에 통달한 그는 1921~1934년 기간에 열일곱 개 가명으로 358편 장편과 단편 소설을 발표했다. 1930년 쥘 매그레 경감(Commissaire Jules Maigret)을 탄생시킨 그는 평생 총 102편의 매그레 소설을 발표했다. 우리나라에서는 열린책들 출판사가 매그레 총서 열아홉 권과 더불어 헤밍웨이가 처음 읽었다는 『제1호 수문』을 펴냈다.

역시 헤밍웨이가 소개한 『운하 옆의 집』은 프랑스와 벨기에 합작으로 2003년에 텔레비전극으로 제작되었는데, 부유한 브뤼셀 집안의

16세 소녀가 부모를 잃은 다음, 본 적조차 없는 외가 친척 집에 얹혀살면서 벌어지는 괴이한 심리극이다.

재닛 플래너　　　　고급 잡지 《뉴요커(The New Yorker)》의 파리 특파원 재닛 플래너(Janet Flanner, 1892~1978)는 「파리에서 온 편지(Letters from Paris)」를 비롯하여 50년(1925~1975)에 걸쳐 다양한 분야의 기사를 집필하면서 『호주머니 속의 축제』의 주요 등장인물들로 구성된 미국의 국적 이탈자 집단(American expatriate community)에서 핵심적인 활동을 벌였다. 2차 세계 대전 중에는 종군 기자로 활약하여 뉘른베르크 전범 재판을 심층적으로 취재했고, 유럽의 예술가들을 미국에 소개하는 공헌에 단단히 한몫했다. 아버지가 인디애나의 첫 화장터를 공동으로 소유한 경영자여서였는지 모르겠지만, 그녀는 사망 기사(obituary)를 잘 쓰기로 유명했으며, 특히 "맨발의 무희" 이사도라 덩컨(Isadora Duncan)과 『순수의 시대(The Age of Innocense)』로 여성으로는 최초로 퓰리처 상을 받은 이디스 워턴(Edith Wharton)의 추모 기사는 전설적인 고전으로 꼽힌다.

셔우드 앤더슨　　　　장편보다는 단편 소설로 필명을 날린 셔우드 앤더슨(Sherwood Anderson, 1876~1941)은 가난 때문에 14세에 학업을 중단하고 신문 팔이, 물 당번, 마구간 청소부 같은 잡일을 하며 독학으로 자수성가하여, 한때 시카고 광고계에서 일하다 클리블랜드의 우편 판매 회사 사장까지 지냈다. 하지만 고객들에게 시달려 신경쇠약으로 정신 병원 신세를 지며 고생하던 끝에 사업과 가족을 포기하고 작가의 자유로운 삶으로 전향했다. 앤더슨이 하루 종일 놀다가 밤에 집에 가서 글을 쓰는 자유로운 생활을 보고 윌리엄 포크너가 부러워하며 작가의 삶을 선택했다는 일화도 전해진다.

작가로서의 입지를 굳혀 준 그의 대표작은 1916~1918년에 여러 잡지에 발표한 단편들을 모아서 출판한 『오하이오 와인즈버그(Winesburg, Ohio)』(1919)다. 가상의 도시에서 고독과 소외감을 느끼며 살아가는 특이한 인물들이 주인공으로 등장하는 연작집 『오하이오 와인즈버그』는 작가 자신의 내면세계를 탐구한 모더니즘 문학의 초기 작품으로 꼽힌다.

열다섯 편이 실린 단편집 『달걀의 승리(The Triumph of the Egg)』(1921)는 양계장 사업에 실패하고 음식점을 차려 달걀 마술까지 시도하는 아버지에 대한 주인공의 어린 시절 회상을 담았는데, 출세와 성공에 얽힌 인생의 애환과 그늘을 애잔하게 그렸다.

거트루드 스타인의 추천을 받아 출판된 『검은 웃음(Dark Laughter)』(1925)은 가장 잘 팔린 앤더슨의 소설이며, 제임스 조이스의 『율리시스』와 헨리 밀러의 영향을 크게 받은 작품이다. 이를 비꼰 헤밍웨이의 희작은 중편 소설 『봄날의 격류(The Torrents of Spring)』(1926)였고 『봄날의 격류』 사건은 결국 스타인과 헤밍웨이가 멀어지는 단초로 작용했다.

길 잃은 세대와 전도서　　　　로스트 제너레이션(lost generation)을 흔히 "잃어버린 세대"라고 번역하는데, 옮긴이는 도대체 무엇을 잃어버린 세대라는 뜻인지 납득이 가지 않아 "길 잃은 세대"가 보다 정확한 용어라고 생각한다.

"여사의 말과 구약 전도서의 한 구절을 연결 지어"라는 대목은 소설 『태양은 다시 떠오른다』의 본문이 시작되기 전에 나란히 올린 인용문을 뜻한다. 첫 인용문은 자네들은 모두가 길 잃은 세대야.(You are all a lost generation.)
— 거투르드 스타인과의 대화에서

였고, 다음 인용문은 소설 제목의 출처를 밝히는 전도서[19]의 1장 4~7절이다. 이런 내용이다.

한 세대가 가고 또 한 세대가 오지만 땅은 영원히 그대로다. 태양은 뜨고 지지만 떠올랐던 그곳으로 서둘러 간다. 남쪽으로 불다 북쪽으로 도는 바람은 돌고 돌며 가지만 제자리로 되돌아온다. 강물이 모두 바다로 흘러드는데 바다는 가득 차지 않는다. 강물은 흘러드는 그곳으로 계속 흘러든다.

19 　한국 천주교 주교 회의에서 번역한 신역판에서는 '코헬렛'이라고 부른다.

셰익스피어 글방

그 무렵에는 책을 살 돈이 없었다. 책을 읽고 싶으면 오데옹 거리 12번지에서 실비아 비치가 운영하는 대출 도서관 겸 책방인 셰익스피어 글방(Shakespeare and Company)에서 빌려와야 했다. 겨울이면 길거리는 춥고 바람이 심했어도 이곳은 커다란 난로를 피워 놓아 따뜻하고 쾌적했으며, 책상과 책장들이 가득 들어찼고, 진열창에는 신간 도서들을 전시하고, 사망했거나 살아 있는 유명한 작가들의 사진을 벽에다 걸어 놓았다. 사진들은 하나같이 자연스러운 모습을 찍어 놓은 것들이어서 죽은 작가들까지도 정말로 살아 있는 듯 보였다. 실비아는 예리하게 조각한 듯싶은 얼굴에 활기가 가득하고, 갈색 눈은 동물처럼 생명감이 넘치고 어린 소녀처럼 명랑했으며, 곱슬거리는 갈색 머리카락은 살결이 고운 이마에서 빗어 넘겨 그녀가 입은 갈색 벨벳 저고리 옷깃의 선을 따라 귀밑에서 탐스럽게 잘랐다. 그녀는 다리가 아름다웠으며 성격이 친절하고 붙임성이 있어서 농담과 하찮은 잡담을 쾌활하고 즐겁게 사람들과 나누었다. 내가 기억하는 사람들 가운데에서는 나에게 그녀보다 더 친절하게 해 준 사람이 없었다.

처음 책방을 찾았을 때 나는 도서 대출을 위한 입회비를 낼 만한 돈이 수중에 없었기에 무척 어색하게 행동했다. 입회비는 아무 때나 돈이 생기면 내라면서 그녀는 증명서를 만들어 주었고, 책은 몇 권이라도 마음대로 가져가라고 그랬다.

그녀가 나를 믿을 이유는 하나도 없었다. 그녀는 내가 누구인지를 몰랐으며 내가 알려 준 주소 카르디날 르무안 74번지는 더없이 가난한 사람들이 사는 지역이었다. 하지만 그녀는 명랑하고 매혹적이고 다정했으며, 그녀의 뒤에는 엄청나게 많은 책들이 책장들이 벽의 꼭대기까지 닿았고, 건물의 안마당으로 통하는 뒷방까지 줄지어 늘어섰다.

나는 우선 투르게네프부터 읽기로 하고는 단편집 『사냥꾼의 일기』 두 권과, 『아들과 연인』이라고 기억되는 D. H. 로렌스의 초기 작품을 대출받았는데, 그녀는 원하면 더 가지고 가도 좋다고 말했다. 나는 콘스탄스 가네트판 『전쟁과 평화』와 도스토예프스키의 단편집 『도박사』를 골랐다.

"그걸 다 읽으려면 곧 다시 오시지는 않겠군요." 실비아가 말했다.

"입회비를 내러 다시 와야죠. 집에 가면 돈이 좀 있으니까요." 내가 대답했다.

"그런 뜻으로 한 얘기가 아니에요. 언제라도 편하실 때 내세요." 그녀가 말했다.

"조이스는 언제 들르죠?" 내가 물었다.

"어쩌다가 한 번씩 들르는데, 보통 오후 늦게 오셔요. 그분을 만난 적이 없으세요?" 그녀가 물었다.

"우리 부부는 조이스가 미쇼에서 가족과 함께 식사를 하는 걸 보았죠. 하지만 식사를 하는 사람을 쳐다보는 건 예의에 어긋나고, 미쇼는 고상한 곳이잖아요." 내가 답했다.

"식사는 집에서 하시나요?"

"요즈음엔 대부분 그래요. 아내의 요리 솜씨가 좋거든요." 내가 대답했다.

"당신이 사는 곳 근처에는 식당이 하나도 없죠?"

"그래요. 어떻게 아셨죠?"

"라르보[20]가 그곳에서 살았어요. 그분은 식당이 없다는 것 외에는 그곳을 무척 좋아했어요." 그녀가 대답했다.

"가장 가깝고, 값싸고, 훌륭한 식사를 할 수 있는 곳을 찾으려면 팡테옹까지는 가야 해요."

"그 동네는 모르겠네요. 우린 집에서 식사를 하죠. 부인하고 한번 찾아오세요."

"우선 내가 입회비를 낼 때까지만은 기다려 주세요. 어쨌든 아주 고맙군요." 내가 말했다.

"책을 너무 빨리 읽지 마세요." 그녀가 말했다.

카르디날 르무안에 있는 우리 집은 방이 두 개인 공동 주택이었고, 더운 물은 나오지 않으며 방부제통 외에는 내부에 화장실이 따로 없었지만, 미시간의 옥외 변소에 익숙한 사람이라면 불편하게 느낄 정도는 아니었다. 바깥 조망이 아름다운 우리 집은 튼튼한 매트리스와 용수철을 갖춘 침대가 있고, 벽에는 우리들이 좋아하는 그림들을 걸어 놓아 환하고 기분 좋은 안식처였다. 책을 가지고 돌아간 나는 아내에게 내가 찾

---

20 Valery Larbaud(1881~1957). 공쿠르 상을 받은 프랑스 소설가이며 번역 문학가.

아낸 멋진 곳에 대해서 얘기해 주었다.

"그래도 오늘 오후에 가서 돈을 내야 해, 테이티." 아내가 말했다.

"물론 그래야지. 둘이 같이 갑시다. 그러고는 함께 강가를 따라 선착장까지 내려오며 산책을 하자고." 내가 말했다.

"센 강변로를 걸어 내려오면서 화실들과 상점의 진열창들을 전부 구경하고 싶어."

"그래. 여기저기 걸어 다니다가 아는 사람이 아무도 없는 카페로 들어가 술이나 한 잔 마시자고."

"두 잔을 마셔도 좋겠지."

"그런 다음에는 어디 가서 식사를 하고."

"아니야. 도서관에 입회비를 내야 한다는 걸 잊으면 안 된다고."

"우린 집으로 와서, 여기서 식사를 맛있게 먹고, 창문에 포도주 값을 써 놓은 게 마주 보이는 저기 협동 조합에서 사온 보느 포도주를 마시기로 해. 그런 다음에 책을 읽고 침대에 들어 사랑을 하자고."

"그리고 우린 두 사람만 서로 영원히 사랑하고 다른 누구도 사랑하지 않기로 해."

"그래, 영원히."

"정말 기막힌 오후와 저녁을 보내게 되었네. 그럼 이제 점심을 먹어야지."

"난 배가 많이 고파. 크림 탄 커피 한 잔만 마시며 카페에서 일을 했거든." 내가 말했다.

"일은 잘되었어, 테이티?"

"괜찮은 것 같아. 좋을 거야. 점심 식사는 뭐지?"

"작은 무와 짓이긴 감자를 곁들인 맛 좋은 송아지 간과 꽃 상추 샐러드야. 사과 파이도 있고."

"그리고 우린 온 세상의 책들을 모두 다 읽을 수가 있고, 여행 갈 때 가지고 떠나도 돼."

"그래도 괜찮은 건가?"

"그럼."

"헨리 제임스 작품도 거기 있어?"

"그럼."

"세상에. 그런 곳을 찾아냈다니 우린 복도 많네." 아내가 말했다.

"우린 항상 복이 많아." 그 말을 하면서 바보처럼 나는 나무를 두드리지 않았다. 아파트먼트에는 두드릴 나무가 어디에나 잔뜩 있었는데도 말이다.[21]

---

21 영국과 미국에는 무슨 말을 자신 있게 한 다음에는 악운이 방해를 하지 않도록 나무를 손으로 톡톡 두드리는 풍습이 있다.

축제의
뒷이야기

실비아 비치　　　　　1919년 센 강의 좌안(La Rive Gauche,
　　　　　　　　　　　　Left Bank)에다 셰익스피어 글방을 차린
실비아 비치(Sylvia Beach, 본명 Nancy Woodbridge Beach,
1887~1962)는 20세기 전반 파리의 국적 이탈자 예술인들의 사회
에서 구심점 노릇을 한 미국 여성이다. 그녀의 책방이 위치했던 좌
안에는 헨리 밀러, 파블로 피카소, 아르튀르 랭보, 폴 베를렌, 장-폴
사르트르, 제임스 볼드윈, 새뮤얼 베케트, 앙리 마티스처럼 유명한
화가와 문인, 철학자, 예술인들이 밀집해서 거주했다. 1차 세계 대
전과 2차 세계 대전 사이에 조국을 버리고 좌안에서 타향살이를 한
미국인들 중에는 존 도스 패서스(John Dos Passos, 1896~1970)나
에즈라 파운드 같은 문인들 그리고 거트루드 스타인과 재닛 플래
너도 있었다.
미국 볼티모어 태생이지만 거의 평생을 파리에서 보낸 비치는 서점
에서 영어로 된 책들을 판매했을 뿐 아니라 소규모 출판도 겸해서 길
잃은 세대의 신인 작가들과 문학 지망생들에게 많은 도움을 주었다.
1922년에 말썽 많은 제임스 조이스의 『율리시스』를 출판한 비치는
이듬해 어니스트 헤밍웨이의 첫 작품집 『세 가지 단편과 열 편의 시
(Three Stories and Ten Poems)』의 출판을 돕고 판매까지 맡았다.
비치의 서점은 1941년 독일군이 파리로 진주할 때 문을 닫았으
며, 현재의 셰익스피어 글방은 다른 미국인 조지 휘트먼(George
Whitman)이 비치의 정신을 이어받아 1951년 다른 곳에 문을 연 두
번째 서점이다.

센 강변의 사람들

우리들이 살았던 카르디날 르무안 거리 꼭대기에서 강으로 내려가는 길은 여럿이었다. 거리를 따라 곧장 내려가는 길이 가장 빨랐지만 워낙 경사가 가파를 뿐 아니라, 평지에 이르러 생-제르맹 대로 입구의 차량들이 붐비는 번잡한 지역을 건너면 오른쪽으로 포도주 시장을 끼고 뻗어 나간 강둑으로 나가게 되는데, 그곳에는 음울하고 바람이 심하고 썰렁하기 짝이 없는 풍경이 펼쳐졌다. 여기는 파리의 다른 어느 장터와도 분위기가 달라서, 세금을 물지 않으려고 포도주를 쌓아 둔 보세 창고 같은 건물들이 밖에서 보면 군대 병참부나 포로 수용소처럼 살벌했다.

센 강의 지류 건너편 길거리들은 비좁았으며, 낡고 높은 집들이 아름다웠는데, 사람들은 그곳으로 곧장 건너가거나 왼쪽으로 돌아 생-루이 섬과 나란히 뻗어 나간 강둑을 따라 걸어서 노트르담과 시테 섬으로 가기도 했다.

강둑에 늘어선 간이 책방에서는 가끔 최근에 출판된 미국 책들을 아주 싼값으로 살 수가 있었다. 투르 다르장 식당에는 위층에 방이 몇 개 있어서 그 무렵에는 그 방들을 세로 내 주었고, 그곳에 사는 사람들에게는 식당에서 할인을 해 주었으며, 세를 들었던 사람들이 혹시 남겨 두고 가는 책이 있으면 시종이 모아 두었다가 별로 멀지 않은 강둑에 늘어선 책방에 가져다가 팔았으므로 그런 책들은 서점 여주인에게 몇 프랑만 주면 살 수 있었다. 그녀는 영어로 된 책의 가치를 알 길이 없어서 헐값으로 사들여서는 조금만 이윤을 남기고는 빨리 팔아 치웠다.

"그거 쓸만한 책들인가요?" 사이가 가까워진 다음에 그녀는 나에게 물었다.

"좋은 책들도 있어요."

"어떻게 알아요?"

"읽어 보면 알죠."

"그래도 그런 책을 팔려면 도박이나 마찬가지예요. 영어로 된 책을 읽는 사람이 별로 없으니까요."

"모아 두시면 다음에 내가 와서 훑어보죠."

"안 돼요. 모아 둘 수는 없어요. 당신이 자주 들르는 것도 아니고요. 당신은 한번 다녀가면 한참 있어야 오잖아요. 난 될 수 있는 대로 빨리 이 책들을 팔아야 합니다. 형편없는 책들인지도 모르니까요. 형편없다는 걸 뒤늦게 알게 되면 아무한테도 못 팔아요."

"프랑스 책은 어느 것이 좋은지를 어떻게 아나요?"

"우선 그림이 들어가야 하죠. 다음에는 삽화의 질을 따지고요. 그러고는 제본을 봐요. 좋은 책이라면 주인이 제본을 제대로 했을 테니까요. 영어로 된 책들은 모두 제본이 되기는 했어도 솜씨가 엉망이죠. 그러니까 판단할 방법이 없어요."

투르 다르장 근처의 그 책방 다음에는 그랑제 오귀스탱 선착장 강둑에 이를 때까지 미국이나 영국 책들을 파는 곳이 하나도 없었다. 선착장을 지나면 몇 군데가 있었으며 볼테르 선착장 너머에는 왼쪽 강둑의 호텔들, 특히 돈 많은 단골들이 가장 많이 드나드는 볼테르 호텔의 종업원들에게서 책을 사다가 파는 곳들이 있었다. 어느 날 나는 사이가 가까워진 다른 책방 여주인에게 혹시 주인들이 책을 파는 일도 있는지 물어보았다.

"아뇨. 모두 배에다 버리고 내리는 책들이죠. 그러니까 틀림없이 형편없는 책들일 거예요." 그녀가 대답했다.

"여행을 하는 동안 배에서 읽으라고 친구들이 주는 책이겠죠."

"그럴 거예요. 사람들이 배에 버리고 내리는 책들이 분명히 많을 거예요." 그녀가 말했다.

"그래요. 여객선에서는 그 책들을 모아 제본해서 배에다 도서관을 차리죠." 내가 말했다.

"머리를 잘 쓰는군요. 그렇다면 그 책들은 적어도 장정을 제대로 했겠네요. 그런 책이라면 값이 나가겠죠." 그녀가 말했다.

나는 글쓰기를 끝낸 후이거나 생각해야 할 일이 있으면 선착장을 따라 산책을 나갔다. 이리저리 거닐거나 무슨 일을 하거나 그들이 잘 아는 어떤 작업을 하는 사람들을 보고 있노라면, 생각에 잠기기가 훨씬 쉬웠다. 퐁 뇌프 다리 밑 시테 섬 어귀에는 앙리 4세의 동상이 있었고, 섬은 뱃머리처럼 끝이 뾰족했으며, 물가의 작은 공원에는 우람하거나 옆으로 퍼진 멋진 밤나무들이 자랐고, 센 강을 따라 흐르는 물살과 둑에 부딮혀 되밀리는 강물 여기저기에 아주 훌륭한 낚시터가 몇 군데 있었다. 계단을 내려가면 계단 끝과 커다란 다리 밑에서 낚시를 하는 사람들을 볼 수 있었다. 수심에 따라 고기가 잘 잡히고 덜 잡히는 곳이 따로 있었으며, 낚시꾼들은 여러 마디로 연결된 길고 뾰족한 장대 낚싯대를 사용했지만, 초리대만큼은 최고급품을 사용했고, 가벼운 채비와 깃털 찌로 고기를 낚았으며, 자기들이 노리는 자리에다 능숙하게 밑밥을 뿌렸다. 그들은 늘 어느 정도는 고기를 낚았으며, 가끔 황어처럼 생긴 모샘치를 잡기도 했다. 그 고기는 통째로 튀기면 맛이 좋아서 나는 한 접시를 다 먹어 치웠다. 모샘치는 살이 통통하고 달콤해서 싱싱한 정어리보다 맛이 좋았고, 기름기가 전혀 없어 가시까지 몽땅 먹었다.

모샘치 요리를 가장 잘하는 곳은 우리들이 동네를 벗어나 외식을 나갈 만큼 돈이 넉넉하면 자주 찾아가고는 했던 뫼동 하부의 강 위에 띄워 놓은 노천 식당이었다. 식당의 이름은 라 페슈 미라클뢰즈[22]였으며 뮈스카데[23]의 일종인 기막힌 술을 팔았다. 모파상의 단편 소설에 등장할 듯싶은 그곳에서는 시슬리[24]의 그림 같은 강의 경치가 내다보였다. 모샘치를 먹으려고 꼭 그렇게 멀리까지 나갈 필요는 없었다. 생-루이 섬에서도 아주 좋은 생선 요리를 먹을 수가 있었다.

나는 센 강에서 생-루이 섬과 베르-갈랑 공원 사이의 고기가 잘 잡히는 곳에서 낚시를 하던 사람들을 몇 명 사귀어서,

---

22 La Pêche Miraculeuse. 기적의 고기잡이라는 뜻.

23 쌉쌀한 맛이 나는 백포도주.

24 Alfred Sisley. 프랑스에서 거의 평생을 보낸 영국 풍경화가.

날씨가 좋으면 가끔 포도주 한 병과 빵과 소시지를 사서 들고 그들을 찾아가 햇볕을 받고 앉아 내가 사 두었던 책을 읽으며 낚시 구경을 했다.

기행문 작가들은 센 강의 낚시꾼들이 미친 사람들이며 그 곳에서는 전혀 고기가 안 잡히는 것처럼 기사를 썼지만, 이곳 의 낚시는 본격적이었고 잡히는 마릿수도 많았다. 여기 낚시 꾼들은 대부분 당시에는 몰랐지만 나중에 통화 팽창이 되어 별로 도움이 되지 못할 약간의 연금을 받으며 살아가는 사람 들이나 직장에서 한나절이나 며칠 짬을 내어 고기를 낚으러 나온 사람들이었다. 마른 강이 센 강으로 흘러드는 지점의 샤 랑통 그리고 파리의 양끝에서는 낚시가 더 잘되었지만 시내 를 관통하는 강둑에서도 고기가 꽤 잘 잡혔다. 나는 장비가 없 기도 했지만 에스파냐에서 낚시를 하려고 돈을 열심히 모으 던 중이었기에 파리에서는 출조를 하지 않았다. 또한 나는 언 제 일이 끝날지, 언제 파리를 떠나게 될지 기약이 없던 터여 서, 제대로 되기도 하고 허탕을 치기도 하는 낚시에 아까운 시 간을 빼앗기고 싶지가 않았다. 하지만 알아 두면 재미있겠다 고 느껴서 낚싯꾼들을 열심히 지켜보았으며, 시내 한복판에 서 건전하게 부지런히 낚시를 하고 식구들에게 생선 요리감 을 몇 마리 가지고 돌아가는 사람들이 있다는 사실을 떠올릴 때마다 기분이 좋았다.

낚시꾼들의 정겨운 모습과 강에서 펼쳐지는 삶, 아름다운 거룻배들 위에서 전개되는 또 다른 삶, 다리 밑을 지나갈 때마 다 굴뚝을 뒤로 꺾어 가며 거룻배들을 줄줄이 끌고 가는 예인 선들, 돌로 쌓은 강둑의 거대한 느릅나무들 그리고 가끔 나타 나는 양버들과 버즘나무…… 이런 풍경들 때문에 나는 강변을 거닐 때면 조금도 외로운 줄을 몰랐다. 나무가 그토록 많은 도시에서는 다가오는 봄을 눈으로 날마다 확인할 수가 있으며, 어느 날 밤 따스한 바람이 불고 아침이 오면 완연한 봄날을 맞게 된다. 때로는 차가운 비가 심하게 내려 봄을 쫓아버린 탓에 새 계절이 절대로 오지 않을 듯싶고, 그러면 내 인생에서 계절을 하나 통째로 잃어버리겠다는 기분조차 든다. 이는 자연스러운 현상이 아니기 때문에 파리에서 정말로 서글픈 시기는 오직 그런 때뿐이다. 사람들은 가을에 찾아오는 서글픈 마음은 당연한 일로 받아들인다. 나무에서 잎사귀들이 떨어지고 나뭇가지들이 바람과 추위와 겨울빛 속에서 앙상하게 드러나면 우리는 인생의 한 부분이 해마다 죽어 간다고 느낀다. 하지만 우리는 얼었던 강물은 틀림없이 다시 흐른다는 순리를 알고, 그리하여 어김없이 봄은 꼭 찾아오리라고 믿는다. 차가운 비가 계속 내려서 봄을 죽여 없애면 그것은 마치 젊은 사람이 아무런 이유도 없이 죽는 것과 같다.

그래서 그 시절에는 결국 봄이 언제나 찾아왔지만, 하마터면 오지 않을 뻔했던 봄을 생각하면 마음이 섬찟해진다.

봄 같지 않은 봄

비록 봄 같지 않은 봄일지라도 어쨌든 봄이 오면 어디서 가장 큰 기쁨을 찾아야 하느냐 하는 문제 외에는 걱정거리가 없었다. 하루의 즐거움을 망쳐 놓을 골칫거리라고는 사람들뿐이었으니, 누군가를 만날 약속만 자꾸 만들지 않는다면 하루하루가 즐거울 따름이었다. 사람들이란 항상 행복을 가로막는 걸림돌이었으나, 그래도 아주 소수의 사람들은 봄 자체만큼이나 반가운 존재였다.

봄날 아침이면 나는 아직 아내가 잠을 자는 이른 시간에 일을 했다. 창문들은 활짝 열어 놓았고 자갈로 포장한 길바닥 위에 내린 비가 마르는 중이었다. 창문으로 마주 내다보이는 건너편 집들의 축축한 벽들이 햇볕을 받아 빨리 말랐다. 상점들은 아직도 철문을 내린 채였다. 염소몰이가 피리를 불며 길거리를 올라왔고, 우리집 위층에 사는 여자가 커다란 항아리를 들고 길거리로 나갔다. 염소몰이가 젖통이 무겁게 늘어진 까만 염소를 한 마리 골라내어 항아리에다 젖을 짜는 동안 염소몰이의 개는 다른 염소들을 인도로 몰아서 올려 보냈다. 염소들은 관광객처럼 두리번거리며 사방을 둘러보았다. 염소몰이는 여자에게서 돈을 받고 고맙다는 말을 한 다음 뿔을 까딱거리는 염소들을 앞으로 모는 개를 뒤따라 피리를 불며 길거리를 올라갔다. 나는 다시 글을 쓰기 시작했고 윗집 여자는 염소 젖을 가지고 층계를 올라왔다. 물렁물렁한 바닥을 댄 허드레 신발을 신은 그녀가 우리 집 문밖 층계에 멈추며 몰아쉬는 숨소리나 문을 닫는 소리만 들렸다. 우리 건물에서 염소젖을 사 먹는 손님은 그녀 혼자뿐이었다.

나는 내려가 조간 경마 신문을 사기로 작정했다. 아무리 가난한 동네라도 경마 신문을 적어도 한 가지쯤은 구하기가 어렵지 않았지만, 이런 날에는 서둘러야 했다. 나는 콩트르스카르프 광장의 모퉁이 데카르트 거리에서 한 부를 구했다. 염소들이 데카르트 거리를 내려가는 중이었고 나는 숨을 잔뜩 들이쉬고 빠른 걸음으로 돌아와서 층계를 올라가 일을 끝마치려고 했다. 나는 이른 아침의 바깥 거리에서 염소들을 뒤따라가며 잠깐 더 시간을 보내고 싶은 유혹을 얼핏 느꼈다. 어쨌든 일을 다시 시작하기 전에 나는 신문을 훑어보았다. 앙기앵[25] 경마장에서 경기가 벌어질 예정이었는데, 그곳은 타향 사람들의 고향 노릇을 하는, 작고 아름다우며 도둑들이 들끓는 지역이었다.

그래서 그날은 내 작업이 끝나면 아내와 함께 앙기앵 경마장으로 가기로 작정했다. 내가 기사를 보내는 토론토의 신문사에서 돈이 좀 도착했으므로, 나는 마땅한 놈이 눈에 띈다면 승산이 적은 말에다 걸고 싶었다. 아내는 언젠가 오퇴유에

---

25 Enghien-les-Bains. 파리 북쪽 근교에 자리한 카지노로 유명한 도시.

서 승산이 120대 1인 셰브르 도르[26]라는 말에다 걸었더랬는데, 그 말은 20마신(馬身)을 앞장서서 달려 우리들이 여섯 달은 먹고살 돈을 따놓은 셈이었지만, 마지막 뛰어넘기에서 쓰러졌다. 우리들은 그 생각을 다시는 하지 않기로 했다. 그해 우리들은 셰브르 도르 때문에 낭패를 보기 전까지는 돈을 땄었다.

"정말 돈을 걸 만큼 우리들한테 여유가 있는 거야, 테이티?" 아내가 물었다.

"아니. 우린 딴 돈을 쓸 생각만 하면 돼. 혹시 당신, 돈을 쓸 데가 따로 있어?"

"글쎄." 그녀가 대답했다.

"알아. 고생이 무척 심했고 난 돈을 가지고 옹졸하고 까다롭게 굴었단 거."

"그게 아냐. 하지만……" 아내가 말했다.

내가 얼마나 깐깐했으며 우리 사정이 얼마나 나빴는지를 잘 알고 있었다. 일을 하는 데서 만족감을 얻는 사람은 힘겨운 가난을 크게 꺼리지 않는다. 나는 욕실과 샤워와 수세식 화장실이라면 우리들보다 열등한 사람들이나 누리는 무엇이거나 여행을 다닐 때만 기대하는 사치라고만 생각했으며, 우리들은 여행이라면 자주 다니는 편이었다. 목욕을 해야 할 때면 언제라도 길거리 아래쪽 강가에 있는 공중목욕탕으로 가면 그만이었다. 아내는 셰브르 도르가 고꾸라질 때 눈물을 흘리지 않았듯이 이런 불편들에 대해서 단 한 번도 불평한 적이 없었다. 내가 기억하기로는 아내가 말 때문에 울기는 했지만, 말이

---

26   Chèvre d'Or. 황금의 염소라는 뜻.

불쌍해서였지 돈 때문에 억울해한 것은 아니었다. 그녀에게 회색 양가죽 저고리가 필요했을 때 나는 어리석은 짓을 감행했고, 막상 그 옷을 얻자 아내는 무척 기뻐했다. 나는 다른 여러 가지 일에 있어서도 바보짓을 했다. 그것은 모두가 돈을 쓰지 않고서 해결할 방법이 없는 가난과 벌이는 싸움의 한 부분이었다. 특히 옷 대신에 그림을 살 때가 그러했다. 하지만 그러기는 해도 우리는 스스로 가난하다고 생각했던 적이 한 번도 없다. 우리는 그 사실을 인정하지 않았다. 우리는 우월한 사람들이었으며, 돈 많은 자들을 마땅히 깔보고 불신해야 된다고 믿었다. 몸을 따뜻하게 하려고 멋진 속옷 대신에 두꺼운 털옷을 입는 것이 나에게는 전혀 이상하게 생각되지가 않았다. 그것은 돈 많은 사람들이 보기에만 이상할 뿐이었다. 우리들은 값싼 음식을 배불리 먹었고, 값싼 술을 기분 좋게 마셨고, 둘이서 따뜻하게 잘 잤으며, 서로를 사랑했다.

"경마장으로 가는 게 좋겠어. 너무 오랫동안 가 보질 못했잖아. 거기 가서 점심도 먹고 포도주도 좀 마시기로 해. 내가 맛있는 샌드위치를 만들게." 아내가 말했다.

"돈이 덜 들게 기차를 타고 가지. 하지만 당신 마음에 걸리면 가지 않아도 좋아요. 오늘은 무얼 해도 재미가 있을 테니까. 날씨가 기막힌 날이니 말이에요."

"가는 게 좋겠어."

"다른 데 돈을 쓰고 싶지는 않아?"

"그래. 그렇다고 해서 우리들이 못할 짓을 하는 것도 아니잖아?" 아내는 자신만만하게 말했다. 그녀가 의기양양한 표정을 지을 때는 광대뼈가 아름다워 보였다.

그래서 우리들은 파리 북역에서 기차를 타고 시내에서 가장 처량하고 너저분한 지역을 지나, 대피선에서 차를 내려 경마장 휴게소로 나갔다. 이른 시각이어서 우리들은 새로 잔디를 깎은 둑에 우비를 펴고 앉아서 점심을 먹고 포도주를 마신 다음에 낡은 특별 관람석과 나무로 지은 갈색 매표소와 경마가 벌어질 풀밭과 더 짙은 푸른 빛깔의 장애물과 말이 뛰어넘는 물구덩이의 검붉은 반사 광선과 비바람에 하얗게 씻긴 돌담과 하얀 기둥과 난간들, 잎이 새로 돋은 나무들 밑의 말 우리와 우리로 가장 먼저 끌려 들어가는 말들을 구경했다. 우리들은 포도주를 더 마시고는 신문의 경마표를 살펴보았고, 아내는 우비를 깔고 누워서 얼굴에 햇빛을 받으며 잠이 들었다. 나는 전에 밀라노의 산 시로 축구 경기장에서 사귄 사람을 발견하고는 그에게로 갔다. 그는 나에게 말 두 마리를 추천했다.

"정말이지 돈을 딸 생각은 말게. 하지만 돈이 든다고 해서 기가 꺾이면 그것도 못써."

쓸 돈의 절반을 걸었던 첫 번째 말이 경기에서 이겼는데, 그 말은 멋지게 뛰어넘으며 바깥 선에서 주도권을 잡아 4마신을 앞서서 우리들로 하여금 12대 1로 따게 했다. 우리들은 딴 돈의 절반을 떼어 따로 남겨 두고는 나머지 반을 걸었고, 우리가 건 두 번째 말은 처음부터 선두로 나서더니 장애물을 모두 앞장서서 뛰어넘고는 채찍을 맞아가며 뛸 때마다 훌쩍 앞으로 달려 나가 마지막까지 선두를 놓치지 않았다.

우리들은 관람석 밑의 주점으로 내려가 샴페인을 한 잔 마시고 상금이 게시판에 올라오기를 기다렸다.

"경마는 사람들의 애를 태우는 경기야. 뒤에서 따라붙던 말을 봤지?" 아내가 말했다.

"아직도 그때의 흥분감이 바로 느껴져."

"돈이 얼마나 나올까?"

"일람표(一覽表)에는 8대 1이라고 나왔어. 하지만 마지막 순간에 그 말에 돈을 건 사람들이 더 있을 거야."

말들이 옆으로 지나갔는데, 우리들이 건 말은 땀에 흠뻑 젖고 숨이 차 콧구멍을 벌름거렸고, 기수가 말을 쓰다듬어 주었다.

"가엾어라. 우리야 돈만 걸면 그만이지만." 아내가 말했다.

그들이 지나가는 모습을 지켜보면서 우리는 샴페인을 한 잔 더 마셨으며, 상금이 85라고 나왔다. 10프랑을 걸었다면 85프랑을 준다는 뜻이었다.

"마지막에 사람들이 돈을 많이 건 모양이야." 내가 말했다.

하지만 우리들로서는 상당히 큰돈이었으니, 즐거운 봄날에 돈까지 많이 생긴 셈이었다. 그만하면 더 바랄 바가 없다는 생각이 들었다. 그런 날은 딴 돈을 한 사람이 4분의 1씩만 나눠 가지고 쓴다고 해도 경마에 걸 돈이 절반이나 남는다는 계산이 나왔다. 나는 경마에 쓸 돈은 몰래 다른 돈들과 분리에서 관리했다.

같은 해 얼마 후 항해에서 돌아온 뒤의 어느 날 우리들은 경마에서 또 행운을 잡았고, 집으로 가던 길에 푸르니에 식당 앞에서 걸음을 멈추고는, 진열장에 또박또박 적힌 비싼 가격을 확인한 다음 술집으로 들어갔다. 굴과 멕시코 게 요리에다 상세르 백포도주를 마셨다. 우리들은 어둠이 깃든 튈르리 궁전을 지나 걸어 돌아오다가 걸음을 멈추고는 회전목마 개선문을 통해 환한 불빛을 받아 허여스름해진 어둠 너머 콩코르드의 컴컴한 공원들 저편에서 승리 개선문을 향해 길게 뻗어 올라간 불빛들을 한참 구경했다. 우리들은 어두운 루브르를 뒤돌아보았고, 내가 말했다. "세 건물이 정말로 일직선을 이룬다고 생각해? 이 두 개선문과 밀라노의 시르미오네 말이야."

"모르겠어, 테이티. 그런 얘기를 하는 사람들은 확실히 아니까 그렇게 말하는 것 아니겠어? 눈 덮인 산을 다 올라간 다음에 상-베르나르 준령에서 어느덧 봄을 맞은 이탈리아 쪽으로 나간 다음에 당신하고 칭크하고 나하고 하루 종일 걸어서 아오스타까지 갔던 어느 해 봄날을 기억해?"

"길거리에서 신는 구두를 신고 상-베르나르를 횡단한 셈 아니냐고 칭크가 그랬었지. 당신이 신었던 구두 생각나?"

"한심한 구두였지. 그리고 갈레리아 상점가의 비피 술집에서 카프리와 신선한 복숭아와 야생 딸기를 커다란 유리잔에 넣고 얼음을 타서 먹었던 일 생각나?"

"세 개선문에 대해서 내가 궁금증을 느낀 건 그때였어."

"난 세르미오네 개선문이 생각나. 이 개선문과 비슷했지."

"그날 내가 낚시를 하는 동안 당신하고 칭크가 정원에 앉아 책을 읽었던 애글레[27]의 여관을 기억해?"

"그럼, 테이티."

송어가 많이 잡히는 스토칼퍼와 론 운하 두 물줄기가 양쪽으로 나란히 뻗어 나가는 좁다란 론 강이 기억나는데, 그곳에서는 눈이 녹아 회색빛으로 변한 강물이 가득 흘렀다. 그날 스토칼퍼는 정말로 맑았고 론 운하는 아직 흙탕물이었다.

"마로니에 나무들은 꽃이 만발했고, 짐 갬블이었던 것 같은데, 등나무 넝쿨에 대해서 누구한테선가 들은 얘기를 하려

---

27 Aigle. 스위스 알프스의 자치구로 역사가 깊은 도시.

고 했지만 내가 내용을 기억하지 못해서 쩔쩔매던 날이 생각나?"

"그래, 테이티, 당신하고 칭크는 걸핏하면 어떻게 써야 참된 글이 되고, 묘사를 하는 대신 어떻게 정확하게 표현해야 하는지 얘기를 나누었지. 난 다 기억나. 어떤 때는 그의 말이 옳았고 또 어떤 때는 당신의 말이 옳았어. 난 당신하고 그 사람이 빛과 형태와 결에 대해서 한 얘기들을 기억해."

잠시 후에 우리들은 루브르를 지나 입구로 나와서 길을 하나 건너 바위로 연결된 다리 위에서 강을 내려다보았다.

"우리 세 사람은 별의별 것을 다 꼬치꼬치 따졌고 서로 놀려 대곤 했어. 난 여행을 하는 동안 우리들이 한 말과 일들을 모두 기억해." 해들리가 말했다. "정말이야. 모든 일을 기억한다고. 당신하고 칭크가 얘기를 할 때는 나를 끼워 주었어. 스타인 여사의 집에서 여자라고 따돌림을 당할 때하고는 달랐어."

"등나무 넝쿨 얘기가 기억났으면 좋겠어."

"그건 중요한 게 아니었어. 중요한 건 넝쿨이었지, 테이티."

"애글레에서 내가 포도주를 산장으로 가지고 갔던 거 생각나? 여관에서 그걸 우리들한테 팔았지. 송어하고 같이 마셔야 한다고들 그랬어. 우린 그걸 《라 가제트 드 뤼세른》 신문지에 싸서 가지고 갔을 거야."

"시온 포도주는 더 좋았어. 우리들이 산장으로 돌아갔을 때 강게슈비시 부인이 소스를 발라 송어를 요리했던 거 생각나? 송어 맛이 정말로 기막혔어, 테이티. 그리고 우린 시온 포도주를 마시고, 발밑으로 산등성이가 깎아질러 내려간 전망대에 나가 식사를 하며 호수 건너편과 호수로 강물이 흘러 들어가는 론 강의 어구에 있는 나무들과 눈이 중턱까지 덮인 당 뒤미디 산을 둘러봤지."

"우린 겨울과 봄이면 항상 칭크를 보고 싶어 했어."

"언제나 그랬어. 겨울이 지난 지금도 그분이 보고 싶어."

칭크는 직업 군인이었고 샌드허스트 육군 사관학교에서 몽스로 전출을 갔다. 나는 이탈리아에서 그를 처음 만났고, 아주 친한 사이가 되었으며, 나중에 그는 오랫동안 내 아내하고도 사이좋게 지냈다. 그는 휴가를 나오면 우리들하고 늘 같이 시간을 보냈다.

"칭크는 금년 봄에 휴가를 얻으려고 하는 중이야. 지난 주말에 쾰른에서 편지를 보냈더군."

"나도 알아. 이제 우린 이 순간을 열심히 살아야 하고, 모든 순간을 한껏 누려야 해."

"지금 우린 이 버팀벽을 때리는 강물을 쳐다보고 있어. 그런데 눈길을 돌리면 강 상류에 무엇이 있는지 봐."

눈을 들어 보니 우리들의 강과 우리들의 도시와 우리들의 섬이 모두 한눈에 들어왔다.

"우린 너무나 많은 축복을 받았어. 칭크가 왔으면 좋겠네. 그 사람은 우리들을 잘 보살펴 주잖아." 아내가 말했다.

"칭크는 그렇게 생각하지 않아."

"물론 그렇겠지."

"칭크는 우리들이 함께 탐험을 한다고 생각해."

"사실이 그렇지. 하지만 무엇을 탐험하느냐가 중요해."

우리들은 다리를 건너 동네로 향했다.

"배고파? 우리들 좀 봐. 줄곧 얘기하고, 걷기만 하고." 내가 말했다.

"배고파, 테이티. 당신은 배고프지 않아?"

"멋진 곳으로 가서 정말 푸짐한 저녁 식사를 하자."

"어디에서?"

"미쇼로 갈까?"

"거기라면 거리도 가깝고 아주 좋아."

그래서 우리들은 생-페르 거리를 걸어 올라가서 자콥 길 모퉁이에서 걸음을 멈추고는 진열창의 그림과 가구 들을 구경했다. 우리들은 미쇼 식당의 바깥에 서서 유리창에 붙여 놓은 차림표를 읽었다. 미쇼에는 사람들이 붐볐고, 우리들은 커피를 마신 손님들이 자리를 비우고 나오기를 기다렸다.

산책을 한 다음이라 벌써 배가 고팠는데, 미쇼라면 우리들에게는 마음이 설렐 만큼 비싼 고급 식당이었다. 그 무렵에는 조이스가 가족과 함께 그곳에서 식사를 하고는 했는데, 조이스는 아내와 나란히 벽을 등지고 앉아 한 손에 든 메뉴를 두툼한 안경 너머로 훑어보았고, 옆에 앉은 아내 노라는 식욕이 왕성해도 조심스럽게 식사를 했고, 뒷머리를 매끈하게 다듬은 아들 조르조는 호리호리한 몸집에 한껏 멋을 냈으며, 아직 완전히 어른 티가 나지 않는 딸 루시아는 머리카락이 곱슬거리고 숱이 많았는데, 그들은 모두 이탈리아 말로 대화를 나누었다.

그곳에 서서 나는 다리 위에서 느낀 감정의 어느 만큼이 단순한 배고픔이었는지가 궁금해졌다. 내가 물어보았더니 아내가 대답했다. "난 모르겠어, 테이티. 배고픔에도 워낙 종류가 많으니까. 봄에는 특히 그렇지. 하지만 그것도 이젠 사라졌어. 추억도 배고픔이거든."

나는 바보가 된 기분이었고, 진열창을 통해 식탁에 차려 놓은 두 그릇의 얇게 저민 쇠고기 요리를 보고는 내 배고픔이 그냥 단순한 배고픔이라는 생각을 했다.

"당신은 우리가 오늘 운이 좋았다고 그랬지. 물론 우린 재수가 좋았어. 하지만 좋은 충고와 정보의 덕을 본 거야."

아내가 웃었다.

"경마 얘기가 아냐. 당신은 너무나 고지식한 사람이야. 내 얘긴 다른 면에서 우리들이 복이 있다는 거였어."

"내 생각에 칭크는 경마에 관심이 없는 것 같아." 나는 더 바보 같은 소리를 했다.

"그래. 그 사람은 자기가 직접 말을 타는 경우에나 경마에 흥미가 있을 거야."

"경마장에 다시 가고 싶지 않아?"

"물론 가고 싶어. 그리고 이젠 우린 언제라도 원하면 갈 수가 있어."

"정말 가고 싶어?"

"그럼. 당신은 가고 싶지 않아?"

미쇼로 들어간 우리들은 멋진 식사를 했지만, 식사가 끝나고 배고픔이라는 문제가 완전히 사라졌는데도 다리 위에서 느꼈던 허기는 집으로 가는 버스를 탔을 때도 그대로 남아 있었다. 방으로 들어가 침대에서 사랑을 하고도 그 느낌은 그대로였다. 내가 잠에서 깨어나 열린 창문을 통해 높다란 집들의 지붕에 비춘 달빛을 보았을 때도 그 느낌은 그대로 남아 있다. 나는 달빛을 피해 어두운 쪽으로 얼굴을 돌렸지만 잠이 오지 않았고, 그래서 자리에 누운 채로 그 생각을 했다. 우리는 둘 다 밤중에 두 번이나 잠이 깨었고 이제 아내는 얼굴에 달빛을 받으며 포근히 단잠을 잤다. 왜 그런 기분이 드는지 알고 싶었지만 나는 머릿속이 너무나 멍했다. 아침에 내가 잠이 깨어 봄 같지 않은 봄이 왔음을 깨닫고, 염소를 데리고 다니는 사람의 피리 소리를 듣고 밖으로 나가서 경마 신문을 샀을 때는 삶이 너무나 단순하다고 느꼈었다.

하지만 파리는 아주 오래된 도시였고, 우리들은 젊었고, 그곳에서는 아무것도, 심지어는 가난이나, 갑자기 생긴 돈이나, 달빛이나, 옳고 그름이나, 달빛을 받으며 옆에 누운 사람의 숨소리까지도 단순하지 않았다.

칭크 칭크(Chink)는 보통 중국인을 비하하는
명칭으로 쓰이거나 '짤랑짤랑'이라는 의
성어를 뜻하지만 여기서는 얼굴이 친카라(Chinkara) 영양을 닮았
다고 해서 에릭 오고원(Eric Edward Dorman O'Gowan, 본명 Eric
Edward Dorman-Smith, 1895~1969)에게 붙은 별명이다. 오고원
은 아일랜드 장교로 영국군에서 1, 2차 세계 대전 기간에 기계화 발
전과 병력 훈련 등에서 이론가로 크게 활약한 다음 소장으로 예편
했다.

헤밍웨이는 1918년에 부상을 당하고 이탈리아 정부로부터 은성
무공 훈장을 받으면서 처음 오고원을 만나 알게 되었고, 1922년에
오고원이 파리로 휴가를 갔을 때 재회했다. 오고원은 밀라노 여행
뿐 아니라 등산과 낚시에 헤밍웨이 부부를 자주 초대했다. 아프리
카 사냥 이야기를 담은 두 번째 비소설 『아프리카의 푸른 언덕들
(Green Hills of Africa)』(1935)에서 헤밍웨이는 칭크와의 여행을
언급했다.

짐 갬블 제임스 갬블(James Gamble)은 1918년
이탈리아 전선에서 적십자 소속의 대위
였으며 부상당한 헤밍웨이를 치료했고, 한동안 두 사람은 상당히
사이가 가까웠다. 갬블은 동성애자로 알려졌으며 「스타인 여사의
가르침」에서 헤밍웨이가 익명으로 언급한 인물인 듯싶다.

해들리   해들리 리처드슨(Elizabeth Hadley Rich-
ardson, 1891~1979)은 헤밍웨이의 첫 아
내였다. 그들은 1921년에 결혼하여 함께 프랑스로 건너갔으며, 헤
밍웨이가 1925년 여성 잡지의 여기자 폴린 파이퍼와 바람피워
1927년에 이혼했다.

도락의 끝

그해와 그다음 여러 해 동안 아침 일찍 일을 끝내고 나면 아내와 자주 경마장으로 함께 갔는데, 해들리는 경마를 좋아했고, 때로는 무척 즐겼다. 하지만 그것은 마지막 숲을 벗어나 높은 산에 있는 풀밭으로 올라가거나, 산장으로 밤에 돌아가거나, 우리들과 가장 가까운 친구인 칭크와 낯선 고장의 높은 준령을 오르는 즐거움과는 달랐다. 사실 그것은 경마도 아니었다. 그것은 그냥 말에다 돈을 거는 도박이었다. 하지만 우리는 그 도락을 경마라고 불렀다.

사람들 말고는 우리들 사이를 아무것도 갈라놓지 못해서, 경마는 우리 사이를 전혀 갈라놓지 않았고, 요구가 아주 심한 친구처럼 끈질기게 오랫동안 우리들 곁에 있었다. 너그럽게 생각한다면 그렇게 표현해도 되겠다. 사람들과 그들의 파괴력에 대해서 그토록 잘 아는 체했던 나는 돈이 생긴다는 이유로 가장 거짓되고, 가장 아름답고, 가장 신이 나고, 사악하고, 요구가 심한 이 친구를 참아 주었다. 경마에서 돈을 따려면 시간을 몽땅 바쳐야 했는데, 나에게는 그럴 여유가 없었다. 하지만 경마에 대한 글을 썼으므로 나는 그것이 옳은 일이라고 자위했지만, 결국 내가 쓴 글들은 나중에 모두 잃어버렸고 우편으로 발송한 경마 이야기만 겨우 하나 무사히 남았다.

얼마 후에 나는 더 자주 혼자 경마장을 다녔고 경마에 너무 깊이 얽히고 빠져들고 말았다. 여유가 나면 나는 경마가 제철일 동안에 앙기앵과 오퇴유 두 곳을 드나들었다. 말들의 약점을 빈틈없이 파악하여 활용하려다 보면 모든 신경을 다 거기에 써야 했으며, 그런 식으로는 돈을 벌 수가 없었다. 신문에서는 그런 내용만 밝혀 놓았다. 정보를 알려면 신문만 사면 그만이었다.

오퇴유의 장애물 경마는 관람석 꼭대기에서 봐야 했으므로, 재빨리 올라가서 모든 말들이 저마다 어떤 실력을 나타내는지, 그리고 이길 수 있었던 말이 졌으면 어째서 그 말이 능력을 제대로 발휘하지를 못했는지를 살펴봐야 했다. 돈을 건 말이 출발할 때마다 상금과 시시각각으로 달라지는 승산을 지켜봐야 하며, 그 말의 요즈음 실적이 어떤지, 그리고 마지막으로 그 말을 경마장 사람들이 언제 내보내려는지도 알아야 했다. 어떤 말은 경마장에 나오기만 하면 번번이 지는 경우도 있지만, 그리되면 승산이 뻔해진다. 힘든 일이기는 했어도 짬을 낼 수만 있다면 경마가 열리는 날마다 오퇴유로 가서 유명한 말들이 벌이는 정직한 경기를 구경하면 즐거웠고, 그러면 경마장이 내가 아는 어느 곳보다도 친근하게 느껴졌다. 그러다 보면 결국 기수와 훈련사와 마주 들을 많이 사귀게 되고, 무척이나 많은 말들과 무척이나 많은 정보를 얻게 되었다.

원칙적으로 나는 돈을 걸 만한 말이 있을 때만 걸었으나, 훈련사와 기수 외에는 누구도 신통치 않게 생각했던 말에다 걸어서 연거푸 따기도 했다. 그러다가 결국 경마가 시간을 너무 많이 잡아먹는다는 사실을 깨닫고는 그만두기로 했다. 내가 너무 깊이 얽혀들었고, 앙기앵은 물론이요 모터사이클 경기장에서 벌어지는 일들까지 지나치게 많이 알게 되었다고 판단했기 때문이었다.

경마를 그만두자 기쁘기는 했지만 허전함이 남았다. 그때쯤에 나는 좋거나 나쁜 모든 일은 끝날 때 허탈감을 남긴다는 사실을 깨달았다. 하지만 끝난 것이 나쁜 일이라면 허전함은 저절로 메워진다. 좋은 일이라면 더 좋은 무엇을 찾아내기 전에는 허전함을 메울 길이 없다. 나는 경마 자금을 다른 돈과 함께 관리하게 되자 안도감을 느껴 기분이 좋아졌다.

경마를 집어치우던 날 나는 강 건너편으로 가서 당시에는 이탈리아 대로의 길모퉁이에 있었던 보증 신탁 은행의 여행자 담당부에서 근무하는 친구 마이크 워드를 찾아갔다. 나는 경마 자금을 예금했지만 누구에게도 그 얘기를 하지 않았다. 나는 그 돈을 수표장에 올리지 않고 그냥 기억만 해 두었다.

"점심 같이할까?" 내가 마이크에게 물었다.

"그거 좋지. 그래, 갈 수 있어. 웬일이야? 경마장에는 안 가나?"

"응."

우리들은 루부아 광장의 아주 훌륭하면서도 저렴한 작은 술집에서 백포도주를 곁들여 점심을 먹었다. 광장 반대편에는 국립 도서관이 있었다.

"자넨 경마장을 자주 드나들진 않겠지, 마이크?" 내가 물었다.

"그래, 꽤 오랫동안 안 갔어."

"왜 때려치웠나?"

"모르겠어. 아냐. 잘 알지. 재미 좀 보려고 돈을 거는 건 무엇이든지 간에 구경할 가치가 없어." 마이크가 대답했다.

"전혀 안 나가나?"

"큰 경마가 있으면 가끔 가지. 유명한 말들이 출전하면 말이야."

우리들은 빵에다 파이를 얹어 먹고 백포도주를 마셨다.

"돈을 많이 걸어 봤나, 마이크?"

"그럼."

"경마보다 구경하기 좋은 게 뭐가 있나?"

"자전거 경주야."

"정말?"

"돈을 걸 필요가 없으니까. 가 보면 알아."

"경마는 시간을 많이 빼앗아."

"너무 많이 빼앗기지, 시간을 몽땅 다 빼앗아 가니까. 난 그곳 사람들이 싫어."

"난 관심이 무척 많았지."

"그랬겠지. 돈은 잃지 않았나?"

"그럭저럭 좀 땄어."

"그만두는 게 좋아." 마이크가 말했다.

"나 그만뒀어."

"그만두기 어려운 일인데. 이봐, 언제 경륜장에나 가자고."

그것은 내가 거의 알지 못하는 새롭고도 멋진 경험이었다. 하지만 우리들은 당장 시작하지는 않았다. 한참 시간이 흐른 다음에야 접할 수 있었다. 파리 생활의 첫 부분이 깨어진 이후 우리들의 삶에서 경마는 큰 몫을 차지했다.

하지만 얼마 동안은 경마장과 도박을 해서 돈을 벌며 그 행위를 정당화하는 생활을 멀리하고 그냥 우리들의 파리로 돌아와서 우리 자신의 삶과 일, 우리가 잘 아는 화가들에게 희망을 거는 것으로도 충분했다. 나는 자전거 경기에 대한 글을 여럿 쓰기 시작했지만 실내나 옥외 경기장과 도로에서 벌어지는 경기에 대해서 탐탁한 기사는 하나도 나오지 않았다. 하지만 나는 겨울 경륜장에서, 오후의 희뿌연 빛과 높다랗게 올린 목재 경주와 선수들이 지나갈 때 나무 표면을 스치며 윙윙거리는 바퀴의 마찰음과 선수들이 자전거에 올라가 기계와 한몸이 되어 왈칵 힘차게 달려 나가는 기술의 묘미를 맛보았고, 중거리 경주에서 묵직한 가죽 옷과 무거운 헬멧을 걸친 훈련사들이 뒤따르는 선수들을 공기의 저항으로부터 보호해 주려고 몸을 젖히며 앞장서서 달리는 선도차의 발동기 소음의 마력에 마음을 빼앗겼고, 가벼운 헬멧을 쓰고 손잡이 위로 나직하게 몸을 숙이며 커다란 사슬 톱니바퀴를 돌리는 선수들의 힘찬 다리와 자전거들이 뒤따라오도록 길을 인도하는 기계의 롤러에 앞바퀴가 닿을 만큼 바싹 따라가는 선수들과 어떤 경기보다도 신이 나는 선두 다툼과 모터사이클이 퍽퍽거리는 소리와 팔꿈치와 팔꿈치 그리고 바퀴와 바퀴가 서로 닿을 만큼 바싹 붙어 앞서거니 뒤서거니 전속력으로 달리다가 한 사람이 보조를 맞추지 못하고 떨어져 나가 단단한 바람막이 벽에 부딪힐 때까지 크게 원을 그리며 질주하는 선수들에 대한 기사를 열심히 썼다.

경주는 무척 종류가 다양했다. 단거리 직선 경주의 예선이나 결승전에서는 서로 다른 선수가 앞장을 서도록 유도하려고 두 사람이 처음에는 한참 균형을 잡고 달리다가, 다음에는 천천히 원을 그리고, 결국은 급속도를 내며 튀어나가는 방식으로 경기가 진행되었다. 오후 시간을 채우기 위해 연속으로 벌어지는 단거리 경주들이 포함된 두 시간짜리 단체 시합과, 한 시간 동안 혼자서 시계와 사투를 벌이는 외로운 절대 시간 경주, 나무로 높다랗게 올린 버팔로 경기장의 500미터 원형 경주로에서 열리는 굉장히 위험하고 멋진 100킬로미터 경기, 대형 모터사이클을 뒤따라가며 경기를 벌이는 몽트루주 옥외 경기장이 저마다 인기가 높았으며, 옆얼굴이 인디언과 비슷하게 생겼다고 해서 수[28]라는 별명이 붙은 벨기에의 위대한 챔피언 리나르트(Victor Linart)는 마지막이 가까워지면 힘을 북돋아 미친 듯이 속도를 내기 위해 옷 속의 보온병에 연결된 고무 대롱으로 버찌 술을 빨아 마시려고 머리를 숙이며 달리기로 유명했고, 고약하기로 악명이 높은 오퇴유 부근의 왕자 공원의 660미터 시멘트 경기장에서 벌어진 프랑스 선수권 시합에서 폴린[29]과 위대한 선수 가네(Gustave Ganay)가 나가떨어지며 들놀이를 나가서 껍질을 벗기려고 돌멩이에다 푹 삶은 달걀을 깨뜨릴 때처럼 헬멧 속에서 그의 두개골이 부서지는 소리를 듣기도 했다. 나는 6일 경기의 오묘한 세계와 산악 지역의 신기한 도로 경기에 대한 기사도 썼다. 그런 얘기는 사람들이 프랑스어로만 제대로 기사를 썼고, 용어가 모두 프랑스어여서 영어로 글을 쓰기가 힘들었다. 마이크의 말처럼 자전거 경기에서는 돈을 걸 필요가 없었다. 하지만 이것은 파리의 생활 후반부에야 일어난 일이었다.

---

28   Sioux. 코만치와 더불어 백인에게 가장 치열하게 저항했던 인디언 부족.

29   헤밍웨이의 두 번째 아내.

굶주림은 훌륭한 스승

　　빵집들이 진열창에 온갖 입맛 당기는 것들을 늘어놓고 길거리에서는 사람들이 식탁을 바깥에 내다놓고 앉아서 식사를 하기 때문에 음식을 눈으로 보고 냄새를 맡지 않을 길이 없으므로 파리에서는 제대로 먹지를 못하면 무척 배가 고파진다. 언론 활동은 집어치웠고, 아메리카에서는 아무도 사려고 하지 않는 글이나 쓰던 무렵에, 집에서는 아내에게 밖에서 아는 사람과 점심 식사를 같이한다고 둘러댄 다음 끼니를 거르고 찾아가기에 가장 좋은 곳이 뤽상부르 공원이었으니, 거기는 돔 광장에서 보지라르 거리까지 음식을 한 번도 눈으로 보거나 냄새를 맡지 않아도 되는 지역이었다. 그곳에서는 언제라도 뤽상부르 박물관으로 들어갈 수가 있으며, 모든 그림들은 뱃속이 허전하고 잔뜩 굶주렸을 때 훨씬 고상하고, 선명하고, 아름답게 보인다. 나는 배가 고팠을 때 세잔을 훨씬 더 잘 이해하고, 그가 어떻게 풍경화를 그렸는지를 알게 되었다. 나는 세잔도 그림을 그릴 때 배가 고팠는지 가끔 궁금해졌지만, 아마 너무 일에 몰두하다가 식사를 걸렀으려니 생각했다. 잠을 못 자거나 굶주리면 건전하지 못하면서도 명석한 생각들이 머리에 떠오른다. 나중에 나는 세잔이 아마도 다른 면에서 굶주렸으리라고 생각했다.

뤽상부르에서 나와 좁다란 페루 거리를 걸어 내려가면 생-쉴피스 광장에 이르는데, 그곳에도 아직 식당은 나타나지 않고 벤치와 나무 들이 늘어선 조용한 공원만 있을 따름이었다. 거기에는 사자들을 조각한 분수대가 있으며 비둘기들은 길바닥에서 돌아다니거나 주교들의 동상에 올라가 앉았다. 광장의 북쪽 언저리에는 종교적인 물건들을 파는 상점들과 성당이 있었다.

이 광장에서 강 쪽으로 조금이라도 더 가려면 별수 없이 과일과 야채와 포도주를 파는 상점들이나, 빵집들 앞을 지나야 했다. 하지만 신경을 써서 길을 잘 골라 가면 오른쪽으로 돌아 회색과 하얀 돌로 지은 성당을 지나 로데옹 거리에 이르러 실비아 비치의 책방을 향해 오른쪽으로 돌아 올라가게 되는데, 그러면 도중에 먹을거리를 파는 곳들을 많이 지나가지 않아도 된다. 로데옹 거리에서는 식당이 세 군데인 광장에 이를 때까지 음식점이 하나도 없었다.

로데옹 12번지에 이를 쯤에는 배고픔이 가라앉으면서 모든 감수성이 다시금 드높아졌다. 사진들이 달라 보였고 전에는 그냥 지나쳤던 책들도 눈에 띄었다.

"당신 너무 말랐어요, 헤밍웨이. 식사는 제대로 하시나요?" 실비아가 자주 하는 말이었다.

"그럼요."

"점심에는 뭘 먹었죠?"

나는 속이 울렁거렸지만 이렇게 대답하기가 보통이었다.

"지금 점심을 먹으러 집으로 가는 길입니다."

"오후 3시에요?"

"그렇게 늦은 줄은 몰랐는데요."

"며칠 전 밤에 아드리엔이 당신과 해들리를 저녁 식사에 초대하고 싶다더군요. 우린 파르괴[30]를 부를 거예요. 당신은 파르괴를 좋아하시죠? 아니면 라르보를 부르고요. 당신은 그 사람 좋아하죠. 당신이 그 사람을 좋아한다는 걸 난 알아요. 아니면 당신이 좋아하는 사람은 누구라도 좋아요. 해들리한 테 말을 전해 주시겠어요?"

"아내는 오겠다고 할 거예요."

"부인한테 속달 우편을 보내겠어요. 식사도 제대로 못 할 지경으로 일만 하면 못써요."

"알았어요."

"그럼 점심 식사가 너무 늦지 않게 어서 집으로 가세요."

"내가 먹을 건 남아 있겠죠."

"식은 음식도 되도록 먹지 말고요. 따끈따끈한 음식을 잘 먹어야죠."

"나한테 온 우편물은 없나요?"

"없는 것 같아요. 하지만 확인해 볼게요."

그녀가 찾아보더니 쪽지가 하나 나오자 즐거운 표정으로 나를 올려다보고는 닫혀 있는 책상 서랍을 열었다.

"외출한 사이에 이게 왔어요." 그것은 편지였는데, 안에 돈이 들어 있는 것 같았다. "베데르코프[31]로군요." 실비아가 말

---

30   Léon-Paul Fargue. 프랑스의 상징주의 시인.

31   Hermann von Wedderkop. 독일 작가이자 미술 잡지의 편집인.

했다.

"《데어 크베어슈니트》[32]에서 왔겠군요. 베데르코프를 만났어요?"

"아뇨. 하지만 조지하고 여길 왔었죠. 당신을 만나려고 할 거예요. 걱정하지 마세요. 아마 돈부터 먼저 주고 싶었나 보죠."

"600프랑이네요. 돈을 더 보내겠다고 그랬어요."

"날더러 편지를 찾아보라고 그러시길 참 잘했어요. 정말 좋은 분예요."

"내가 글을 팔 곳이라고는 독일뿐이라니 정말 기막히군요. 베데르코프하고《프랑크푸르터 차이퉁》말예요."

"그렇긴 해요. 하지만 조금도 걱정하지 말아요. 당신은 언제라도 포드에게 단편을 팔 수가 있으니까요." 그녀가 나를 놀렸다.

"한 장에 30프랑이죠.《트랜스어틀랜틱》에 석 달마다 단편을 하나씩 판다고 칩시다. 다섯 쪽짜리 단편이라면 150프랑이죠. 일 년에 네 편을 팔면 모두 600프랑이고요."

"하지만 헤밍웨이, 지금 수입이 얼마인지를 놓고 걱정하진 말아요. 중요한 건 당신한테 글을 쓸 능력이 있다는 사실이에요."

"알아요. 난 글을 쓸 수가 있죠. 하지만 아무도 사 주지를 않아요. 신문사 일을 그만둔 이후로는 돈이 하나도 들어오지를 않아요."

---

32 Der Querschnitt. 단면도라는 뜻으로, 마이마르 시대에 발간된 전위파적인 미술 잡지. 1921년에 헤밍웨이의 시가 게재되었다.

"앞으로 팔리겠죠. 봐요. 지금 당장도 하나 판 돈이 생겼잖아요."

"미안해요, 실비아. 이런 얘기를 하다니 미안하군요."

"뭐가 미안하다는 거예요? 언제라도 이런 얘기뿐 아니라 아무 얘기라도 하세요. 작가들이란 누구나 고민거리만 얘기한다는 걸 모르세요? 하지만 걱정만 하지 않고 식사를 제대로 하겠다는 약속을 해 주세요."

"약속하죠."

"그럼 어서 집으로 가서 점심을 드세요."

로데옹 거리로 나간 나는 구차한 불평을 늘어놓은 자신이 역겨워졌다. 나는 원하던 일을 스스로 선택해서 하면서도 그 일을 바보처럼 해내는 중이었다. 나는 식사를 거르는 대신에 커다란 빵을 한 덩어리 사 먹었어야 했다. 맛있는 갈색 빵의 껍질을 맛볼 여유는 있었다. 하지만 곁들여 마실 것이 없으면 입안이 깔깔했다. 병신같이 불평이나 하고. 너저분한 얼뜨기 성자에다 순교자인 척 굴다니. 나는 속으로 투덜거렸다. 너는 스스로 신문사 일을 집어치웠다. 너는 신용이 있으니까 실비아에게 부탁했다면 돈을 꾸어 주었으리라. 그녀는 재촉을 하지 않으리라. 물론이다. 그리고 너는 다른 무슨 일로 또 후퇴를 하고 물러나겠지. 배고픔은 건전하고, 배고플 때는 그림들도 더 훌륭하게 보인다. 먹는 것도 역시 좋은 일인데, 그러면 지금 너는 어디서 식사를 할 생각이냐?

리프 주점으로 가서 식사를 하고 술도 마셔야지.

리프 주점은 걸어서 가도 곧 도착할 거리였으며, 눈이나 코 못지않게 내 뱃속이 재빨리 의식한 곳들을 지나칠 때마다 더 즐거워져서 나는 걸음을 재촉했다. 맥줏집에는 사람이 별로 없었고, 거울을 등지고 벽 앞 식탁에 내가 자리를 잡자 웨이터는 맥주를 마시겠냐고 물었고 나는 1리터가 담기는 큰 잔과 감자 샐러드를 주문했다.

맥주는 아주 차가워서 마시기가 좋았다. 양념장을 치고 튀긴 감자는 단단했고 올리브 기름은 맛이 아주 기막혔다. 나는 후추를 갈아 감자에 뿌리고 빵을 올리브기름에 적셨다. 맥주를 한 모금 주욱 들이킨 다음에 나는 아주 천천히 술을 마시며 식사를 했다. 감자를 다 먹은 다음에는 추가로 훈제 소시지도 시켰다. 반으로 갈라서 특제 겨자 소스를 친 소시지는 두툼하고 먹음직스러웠다.

나는 기름과 소스를 빵으로 말끔히 닦아 먹고 차가운 기운이 가시기 시작할 때까지 맥주를 천천히 마신 다음에 반 잔짜리 맥주를 하나 더 시켜 마셨다. 반 잔짜리는 큰 잔보다 훨씬 차가운 것 같았고, 나는 그것을 반쯤 마셨다.

내가 걱정을 할 일은 아니었다는 생각이 들었다. 작품들이 훌륭하니까 결국 고국에서 누군가 게재를 해 주리라고 나는 믿었다. 신문사 일을 그만두었을 때 나는 단편 소설들이 발표가 되리라고 확신했다. 하지만 내가 보낸 작품은 모조리 퇴짜를 맞고 되돌아왔다. 내가 그토록 자신만만했던 까닭은 에드워드 오브라이언[33]이 내가 쓴 「우리 아버지」를 『올해의 단편 선집(Best Short Stories)』에 실으면서 그 단편집을 나에게 헌정했기 때문이었다. 그래서 나는 웃으며 맥주를 좀 더 마셨다. 그 단편은 한 번도 잡지에 발표된 적이 없지만 그는 모든 원칙을 깨뜨리고 단행본에 수록해 주었다. 내가 다시 웃자 웨

---

33   Edward Joseph Harrington O'Brien. 미국의 시인이며 단편집 편집장.

이터가 힐끗 나를 쳐다보았다. 내가 웃은 이유는 그렇게 배려를 하면서도 그가 내 이름의 철자를 잘못 적었다는 우스운 사실이 생각나서였다. 그 작품은 산에서 휴가를 보내는 동안에도 손질을 할 수 있도록 나한테는 미리 알리지도 않고 해들리가 원고를 로잔에 있던 나에게 가지고 오다가 리옹 역에서 가방을 도둑맞아 내가 써놓은 모든 작품을 잃어버린 다음에 남은 두 편의 단편 소설 가운데 하나였다. 그녀는 초벌 원고뿐 아니라 타자기로 정리했거나 먹지로 복사한 사본까지도 몽땅 대봉투에 넣어 두었더랬다. 한 작품을 건졌던 까닭은 링컨 스테펀스[34]가 어느 편집장에게 우편으로 발송했다가 되돌아왔기 때문이다. 그것은 다른 작품들이 모두 도둑맞는 동안에 우편물 속에서 돌아다니느라고 목숨을 건진 셈이었다. 무사히 남은 다른 단편은 스타인 여사가 우리집으로 찾아오기 전에 쓴 「미시간에서」라는 작품이었는데, 그녀가 내걸지 못할 작품이라고 했기 때문에 나는 사본을 만들지 않았다. 그 원고는 어딘가 서랍 속에 처박아 두고 잊어버렸다.

그래서 우리들이 로잔을 떠나 이탈리아로 내려간 다음에 나는 경마에 대한 단편을 오브라이언에게 보여 주었다. 그는 얌전하고 소심하고 눈은 새파랬고 얼굴이 창백했으며 곧고 보드라운 머리를 스스로 깎는 사람으로, 당시에는 라팔로 위의 수도원에서 기거했다. 그때는 형편이 좋지를 않았고 나는 더 이상 글을 쓸 수가 없으리라고 생각했는데, 작품을 그에게 보여 주었던 이유는 무슨 기막힌 사연으로 인하여 잃어버린 배의 나침의 함을 머뭇거리며 내보이거나 교통사고를 당

---

34   Joseph Lincoln Steffens. 미국의 언론인.

한 다음에 군화를 신은 발을 치켜들며 절단이 되지나 않았느냐고 무슨 농담을 하며 물어보듯, 호기심에서 그랬을 뿐이다. 그러자 작품을 읽고 난 다음에 그가 나보다도 훨씬 더 상심했다는 사실을 알게 되었다. 죽음이나 참을 수 없는 고통이 아닌 다른 일로 그토록 상심했던 사람이라고는 물건들을 잃어버렸다고 나에게 얘기를 할 때의 해들리뿐이었다. 아내는 울고 또 울면서, 차마 말을 꺼내지 못했다. 나는 아내에게 무슨 끔찍한 일이 벌어졌었는지 몰라도 그렇게 상심할 필요는 없고, 다 괜찮으니까 걱정하지 말라고 그랬다. 우리들이 해결할 수 있으리라고 말하면서. 그러자 마침내 아내는 나에게 얘기를 했다. 나는 아내가 먹종이를 데고 베낀 복사 원고까지 넣고 오지는 않았으리라고 확신했고, 신문사 일을 대신 맡아 줄 사람을 구했다. 그때는 특파원으로 일하며 돈을 잘 벌던 무렵이었으므로 여유가 있었던 터여서 나는 파리로 가는 기차를 탔다. 아내의 얘기는 사실이었으며, 집으로 들어가 그 말이 사실임을 알아낸 다음에 내가 무엇을 했는지를 나는 잊지 않는다. 이제는 그 사건도 지나갔고 칭크는 그때의 난처했던 손실을 절대로 입에 올리지 말라고 충고했으며, 그래서 나는 오브라이언더러 너무 아까워하지 말라고 말했다. 초기 작품들을 잃어버린 것이 나에게는 차라리 잘된 일인지 모른다면서 나는 그에게 군인들이 부하들한테 곧잘하는 소리를 잔뜩 늘어놓았다. 나는 작품들을 다시 쓰겠다고 얘기했으며, 그가 안타까워하지 않도록 거짓말을 하면서 내 약속이 진심이라고 믿었다.

나는 리프 주점에 앉아서 모든 원고를 잃은 다음에 마음을 추스르고 처음으로 다시 집필에 착수했을 때를 회상하기 시작했다. 그것은 라인란트와 루르 지방으로 취재를 가야 했기 때문에 중단했던 봄 스키를 마치고 돌아와서 해들리를 다시 만난 코르티나 담페초에서였다. 「철이 지나서」라는 아주 단순한 그 단편 소설에서 나는 노인이 목을 매어 자살하는 마지막 장면을 잘라냈다. 그것은 잘라낸 부분의 내용을 사람들이 상상할 수만 있다면 무엇이나 다 잘라내야 하고, 그러면 작품이 더욱 탄력을 받아 독자는 스스로 이해하는 이상으로 무엇인지를 느낄 수가 있다는 내 새로운 이론에 입각해서 실천한 결정이었다.

그래, 그러면 나만 알고 이제는 독자들은 이해를 못 하게 되겠지. 나는 생각했다. 이는 의심할 여지가 별로 없는 일이었다. 그런 내용은 남겨 둘 필요가 전혀 없다. 하지만 사람들은 언제나 그림을 이해하는 그런 똑같은 방법으로 이해를 하리라. 시간은 걸리겠지만 필요한 것은 자신감뿐이었다.

음식을 제대로 먹지 못할 처지에서는 굶주리고 있다는 생각을 너무 많이 하지 않기 위해서 자신을 보다 잘 관리하는 능력이 필요하다. 배고픔은 훌륭한 스승이고 인간은 거기에서 배우는 바가 있다. 그리고 그것을 이해하지 못하는 자들보다 나는 앞서 있다. 아, 물론 그들보다 내가 훨씬 앞서 있으므로 규칙적인 식사를 할 여유를 부릴 필요는 없다고 나는 생각했다. 그들이 조금이나마 뒤따라와 준다면 아쉬울 것이 없다.

나는 장편 소설을 써내야 한다는 사실을 알았다. 하지만 장편 소설을 구성하는 정수를 집약하여 하나하나의 문단을 써내느라고 무척 애를 먹던 당시에는 장편을 쓰기란 불가능한 일처럼 여겨졌다. 장거리 경주를 준비하느라고 훈련을 쌓듯이 이제는 더 긴 작품을 써야 할 필요가 있었다. 리옹 역에서 도둑맞은 가방과 함께 잃어버린 장편 소설을 전에 썼을 때

나는 젊음이나 마찬가지로 덧없고도 거짓된 청년기의 서정적
인 기질을 아직 지니고 있었다. 그것을 잃어버려서 오히려 잘
되었다는 생각을 했지만, 장편 소설을 꼭 써야 한다는 필요성
역시 잘 알았다. 하지만 쓰지 않고는 견디지 못할 때까지 나는
그 일을 미루리라. 우리들이 밥을 제대로 먹기 위해서 꼭 써야
하기 때문에 소설을 쓴다면 나는 나쁜 놈이다. 달리 어쩔 수
가 없고 오직 작품을 쓰는 것만이 내가 해야 할 일이라고 믿게
될 때에 이르러서야 비로소 나는 글을 쓰리라. 압박감이 강해
지기를 기다리자. 그러는 동안에 나는 내가 가장 잘 아는 어떤
내용에 대해서 긴 작품을 쓸 준비를 해야 한다.

　이런 생각을 하며 계산을 끝내고 바깥으로 나가서 나는
커피를 마시러 되-마르고에 들르지를 않고 오른쪽으로 돌아
서 렌 거리를 건너 집으로 가는 가장 빠른 길인 보나파르트 거
리로 걸어 올라갔다.

　글로 썼다가 잃어버린 얘기들 외에 내가 가장 잘 아는 것
은 무엇일까? 내가 정말로 잘 알고 아끼며 가장 염두에 두었
던 내용은 무엇일까? 전혀 선택의 여지가 없었다. 일하는 곳
으로 갈 가장 빠른 지름길의 선택만 남았을 따름이었다. 나는
보나파르트 거리를 올라가 기느메르를 거쳐 아사스 거리를
지나 노트르담-데-샹을 올라가 라일락숲 카페로 갔다.

　나는 구석에 앉아 어깨 너머로 들어오는 오후 햇살을 받
으며 공책에다 글을 쓰기 시작했다. 웨이터가 가져온 커피가
식기를 기다려 반쯤 마신 다음 탁자에 놓고 나는 글을 썼다.
일을 끝내고 났을 때 나는 다리를 받친 통나무 기둥들에 부딪
혀 수면이 밀려가다가 기어오르기를 계속하는 강물의 웅덩이
에서 헤엄치는 물속의 송어가 잘 보이는 강을 떠나고 싶지가

않았다. 작품은 전쟁에서 돌아오는 사람들의 얘기였지만 전쟁에 대한 언급은 없었다.

하지만 아침에는 강이 등장할 터이고 나는 강과 시골과 전개될 사건들을 모두 지어내야 한다. 하나씩 그 일을 해야 할 날들이 앞에서 기다리고 있었다. 다른 일은 하나도 상관이 없었다. 호주머니 속에는 독일에서 도착한 돈이 있으니까 걱정이 없다. 그 돈이 떨어지면 어디선가 다른 돈이 들어오리라.

지금 내가 할 일이라고는 오직 다시 일을 시작하게 될 아침까지 건전하고 개운한 마음을 간직해야 한다는 것뿐이었다.

축제의
뒷이야기

신문사 일　　　　헤밍웨이는 스물네 살에 《토론토 스타》를
　　　　　　　　　　떠났다. 허스트 계열의 신문사에 몰래 기
고를 하다가 들통이 나서 편집국 간부가 '길들이기'를 하려고 하자
그는 특파원 일을 그만두고 전업 작가로 돌아섰다.

「**우리 아버지(My Old Man)**」 파리에서 출판된 헤밍웨이의 첫 작품집
　　　　　　　　　　　『세 가지 단편과 열 편의 시』에 수록된 이
단편 소설은 장애물 경마의 기수였던 아버지를 아들이 회상하는
내용이다. 「도락의 끝」에서 언급한 "우편으로 발송한 경마 이야기"
가 이 작품이다. 「철이 지나서(Out of Season)」는 국적 이탈자 미국
인 부부가 이탈리아에서 낚시를 하는 이야기로 헤밍웨이가 빙산
이론(iceberg theory 또는 theory of omission)을 처음 시도한 작품
으로 유명하다. 이 두 작품은 1925년에 출판된 『우리들의 시대(In
Our Time)』에 재수록되었다.

포드 매독스 포드와 악마의 제자

우리들이 노트르담-데-샹 113번지의 제재소 위쪽 공동 주택에 살 때는 라일락숲 카페가 가장 가깝고 훌륭한 카페였는데, 그곳은 파리에서도 손꼽히는 곳이기도 했다. 카페 안은 겨울이면 따뜻했고, 봄과 가을에는 대로를 따라 커다란 차양 밑에 모양이 똑같은 정사각형 탁자들을 늘어놓았으며, 네(Ney) 원수의 동상을 세워 놓은 옆쪽 나무 그늘에도 탁자를 내놓아서 바깥 또한 분위기가 아주 좋았다. 웨이터 두 사람과 우리들은 친한 사이가 되었다. 돔[35]과 로통드를 드나드는 사람들은 라일락숲 카페를 찾아오는 일이 없었다. 그곳에는 그들이 아는 사람이 하나도 없었으며, 그들이 들어선다고 해도 누구 하나 눈여겨보지를 않았다. 그 시절에는 많은 사람들이 남의 눈에 띄려고 몽파르나스와 라스파유 대로 길모퉁이에 있는 여러 카페를 드나들었고, 어떤 면에서 그런 곳들은 불멸의 존재들보다는 그에 대한 하루살이 대용품 역할을 하며 언

---

35   Le Dôme Café. 영국인과 미국인 지식층이 자주 드나들던 카페.

론의 고정 필자들이 찾아주기를 날마다 고대했다.

라일락숲 카페는 한때 시인들이 꽤나 자주 만나던 카페였으며, 마지막으로 드나들었던 이름난 시인은 내가 작품을 읽은 적이 없었던 폴 포르[36]였다. 하지만 내가 그곳에서 본 기성 시인이라고는 권투 선수처럼 코가 부러지고, 헐렁한 소매를 핀을 꽂아 올려붙이고, 온전한 한쪽 손으로 시가를 굴려 대던 블레주 상드라르뿐이었다. 그는 훌륭한 말동무였지만 술을 지나치게 마셨는데, 심하게 취해서 거짓말을 할 때면 그의 얘기는 많은 사람들의 진짜 얘기보다 훨씬 재미있었다. 하지만 그 무렵에 라일락숲을 찾아왔던 시인은 그 사람 혼자뿐이었으며, 나는 그를 그곳에서 한 번밖에 보지 못했다. 아내나 정부를 데리고 찾아오는 대다수 손님들은 수염을 기르고 나이가 많고 무척 낡은 옷을 걸친 남자들이었으며, 그들 가운데에는 옷깃에 가느다랗고 빨간 레지옹 도뇌르 훈장을 단 사람들도 있었다. 프랑스 한림원과 아무 상관이 없지만 교수나 선생이라는 신분을 상징한다고 우리들이 생각했던 보랏빛 학술종려휘장을 달고 나타나는 사람들도 있었는데, 그들이 모두 과학자이거나 학자 들이라고 우리들로서는 좋게 생각하고 싶어 했던 그들이 술 한 잔을 시켜 놓고 보내는 시간은 훨씬 옷차림이 초라한 남자들이 아내나 정부와 함께 커피 한 잔을 마시며 버티는 시간과 막상막하였다.

이런 손님들은 하나같이 서로 관심을 쏟았고, 술이나 커피 또는 향초를 우려낸 차, 아니면 막대로 철한 신문이나 간행물에 저마다 열중했으며 남의 눈에 잘 보이려고 과시하지 않

36 Paul Fort. 프랑스 상징파 시인.

았기 때문에 카페 분위기는 편안했다.

가까운 곳에 살기 때문에 라일락숲을 드나드는 사람들도 적지 않았는데, 어떤 사람들은 옷깃에 십자무공훈장을 달았고, 노랗거나 초록빛인 전공 훈장을 단 사람들도 있었으며, 나는 팔다리를 잃은 그들이 얼마나 잘 극복해 나가는지를 지켜보았고, 그들의 인공 눈알이 얼마나 질이 좋고 얼굴을 얼마나 훌륭한 기술로 재생시켰는지를 살펴보았다. 상당히 본디 상태에 가깝게 재생시킨 얼굴에는 눈이 잘 다져진 스키장 비탈길처럼 광채가 나듯 반들거리는 기운이 감돌았으며, 우리들은 비록 팔다리가 잘리지는 않았더라도 누구 못지않게 군 복무를 잘 치렀을지 모르는 학자나 교수보다는 이런 손님들을 존경했다.

그 시절에 우리들은 전쟁터에 다녀오지 않은 사람들을 탐탁하게 생각하지 않았지만, 사실 누구도 완전히 믿어 주지는 않았고, 상드라르가 잘려나간 팔에 대해서 좀 덜 잘난 체했으면 좋았겠다는 기분조차 많이 느꼈다. 나는 그가 단골손님들이 도착하기 전인 이른 오후에 왔었다는 사실이 그나마 다행이라 생각했다.

그날 저녁에 나는 라일락숲 카페의 바깥에 내놓은 탁자에 앉아서 나무를 비추는 광선이 달라지는 빛깔과, 건물들과, 대로의 언저리를 따라 천천히 지나가는 커다란 말들을 구경하고 있었다. 뒤에서 카페의 오른쪽 문이 열리더니 한 남자가 나와서 내 탁자로 왔다.

"아, 자네 여기 있구먼." 그가 말했다.

그는 이 무렵에 자칭 포드 매독스 포드라고 별명을 썼는데, 덥수룩하고 얼룩진 콧수염을 펄럭이며 숨을 몰아쉬었고,

옷을 잘 차려입었지만 걸음걸이가 꼿꼿해서 꼭대기가 납작한 커다란 술통에 다리가 달린 듯한 인상을 주었다.

"같이 앉아도 될까?"라고 물으면서 그는 자리에 앉았고, 핏기가 없는 눈꺼풀과 눈썹 밑의 빛이 바랜 파란 눈으로 대로를 둘러보았다.

"저 짐승들이 인간적으로 도살을 당하던 시절에 난 전성기를 보냈지." 그가 말했다.

"그 얘긴 벌써 하셨어요." 내가 말했다.

"그랬을 것 같지 않은데."

"틀림없이 들었어요."

"거참 이상하구먼. 여태껏 누구한테도 그런 얘기를 한 적이 없는데."

"술 한잔 하시겠어요?"

웨이터가 서서 기다렸고 포드는 샹베리산 까막까치밥 술을 들겠다고 했다. 키가 크고, 호리호리하고, 머리 꼭대기가 벗어지고, 머리카락은 기름을 발라넘기고, 덥수룩한 옛날식 용기병 콧수염을 기른 웨이터가 주문받은 내용을 복창했다.

"아냐. 브랜디 소다로 줘." 포드가 말했다.

"브랜디 소다, 알겠습니다." 웨이터가 주문을 다시 복창했다.

나는 가능하다면 항상 포드에게서 눈길을 피했고, 밀폐된 방 안에 그와 함께 있을 때면 호흡을 멈추었지만, 지금은 탁 트인 밖에 나와 있었고 낙엽들이 길바닥에서 내 옆을 지나 그가 앉은 자리로 굴러갔으므로 그를 찬찬히 쳐다보았고, 곧 후회했고, 그래서 큰길 건너편으로 시선을 돌렸다. 광선이 어느새 다시 달라졌지만 나는 그 변화를 미처 보지 못했다. 나는 그가 나타나서 맛이 나빠지지나 않았는지 알아보려고 술을 마셨지만, 아직 술맛은 좋았다.

"자네 무척 우울하구먼." 그가 말했다.

"아녜요."

"아냐, 자넨 우울해. 자넨 바깥바람을 더 많이 쐬어야 해. 난 카르디날 르무안 거리 콩트르스카르프 광장 근처의 무도 장에서 열리는 즐거운 저녁 시간에 자넬 초대할 생각이 나서 일부러 들렀어."

"이번에 선생님이 파리로 오기 2년 전에 전 그 무도장 위 쪽에서 살았어요."

"정말 희한한 일이구먼. 확실해?"

"그래요. 틀림없어요. 그곳 주인은 택시를 가지고 있어서 내가 비행기를 타러 갈 때면 공항까지 태워다 주었고, 우린 무 도장 주점에 들러 비행장으로 출발하기 전에 어둠 속에서 백 포도주를 한 잔씩 마시곤 했어요." 내가 대답했다.

"난 항공편 여행에는 취미가 전혀 없어. 자넨 아내를 데리 고 토요일 밤에 무도장으로 오도록 계획을 짜. 상당히 재미있 을 테니까. 자네가 찾아가기 쉽도록 약도를 그려 주겠어. 내가 아주 우연히 찾아낸 곳이지." 포드가 말했다.

"그곳은 카르디날 르무안 74번지 밑에 있어요. 난 3층에 서 살았죠." 내가 말했다.

"번지수는 없어. 하지만 콩트르스카르프 광장만 가면 금 방 찾아낼 수 있을 거야." 포드가 말했다.

나는 술을 한 잔 더 주욱 마셨다. 웨이터는 포드가 시킨 술 을 가지고 왔지만 포드는 야단을 쳤다. "내가 시킨 건 브랜디 소다가 아니었어. 샹베리 베르무드 백포도주와 까막까치밥 술을 주문했다고." 그는 도와주는 듯싶으면서도 호된 목소리로 말했다.

"괜찮아, 장. 내가 브랜디를 마시지. 선생님께는 지금 주문한 걸 가져다 드려." 내가 웨이터에게 말했다.

"아까 주문한 거지." 포드가 고집을 부렸다.

그 순간에 케이프를 두른 꽤 야윈 남자가 길거리를 지나갔다. 키가 큰 여자와 동행이던 그는 우리 탁자를 힐끗 쳐다보더니 시선을 돌리고는 계속해서 대로를 따라 걸어 내려갔다.

"내가 그 사람 못 본 체하는 거 봤나? 내가 그를 무시하는 거 봤지?" 포드가 물었다.

"아뇨. 누구를 못 본 체했다는 건가요?"

"벨록 말이야. 내가 여봐란 듯이 싹 무시해 버렸잖아!" 포드가 우겼다.

"난 못 봤는데요. 왜 그 사람을 무시했나요?" 내가 물었다.

"이유를 꼽으려면 한이 없겠지. 내가 여봐란 듯이 무시해 버렸어!" 포드가 말했다.

그는 한없이 그리고 완전히 행복한 표정이었다. 나는 그때까지 벨록을 본 적이 없었고, 그가 우리들을 보았다고는 생각하지 않았다. 그는 무슨 생각에 골몰히 잠긴 사람처럼 보였으며 우리들이 앉아 있는 탁자를 거의 기계적으로 힐끗 쳐다보았을 따름이었다. 창작 공부를 시작하는 사람으로서 나는 선배 작가인 그를 상당히 존경하던 터였으므로 벨록한테 포드가 무례하게 굴었다는 사실이 퍽 못마땅했다. 지금 같아서는 이해가 가지 않는 일이었지만 그 시절에는 이런 상황이 흔히 벌어졌다.

혹시 벨록이 우리 식탁에 잠깐 들러 그를 만날 수 있었더라면 즐거웠으리라고 나는 생각했다. 포드를 만나서 오후를 잡쳐 버리기는 했지만 벨록이 기분을 전환해 줄 수도 있었으리라.

"브랜디는 무엇 때문에 마시나?" 포드가 나에게 물었다. "젊은 작가에게 브랜디는 치명적이라는 걸 몰라?"

"별로 자주 마시지는 않아요." 내가 말했다. 나는 포드에 대하여 에즈라 파운드가 해 준 경고를 잊지 않으려고 조심했는데, 에즈라의 주의 사항은 포드를 만나면 절대로 그에게 무례하게 굴면 안 되고, 그는 아주 지쳤을 때만 거짓말을 하는 사람으로, 사실은 정말로 훌륭한 작가이며 무척 골치 아픈 가정 문제들을 겪었다는 귀띔이었다. 나는 그런 사실들을 상기하려고 열심히 노력했지만 몸집이 무겁고, 씨근거리고, 보기 흉한 포드의 존재 자체가 손이 닿을 만한 자리에 있고 보니 그것도 쉬운 일이 아니었다. 하지만 나는 노력을 계속했다.

"왜 사람들이 서로 못 본 체 인사도 않고 무시하는지 알고 싶군요." 내가 물었다. 그때까지만 해도 나는 그것이 위다의 소설에서나 나오는 일들이라고 생각했다. 나는 위다의 책은 전혀 읽고 싶은 마음이 없었고, 혹시 스위스의 어느 스키장에서 눅눅한 남풍이 불어오며 눈이 녹아 읽을 책이 떨어지고 전쟁 전에 찍어낸 타우흐니츠[37]판 찌꺼기 책들밖에 없다고 하더라도 위다의 소설만큼은 읽고 싶은 생각이 추호도 없었다. 하지만 육감으로 나는 그녀의 소설에서는 사람들이 서로 무시한다고 확신했다.

"신사는 항상 촌놈을 무시해야 마땅하지." 포드가 설명

---

37 Tauchnitz. 영어로 된 문학 작품들을 만들어 유럽에 보급했던 독일의 출판사.

했다.

"신사라면 버릇없는 놈을 무시해도 되나요?" 내가 물었다.

"신사가 버릇없는 놈과 아는 사이가 될 수는 없지."

"그럼 동등한 위치에서 알게 된 사람만을 무시하게 되는 거 아네요?" 내가 따졌다.

"물론이지."

"촌놈은 도대체 어떻게 만나 사귀나요?"

"처음에는 모르고 사귀는 수도 있고, 친한 사람이 촌놈이 되기도 해."

"촌놈이라는 게 뭐죠? 근처에 나타나면 두들겨 패서 쫓아 버려야 하는 그런 놈인가요?" 내가 물었다.

"꼭 그렇지도 않아." 포드가 말했다.

"에즈라는 신사일까요?" 내가 물었다.

"물론 아니지. 그 사람 미국인이잖아." 포드가 대답했다.

"미국인은 신사가 될 수 없나요?"

"존 퀸[38]의 경우는 모르겠어. 자네 나라의 몇몇 대사들도 그렇고." 포드가 설명했다.

"마이런 T. 헤릭[39]은요?"

"가능한 얘기야."

"헨리 제임스는 신사였나요?"

"그렇다고 봐야지."

"선생님은 신사인가요?"

38　John Quinn. 아일랜드계 미국인 미술품 수집가로, 현대 문학과 미술품의 미국 반입을 제한하는 검열 제도를 폐지하는 운동을 벌였다.

39　Myron T. Herrick. 파리 주재 미국 대사를 두 번 지낸 인물.

"물론이지. 난 영국에서 장교로 복무한 분이시니까."

"무척 복잡하군요. 나는 신사인가요?" 내가 물었다.

"절대로 아니지." 포드가 대답했다.

"그럼 왜 선생님은 나하고 술을 같이 마시나요?"

"장래가 촉망되는 작가이기 때문에 자네랑 술을 마시는 거야. 동료 작가라고 생각해서지."

"고맙군요." 내가 말했다.

"이탈리아에서는 자네도 신사 대접을 받을 거야." 포드가 너그럽게 말했다.

"하지만 난 촌놈이 아니던가요?"

"물론 아니라네, 이 친구야. 누가 그런 소릴 하던가?"

"난 앞으로 촌놈이 될지도 모르죠." 내가 처량하게 말했다. "브랜디를 마시고 뭐 어쩌고 하니까 말예요. 트롤롭[40]의 책에 등장하는 해리 홋스퍼 경의 경우처럼 말예요. 참, 트롤롭은 신사였나요?"

"물론 아니었지."

"확실해요?"

"두 가지 견해가 있을지도 몰라. 하지만 내 견해는 그래."

"필딩은요? 그는 판사였어요."

"이론적으로는 그럴지 몰라."

"앙드레 말로는요?"

"물론 아니지."

"존 던은요?"

"그는 성직자였어."

---

40   Anthony Trollope. 빅토리아 왕조 시대의 영국 소설가.

"재미있군요." 내가 말했다.

"흥미가 있다니 다행이구먼. 가기 전에 자네하고 브랜디나 한잔 같이해야 되겠어." 포드가 말했다.

포드가 자리를 떴을 때는 날이 저물었고 나는 큰길에서 신문, 잡지, 꽃 따위를 파는 가두 매점에 들러 오퇴유의 경기 결과와 앙기앵의 이튿날 예정을 게재한 석간 경마 신문 《완결판 파리 체육 신문》의 마지막 판을 샀다. 장과 근무를 교대한 웨이터 에밀은 오퇴유의 마지막 경마 결과를 보려고 식탁으로 왔다. 라일락숲 카페에는 별로 들르지 않지만 나하고 무척 친한 친구 한 사람이 탁자로 와서 앉았는데, 친구가 에밀에게 술을 주문하는 바로 그때 케이프를 두른 야윈 남자가 키 큰 여자와 함께 길거리에서 우리들 옆을 지나갔다. 그는 식탁을 둘러보더니 시선을 돌렸다.

"저 사람이 힐레르 벨록이야. 오늘 오후에 포드가 여길 왔었는데, 저 사람을 납작하게 만들었지." 나는 친구에게 말했다.

"웃기는 소리 그만둬. 저 사람은 악마주의자 알리스터 크롤리야. 세계에서 가장 사악한 사람이라고들 그러더구먼." 친구가 말했다.

"맙소사." 내가 말했다.

축제의
뒷이야기

블레주 상드라르   스위스 태생의 프랑스 시인이며 소설가인
블레주 상드라르(Blaise Cendrars, 본명
Frédéric-Louis Sauser, 1887~1961)는 유럽 현대주의 운동에 상당
한 기여를 한 인물이다. 모딜리아니, 피카소, 브라크, 샤갈처럼 예
술의 첨단을 가는 화가들 그리고 헨리 밀러, 장 콕토, 기욤 아폴리
네르와 교류한 상드라르의 시작법은 여러 면에서 아르튀르 랭보의
후계자답다는 평을 들었다. 순발력, 끝없는 호기심, 엉뚱한 조합,
사진처럼 정밀한 인상, 사실성으로의 몰입, 입체파 미술과의 시적
인 교감, 환각에 실린 폭발적 감정의 힘, 영화처럼 빠르고 유연한
장면 전환, 몽타주 짜깁기의 기법 등이 그들 두 사람의 정신세계와
삶과 예술에서 공통점으로 두드러진다.
랭보는 산문시 『지옥에서 보낸 한철(Une saison en enfer)』(1873)
의 「두 번째 망상, 어휘의 연금술(Délires II: Alchimi du verbe)」에
서 그를 매료하는 사물들의 목록에 "통속적인 판화, 고리타분한 문
학 작품, 문짝에 그려 놓은 추상화, 무대 장치, 성당 라틴어, 철자법
이 엉망인 음란 소설, 간판"을 올렸다. 한편 상드라르는 「폭풍(Der
Sturm)」(1913)에서 그가 좋아하는 사물들이 "전설, 사투리, 언어의
실수, 추리 소설, 여자의 살결, 태양, 에펠탑"이라며 자유분방한 중
구난방 화법을 썼다.
부르주아 집안 출신으로서 학교 공부가 싫어 자퇴와 도망을 거듭
하던 그는 러시아에서 시계공으로 도제 생활을 하다가 의학을 공
부한 다음 1차 세계 대전 중에 외인부대에서 복무하며 솜(Somme)

전투에 참가했다는 특이한 경력의 소유자다. 「잘려나간 팔(Le Main coupée)」과 「나는 사람을 죽였다(J'ai tué)」는 이때의 전쟁 체험을 담은 작품이다. 헤밍웨이가 그의 "애국적인 허풍"과 "온전한 한쪽 손"을 못마땅해하는 까닭은 그들의 문학적 취향이 너무나 달라서였으리라고 이해해야 할 듯싶다.

상드라르는 문학을 전통적인 이론 공부가 아니라 본능의 영감과 감각적인 매혹의 지배를 받아 스스로 구성해 나간 지적인 문인(un homme de lettres, littérareur)이었으며, 주목을 받은 그의 초기 작품은 장시 「뉴욕의 부활절(Les Pâques à New York)」(1912)이었다. 이 무렵에 그는 기욤 아폴리네르와 서로 깊은 문학적 영향을 주고받았으며, 센 강 좌안의 예술가들 가운데 가장 친하게 지냈던 존 도스 패서스는 『USA』 3부작에서 상드라르의 영화 몽타주 기법을 동원했다. 특히 각 단원을 일련의 '뉴스 영화(Newsreel)'와 '카메라의 눈(The Camera Eye)'으로 이끌고 파리 태생 미국 화가 레지날드 마시(Reginald Marsh, 1898~1954)의 수많은 삽화를 미술 전람회처럼 집어넣으며 가상의 주인공들을 등장시켜 줄거리를 엮는 구조가 그렇다. 『USA』에서는 특히 이사도라 덩컨 같은 여러 세계적인 인물의 압축된 일대기가 압권이다.

포드의 대표작인 장시 「시베리아 횡단기(Pa Prose du Transsibérien et la Petite Jehanne de France)」(1913)는 우크라이나 태생의 프랑스 화가 소냐 들로네(Sonia Delaunay-Terk, 1885~1979)의 그림을 곁들였으며, 그는 이 작품을 자칭 "최초의 동시다발적 시(simultaneous poem)"라고 했다. 「시베리아 횡단기」의 영향을 받아 거트루드 스타인은 "피카소 화풍으로 시를 쓰는 기법"을 실험했다.

레지옹 도뇌르　무훈을 세우거나 문화적 업적이 뛰어난 사람들에게 대통령이 직접 수여하는 프랑스 훈장 레지옹 도뇌르(Legion d'Honneur, 영어로는 Legion of Honour)에는 다섯 등급이 있다. 1976년에 퓰리처상을 받은 솔 벨로의 소설 『험볼트의 선물(Humboldt's Gift)』을 보면 레지옹 도뇌르에 얽힌 명예의 인식에 관한 설명이 자세히 나온다.

포드 매독스 포드　여기에서 헤밍웨이가 묘사한 영국 소설가 포드 매독스 포드(Ford Madox Ford, 본명 Ford Hamilton Hueffer, 1873~1939)는 단순히 변덕스럽고 수다스러운 사람 같은 인상을 줄지 모르지만, 사실상 그가 현대 영미 문학계에 끼친 영향은 막대하다.

포드는 『훌륭한 군인(The Good Soldier)』(1915)에 이어 『행진의 끝(Parade's End)』(1924~1928)이라는 4부작에서 1차 세계 대전 이전 영국의 정치와 사회의 몰락상을 추적했으며, 헨리 제임스와 조셉 콘래드가 시도했던 문학적 인상주의 기법을 발전시켰다. 독일인 음악 평론가 프랜시스 휘퍼의 아들이요 라파엘 이전의 화가였던 포드 매독스 브라운의 손자로 태어난 그는 18세에 동화책 『갈색 부엉이(The Brown Owl)』를 출판한 이후로 시, 전기, 역사, 지형학 등 다양한 분야에서 활동했다. 1897년에 만난 콘래드와 교류하며 『상속자(The Inheritor)』(1901), 『낭만(Romance)』(1903), 『범죄의 본질(The Nature of Crime)』(1904)을 공동 집필한 이후로 그는 소설가로 이름이 알려졌다.

1908년에 그는 재력이 튼튼한 친구 아서 마르우드의 도움을 받아 《잉글리시 리뷰(The English Review)》를 창간해서 아놀드 베넷, 조셉 콘래드, 존 골즈워디, 토머스 하디, 헨리 제임스, 에즈라 파운드, H. G. 웰스, 윌리엄 버틀러 예이츠 같은 유능한 작가들에게 지면을 제공해서 활동을 지원했다. 편집장으로 있는 동안 노먼 더글러스, D. H. 로렌스, 윈덤 루이스, H. M. 톰린슨을 발굴하기도 했다.

포드의 초기 대표작은 캐더린 하워드와 헨리 8세를 주인공으로 삼은 3부작 소설『다섯 번째 왕비(The Fifth Queen)』(1906~1908)인데, 여기에서 그는 역사 자료에 현대 심리학적 통찰력을 접목했고, 이 작품은 "최후의 낭만적인 역사 소설"이라는 명성을 얻었다. 스탕달, 플로베르, 모파상의 기교를 연구한 그는 항상 새로운 문체를 실험하는 작가이기도 했다.

1차 세계 대전에서 장교로 복무한 후 이름을 포드로 고친 그는 1922년에 프랑스로 가서 살았다. 이듬해 그는 파리에서《트랜스어틀랜틱 리뷰》를 창간했는데, 12개월 후에 문을 닫기는 했지만 그때까지 그는 e. e. 커밍스, 어니스트 헤밍웨이, 제임스 조이스, 에즈라 파운드, 거트루드 스타인이 작품들을 게재할 지면을 제공했다.

말년에는 프랑스와 미국에서 궁핍한 생활을 하며 새로운 세대의 작가인 그레이엄 그린, 로버트 로웰, 캐서린 앤 포터, 앨런 테이트, 윌리엄 카를로스 윌리엄스 등과 교류했다. 포드의 다른 주요 작품으로 꼽히는『어제로 돌아가다(Return to Yesterday)』(1932)와『경솔한 행위(The Rash Act)』(1933)에서 그는 전원생활의 인간적인 시각과 문학의 성실성에 대한 신념을 부각한다.

헤밍웨이의 소설『태양은 다시 떠오른다』에서 포드는 헨리 브래덕스(Henry Braddocks)라는 인물로 등장한다.

힐레르 벨록　　　　　정치, 경제, 역사 등 다양한 분야에서 활동
　　　　　　　　　　　한 영국의 작가, 웅변가, 국회 의원, 시인,
풍자가 힐레르 벨록(Joseph Hilaire Pierre René Belloc, 1870~1953)은 기행문 작가로도 유명하다. 그는「"Une Génération Perdue"」꼭지에서 소개한 영국 추리작가 마리 벨록 라운즈의 오

빠이기도 하다.

위다　　　　　　　　　　우리나라에는 『플랜더스의 개(A Dog of Flanders)』(1872)로 가장 널리 알려진 영국 소설가 위다(Ouida)는 소설과 동화책 등 40여 권의 작품을 남긴 마리 루이즈 드 라 라메(Marie Louise de la Ramée, 1839~1908)의 별명이다. 위다는 어릴 적 루이즈 대신 썼던 애칭이라고 한다. 위다는 빅토리아 왕조 시대(1837~1901)를 배경으로 상류 사회에 대한 낭만적인 작품, 특히 역사 소설과 오지에서 벌어지는 모험 소설을 많이 썼다. 프랑스의 외인부대와 비슷한 아프리카 부대(Chasseurs d'Afrique)의 활약을 그린 『두 개의 조국(Under Two Flags)』(1867)은 다섯 차례나 영화로 제작되었다.

새로운 예술의 탄생

나에게 필요한 것이라고는 뒷장이 파란 공책, 연필 두 자루, (호주머니칼은 너무 잘 잃어버려서) 연필깎기, 대리석 판을 깐 책상과, 이른 아침에 청소를 해서 쓸어 내고 걸레질을 친 냄새와 행운이면 그만이었다. 행운이 오기를 바라는 뜻에서 나는 오른쪽 호주머니에 마로니에 열매와 토끼 발을 넣고 다녔다. 토끼 발은 오래전에 털이 닳아 빠졌고 뼈와 힘줄은 너무 만져서 반들거렸다. 발톱들이 호주머니 솔기에 긁히면 아직 행운이 거기 남아 있음을 의식하게 되었다.

어떤 날들은 일이 어찌나 잘되었던지 시골 풍경을 묘사하는 동안, 울창한 숲을 지나 개활지로 나가서 고지로 올라가 호수의 한쪽 후미진 공간 너머로 펼쳐지는 언덕들이 눈에 선했다. 연필깎이의 뾰족한 주둥이 속에서 연필심이 부러지면 작은 호주머니칼의 날로 매끈하게 갈거나 말끔히 깎아 낸 다음에, 땀으로 찝찔하게 찌든 멜빵에 팔을 밀어넣고는 다시 배낭을 걸머지고 다른 팔을 낀 후에 잔등의 무게를 의식하고는 호수를 향해 떠나면서 편편한 신발에 밟히는 솔잎을 느끼게 된다.

그런데 누군가 옆에 나타나서 말을 걸어오고는 한다. "어이, 헴[41]. 뭘 하겠다고 그러는 거야? 카페에서 글을 쓰겠단 말인가?"

그러면 이제 운수가 기울었다고 나는 공책을 덮어 버리게 된다. 이것이야말로 최악의 사태였다. 화를 내지 않는다면 좋겠지만 나는 성질을 제대로 가누지 못해서 소리를 지른다. "이 망할 자식아, 너저분한 제 단골집은 놔두고 여기 와서 뭘하고 자빠졌어?"

"특이한 성격을 공연히 과시하느라고 사람을 그렇게 모욕하면 어떡해?"

"말 같지 않은 소리 집어치우고 여기서 나가."

"여긴 공공장소야. 나도 자네나 마찬가지로 여길 들어올 권리가 있어."

"왜 자네가 드나드는 프티트 쇼미에르[42]로 가지를 않고 이래?"

"여보게. 자꾸 사람 피곤하게 만들지 마."

이 지경이 되면 우연히 그가 찾아왔으니까 또 괴롭힐 사람은 없으리라고 생각하며 밖으로 그냥 나가 버리면 된다. 일을 하기에 좋은 다른 카페들이 있기는 했지만 집에서 멀리 떨어져 한참 걸어가야 했고, 이곳은 내 본거지 카페였다. 라일락숲에서 쫓겨나는 것은 기분이 나쁜 일이었다. 나는 버티거나 나가거나 결정을 지어야 했다. 자리를 피하는 쪽이 현명한 처

---

41   헤밍웨이의 애칭.

42   Petite Chaumiére. '초가삼간'이라는 뜻의 주점 이름.

사였겠지만 화가 치밀어 오른 내가 말했다. "이봐. 너 같은 너저분한 녀석은 갈 만한 곳이 많아. 왜 여길 찾아와서 점잖은 카페의 분위기를 흐려 놓지?"

"난 술을 마시러 들렀을 뿐이야. 그게 뭐가 잘못이지?"

"고향 같았더라면 자네한테 술 한잔 건네고는 잔을 깨뜨려 버렸을 거야."

"고향이 어디야? 듣자하니 멋진 곳 같구먼."

키가 크고 뚱뚱하며 안경을 쓴 젊은이인 그는 옆 탁자에 앉아 버티었다. 그는 맥주를 주문했다. 나는 그를 무시하고 글을 쓸 수 있을는지 실험해 보기로 했다. 그래서 나는 그를 모르는 체하고 두 개의 문장을 썼다.

"난 자네하고 그냥 얘기를 나누고 싶을 뿐이야."

나는 계속해서 한 문장을 더 썼다. 정말로 일이 잘될 때에는 워낙 글쓰기에 몰두한 나머지 좀처럼 멈출 수가 없기 마련이다.

"보아하니 자넨 너무 대단한 존재가 되어서 아무도 함부로 말을 걸지 못한다 이거로구먼."

나는 한 문단을 마무리하는 문장을 하나 더 쓰고는 다시 읽어 보았다. 아직은 별 탈이 없어서 나는 다음 문단의 첫 문장을 썼다.

"자넨 다른 사람들에게도 고민거리가 있으리라고는 신경조차 쓰지 않아."

나는 누군가 불평하는 소리를 평생 줄곧 들어 왔다. 나는 계속해서 글을 쓸 수가 있음을 깨달았고, 그의 얘기는 다른 소음보다 심할 것도 없었으며, 에즈라가 바순을 배우느라고 연습하며 내는 소음보다야 확실히 덜 고통스러웠다.

"작가가 되기를 원하고, 온몸으로 그런 욕망을 느끼긴 하는데 뜻대로 일이 돌아가지 않는다면 기분이 어떻겠어?"

나는 계속해서 글을 썼고, 이제는 달아났던 행운이 분위기와 함께 되돌아온다는 기분이 들었다.

"그 충동이 거대한 밀물처럼 밀어닥치다가 갑자기 사라져 벙어리처럼 조용해진다면 말이야."

벙어리가 시끄럽게 소리를 지르는 것보다야 낫겠지 하고 생각하며 나는 계속해서 글을 썼다. 그는 이제 아우성을 치다시피 소리를 질렀으며, 내 손끝에서는 기막힌 문장들이 제재소에서 톱질을 당하는 널빤지의 소리처럼 유쾌하게 흘러나왔다.

"우린 그리스에 갔었어." 나는 한참 후에 그가 하는 말을 들었다. 오랫동안 나는 그의 얘기를 소음으로밖에는 듣지를 못했다. 이제 나는 계획했던 것보다 글을 많이 썼으므로 중단했다가 내일 일을 계속해도 상관이 없었다.

"방금 그리스 말로 얘기를 했다고 그랬나, 거길 갔었다고 그랬나?"

"공연히 그러지 마. 나머지 얘기를 듣고 싶지 않아?" 그가 말했다.

"듣고 싶지 않은데." 내가 말했다. 나는 공책을 덮어 호주머니에 넣었다.

"결과가 어떻게 되었는지 관심조차 없어?"

"그래."

"같은 인간이 느끼는 고통과 삶에 대해서 자넨 아무 관심도 없나?"

"자네 얘기라면 그래."

"자넨 짐승만도 못한 인간이야."

"그렇겠지."

"자네라면 날 도와주리라고 생각했어, 헴."

"총으로 쏴 달라는 일이라면 기꺼이 하지."

"정말이야?"

"아니. 그랬다간 법을 어기게 되잖아."

"난 자네를 위해서라면 무슨 일이라도 하겠어."

"그래?"

"물론이지."

"그럼 제발 이 카페엔 얼씬거리지 마. 우선 그것부터 해봐."

내가 자리에서 일어서자 웨이터가 왔고, 나는 돈을 냈다.

"자네하고 같이 제재소까지 걸어도 되겠나, 헴?"

"아니."

"그럼 나중에 다시 만나지."

"여기선 안 돼."

"그건 아무래도 좋아. 내가 약속하지." 그가 말했다.

"자네 무슨 글을 쓰고 있는데?" 이 질문은 실수였다.

"난 최선을 다해서 쓰고 있다네. 자네가 그러듯이 말이야.
하지만 정말이지 너무나 힘이 들어."

"글이 써지지 않을 때는 글을 쓰면 안 돼. 무엇 때문에 그
걸 놓고 불평이야? 집으로 가. 직장을 얻든지. 목을 매달고 죽
거나. 글 얘기만 하지 말고 아무거나 멋대로 해. 자넨 절대로
작품을 쓸 수가 없어."

"왜 그런 소릴 하지?"

"자네가 하는 얘기에 스스로 귀를 기울여 본 적이 있나?"

"난 작품을 쓰는 데 대한 얘기를 하는 중이야."

"그렇다면 입을 놀리지 마."

"자넨 정말 잔인해. 모두들 자네가 잔인하고 무정하고 잘난 체한다고들 그랬어. 난 항상 자네 편을 들었지. 하지만 이제부터는 그러지 않겠어."

"잘해 봐."

"같은 인간끼리 어쩌면 그렇게 잔인한가?"

"나도 모르겠어. 이봐, 작품을 쓸 수 없다면 왜 비평이라도 쓸 생각을 못 하지?"

"내가 그래야 한다고 생각하나?"

"그러면 좋을 거야. 그러면 자넨 항상 글을 쓸 수가 있지. 영감이 떠오르지 않는다거나 갑자기 잠잠하고 조용히 가라앉아 버리는 따위의 걱정은 하지 않아도 될 거야. 사람들은 자네의 글을 읽고 믿어 주겠지."

"내가 훌륭한 비평가가 될 것 같은가?"

"얼마나 훌륭해질는지는 나도 모르겠어. 하지만 비평가가 될 수는 있겠지. 자넬 도우려는 사람들은 항상 있을 테고, 자넨 같은 통속들을 도와줄 수가 있어."

"같은 통속이라니?"

"함께 어울려 돌아다니는 사람들 말이야."

"아, 그 사람들. 그들에겐 비평가가 따로 붙어 있어."

"꼭 문학 비평을 해야 할 필요는 없어. 그림, 연극, 무용, 영화, 그런 분야도……."

"자네 얘길 들으니까 황홀해지는구먼, 헴. 정말 고마워. 너무나 신나는 얘기야. 창조적인 일이기도 하고."

"창조란 아마 지나친 표현일지도 몰라. 아무튼 하느님은 세상을 엿새 동안에 만들어 놓고 7일째 되던 날은 쉬었어."

"물론 나로 하여금 창작을 하지 못하게 막을 건 하나도 없다고."

"그렇기는 하겠지. 자신의 비평에 대한 기준을 터무니없이 높이 잡기 전에는 말이야."

"기준은 높아야 해. 두고 보라고."

"그래야겠지."

그는 벌써 비평가가 되기라도 했다는 듯 들뜬 기분이었고, 내가 술을 한잔 마시겠느냐고 물었더니 좋다고 했다.

"헴." 그가 말했는데, 대화에서 이름을 문장의 끝이 아니라 앞에 내세우는 것을 보니 그는 벌써 비평가가 다 된 셈이었다. "자네 작품들은 너무 무미건조하다는 얘기를 하고 싶어."

"미안하구먼." 내가 말했다.

"헴, 자네 문체는 너무 살벌하고, 너무 살이 없어."

"곤란하구먼."

"헴, 너무 살벌하고, 너무 살이 없고, 너무 무미건조하고, 너무 질겨."

나는 죄라도 지은 듯 호주머니 속의 토끼발을 만지작거렸다. "조금 살을 붙여 보도록 해야 되겠군."

"내 얘긴, 요란하게 꾸미라는 건 아냐."

"헴. 가능한 한 그건 피하도록 하겠어." 비평가의 말투를 흉내 내어 내가 말했다.

"우리들이 1대 1로 얘기할 수 있다니 기뻐." 그는 씩씩하게 말했다.

"내가 일을 할 때는 여길 찾아오지 않기로 약속한 거 잊지는 않겠지?"

"물론이야, 헴. 그러고말고. 이제 나도 단골 카페를 만들어야지."

"자넨 정말 고마운 사람이야."

"그런 사람이 되려고 나도 애를 쓰지." 그가 말했다.

나는 그가 이튿날 다시 찾아오리라고는 생각하지 않았지만 모험을 하고 싶지가 않아서 라일락숲은 하루 거르기로 작정했다. 그래서 이튿날 아침에 나는 일찍 일어나서, 고무젖꼭지와 병을 끓이고, 우유를 타서 병에 넣어서 범비 선생[43]에게 주고는 범비와 고양이 F. 푸스 외에는 아무도 없는 주방에서 탁자에 자리를 잡고 말짱한 정신으로 일을 했다. 범비와 고양이는 말이 없는 훌륭한 친구여서 어느 때보다도 일이 잘되었다. 그 무렵에는 아무것도, 심지어는 토끼 발도 필요가 없었지만 호주머니 속에 있는 그것을 만지면 기분은 좋았다.

---

43   아들에게 헤밍웨이가 붙여 준 별명.

**축제의
뒷이야기**

핼　　　　　　　　핼(Hal)은 해럴드(Harold)의 애칭이다.
　　　　　　　　여기에서는 헤밍웨이가 끝까지 그의 정
체를 밝히지 않는데, 그는 바로 뒤에 나오는「돔에서 파스킨과 함
께」에 등장하는 해럴드 스턴스(Harold Edmund Stearns,
1891~1943)다. 스턴스는 1920~1930년대 파리에서 국적 이탈자로
살았던 미국인 비평가이자 언론인이다.

돔에서 파스킨과 함께

하루 종일 열심히 일을 한 다음 유쾌한 저녁을 맞아, 나는 제재소 위의 집을 나와서 목재가 쌓인 마당을 지나 문을 닫고 서는, 길거리를 건너 빵집 뒷문으로 들어갔고, 빵가마의 구수한 냄새를 맡으며 앞문으로 나가니 곧장 몽파르나스 대로였다. 빵집은 불들을 밝혔고 바깥은 하루가 저물었으며, 나는 초저녁 어둠이 깃든 길거리를 걸어 올라가, 우리들이 저녁을 먹으러 오기를 기다리는 듯 벽걸이의 나무 고리에 빨갛고 하얀 바둑판무늬 냅킨을 걸어 놓은 네그르 드 툴루즈 식당의 테라스 바깥에서 걸음을 멈추었다. 보랏빛 잉크로 등사한 메뉴를 읽고 오늘의 특별 요리가 카술레 스튜임을 알았다. 이름만 보고도 배가 고파졌다.

식당 주인 라비뉴는 나더러 오늘 일이 잘되는지 물었고 나는 아주 잘 끝났다고 말했다. 그는 이른 아침에 라일락숲의 테라스에 앉아서 일하는 나를 보았지만 내가 너무 일에 몰두해 있는 듯싶어서 말을 걸지 않았다고 했다.

"선생님은 밀림 속에 혼자 계신 것 같더군요." 그가 말했다.

"일을 할 때면 난 눈먼 돼지나 마찬가지예요."

"정말로 밀림 속에 계신 거 아니었나요?"

"숲속이었겠죠." 내가 말했다.

　나는 길거리를 올라가면서 진열창들을 구경했고, 봄날 저녁에 지나다니는 사람들을 보고 기분이 좋아졌다. 처음 지나친 세 곳의 카페에서는 얼굴만 알거나 얘기를 주고받은 적이 있는 사람들을 보았다. 하지만 저녁 전등불이 들어오자마자 함께 술을 마시고, 식사를 하고, 사랑을 하려고 어디론가 서둘러 가는 낯선 사람들 가운데에는 항상 더 멋져 보이는 사람들이 눈에 띄기 마련이다. 큰 카페에 모인 사람들도 바로 그런 행동을 하거나, 아니면 그냥 앉아서 술을 마시며 얘기를 나누고 남들의 눈길을 받으며 즐거워하는지도 모른다. 내가 알지는 못하지만 좋아했던 사람들은 남의 눈에 띄고 싶지 않아서 남들 속에 뒤섞이려고 커다란 카페를 찾았으며, 아무도 눈여겨보지를 않으므로 그들은 함께이면서도 혼자일 수 있었다. 그 시절에는 큰 카페들 역시 음식 값이 쌌으며 어디를 가나 맥주 맛이 좋았고 안주 값도 적당할 뿐 아니라 안주를 담은 접시에 가격이 명확하게 표시되어 있었다.

　그날 저녁에 나는 별로 독창적이지는 않지만 건전한 생각을 했고, 경마장으로 가고 싶은 충동을 강하게 느끼면서도 하루 종일 열심히 일을 잘했기에 각별히 보람을 느끼기까지 했다. 이 무렵 나는 신경을 많이 쓰고 열심히만 달라붙으면 경마장에서 돈을 마련할 수가 있겠지만, 경마장에 갈 사정이 못되었다. 그때는 약물이 아주 광범위하게 사용되거나 말들이 인공적으로 흥분되었는지를 알아보는 방법으로 타액 검사가 실시되기 이전이었다. 하지만 일부러 마구간에 붙은 방

목장으로 가서 흥분제를 먹인 말들의 증상을 확인하여 미리 가려내고, 때로는 정상적인 판단력을 초월하는 육감에 따라 행동하고, 그러고는 절대로 잃어서는 안 되는 돈을 건다는 무모한 짓은 창작에 전념하여 성공하기를 바라는 젊은 남자가 아내와 아들을 부양하기에는 그리 바람직한 방법이 아니었다.

어떤 기준에 입각하여 보더라도 우리들은 여전히 무척 가난했으며, 나는 돈 몇 푼을 아끼기 위해 여전히 점심 식사에 초대를 받았다고 거짓말을 하고는 뤽상부르 공원에서 두 시간을 배회한 다음에 집으로 돌아가 기막힌 진수성찬에 대해서 아내에게 설명을 늘어놓아야 했다. 큼직한 몸집으로 태어난 건장한 남자는 나이 스물다섯에 한 끼를 굶으면 무척 배가 고파진다. 하지만 배고픔은 모든 감각을 날카롭게 긴장시키기도 했으니, 나는 내가 작품의 소재로 삼았던 많은 인물들이 음식에 대한 취향과 욕구가 대단했고 식욕이 아주 강했으리라고 느꼈으며, 그들 대부분이 술을 마실 기회를 열심히 기다렸으리라는 상상이 쉽게 머리에 떠올랐다.

네그르 드 툴루즈에서 우리들은 훌륭한 카오르 포도주를 반의반 병이나 반 병 또는 한 병을 통째로 시켜 보통 물을 3분의 1쯤 타서 묽게 마셨다. 제재소 위의 집에서는 우리들은 명성이 대단하면서도 값이 싼 코르시카 포도주를 마셨다. 그것은 무척이나 코르시카산다운 포도주여서 물을 반쯤 타도 제 맛을 다 잃지는 않았다. 그때는 가끔 식사를 거르고, 새 옷은 하나도 사지를 않는다면, 돈을 조금 저축해서 나름대로 누리며 파리에서 거의 무일푼으로 편안히 살아가기 어렵지 않았다.

집으로 돌아오는 길에 르 셀렉트[44]를 얼핏 살펴보니 내가 얼마 전에 올바르면서도 가벼운 마음으로 맹세코 인연을 끊기로 했던 말들에 대해서 틀림없이 얘기를 나누고 싶어 했을 해럴드 스턴스가 눈에 띄자 나는 얼른 발길을 돌렸다. 저녁에 끝낸 작업의 보람으로 흐뭇했던 나는 로통드의 단골 패거리를 보고는 그들의 집단 본능과 사악함을 코웃음 치며 그냥 지나쳤고, 큰길을 건너 돔으로 갔다. 그곳에도 손님이 많았지만, 이들은 해야 할 일을 제대로 끝낸 사람들이었다.

그들은 날이 저물어 컴컴해질 때까지 작업한 화가들은 물론이요 함께 일을 끝낸 모델들이었고, 잘되었건 못되었건 하루의 일을 마친 작가들도 있었고, 술꾼들과 놈팡이들은 물론이요, 내가 아는 사람들이나 단순히 장식 노릇만 하는 위인들도 몇 명 끼어 있었다.

나는 자매 간인 두 모델과 파스킨이 자리를 같이한 탁자로 가서 앉았다. 파스킨은 이곳에 잠깐 들러 술을 한잔 마실까 말까 망설이며 들랑브르 쪽 길거리에서 주춤거리던 나를 보고 손을 흔들어 불러들였다. 아주 훌륭한 화가인 파스킨은 술에 취했지만, 작심하고 천천히 취했기 때문에 말이 헛나가지는 않았다. 두 모델은 젊고 예뻤다. 한 명은 살결이 아주 검고, 키가 작고, 몸집은 아름답게 틀이 잡혔으며, 거짓되고 부박한 타락의 분위기를 풍겼다. 다른 하나는 어린애 같고 우둔했으며 어린애의 귀여움처럼 오래가지 못할 아주 예쁜 미모의 여자였다. 그녀는 언니만큼 몸매가 훌륭하지는 않았지만, 사실

---

44 Le Select. 헤밍웨이, 피카소, 밀러 같은 예술가들이 단골로 드나들던 몽파르나스의 카페.

그해 봄에는 몸매가 그토록 아름다운 여자는 사실 어디를 가도 보기 드물었다.

"선하고 악한 자매라네. 나한테 돈이 좀 있어. 무얼 마시겠나?" 파스킨이 물었다.

"생맥주 하나요." 내가 웨이터에게 말했다.

"위스키를 마셔. 돈은 나한테 있으니까."

"난 맥주가 좋아요."

"정말로 맥주를 좋아한다면 리프 주점으로 갔어야지. 보아하니 자네 일을 많이 한 모양이구먼."

"그래요."

"잘돼 가?"

"그럭저럭요."

"좋아. 기쁘군. 입맛은 아직 좋고?"

"그래요."

"자네 몇 살이지?"

"스물다섯요."

"저 여자에게 관심 있어?" 그는 피부가 가무잡잡한 여자를 쳐다보고 미소를 지었다. "저 여잔 놀고 싶어 할 텐데."

"아마 당신이 오늘 벌써 잔뜩 주물러 터뜨렸겠죠."

"저분 못되었어요." 나에게 활짝 미소를 지으며 그녀가 말했다. "하지만 좋은 사람예요."

"저 여자에게 마음 있으면 내 화실로 데리고 가면 돼."

"쓸데없는 소리 작작해요." 금발의 동생이 말했다.

"누가 너한테 물어봤어?" 파스킨이 그녀에게 물었다.

"그러진 않았죠. 하지만 나도 할 말은 해야 되겠어서."

"우리 느긋하게 한번 놀자고. 젊고 진지한 작가와 다정하고 늙은 화가, 앞날이 창창한 젊고 아름다운 두 아가씨가 함께 모였으니까 말이야." 파스킨이 말했다.

우리들은 그렇게 둘러앉아서, 여자들은 천천히 술을 마셨고, 파스킨은 브랜디를 한 잔 더 들었고, 나는 맥주를 마셨지만, 파스킨 외에는 아무도 마음이 편하거나 느긋하지를 못했다. 가무잡잡한 여자는 전시품처럼 불안하게 앉아서 얼굴을 옆으로 돌려 오목한 뺨에 빛을 받으며, 검정 스웨터에 담긴 젖가슴을 나에게 과시했다. 짧게 깎은 그녀의 머리카락은 동양인처럼 매끄럽고 검었다.

"넌 하루 종일 모델을 섰어. 그런데도 지금 또 카페에서 그 스웨터 차림의 모델 노릇을 하려는 거야?" 파스킨이 그녀에게 물었다.

"이러면 기분이 좋은걸요." 그녀가 말했다.

"넌 자바의 인형 같아." 그가 말했다.

"눈은 안 그래요. 눈의 표정은 훨씬 복잡하니까요." 그녀가 말했다.

"넌 가엾고 타락한 어린 인형 같아."

"글쎄요." 그녀가 말했다. "하지만 살아 있죠. 그런 면에서는 당신보다 나아요."

"그런가 어디 따져보지."

"좋아요. 난 증거를 좋아하니까요."

"오늘 그런 증거를 못 봤어?"

"아, 그거요." 그녀는 마지막 저녁빛을 얼굴에 받으려고 돌아앉으며 말했다. "당신은 자기 작품에 흥분했을 따름예요. 저분은 캔버스와 연애를 하죠. 항상 뭔가 더러운 걸 그려요." 그녀가 나에게 말했다.

"넌 내가 널 화폭에 담고, 너한테 돈을 주고, 내 머릿속이 개운해지도록 널 주물러 터뜨리고, 거기다가 또 널 사랑하기를 바라지." 파스킨이 말했다. "가엾고 어린 인형 같으니라고."

"당신은 날 좋아하시겠죠, 선생님?" 그녀는 나에게 물었다.

"아주 많이요."

"하지만 당신은 너무 덩치가 커요." 그녀가 구슬픈 목소리로 말했다.

"침대로 들어가면 누구나 크기가 다 같아져요."

"그렇진 않아요." 다른 여자가 말했다. "그리고 난 이런 얘기에는 입에서 신물이 나요."

"이봐. 혹시 내가 캔버스와 연애를 한다고 생각한다면 난 내일 널 수채화로 그리겠어." 파스킨이 말했다.

"식사는 언제 하는 거예요? 어디서요?" 동생이 물었다.

"우리들하고 식사를 같이하시겠어요?" 가무잡잡한 여자가 물었다.

"아뇨. 난 가서 레지팀[45]과 식사를 해야죠." 그 시절에는 그런 표현을 썼다. 지금 사람들은 '나의 레귈리에르[46]'라는 말을 쓴다.

"꼭 가야 하나?"

"꼭 가야 하기도 하고, 가고 싶기도 해요."

"그럼 가게. 그리고 집에 가서 타자지와 사랑에 빠지지는 말아." 파스킨이 말했다.

"난 글을 쓰더라도 연필로 써요."

---

45 légitime. '합법적'이라는 프랑스어로 본처를 뜻한다.

46 régulière. '정상적, 공인된'이라는 뜻.

"내일은 수채화다." 그가 말했다. "좋아, 아가씨들, 난 술을 한 잔 더 마실 거고, 그다음에는 너희들이 가고 싶은 곳 아무 데서나 식사를 하지."

"바이킹으로 가요." 가무잡잡한 여자가 말했다.

"나도 거기가 좋아요." 동생이 부추겼다.

"좋아." 파스킨이 동의했다. "잘 가게, 젊은이."

"편히 주무세요."

"이 애들이 날 못 자게 해." 그가 말했다. "난 전혀 잠을 못 자."

"오늘 밤에는 자요."

"바이킹엘 들르면 잠을 자기는 다 틀린 거야." 그는 모자를 뒤통수에 걸쳐 쓰고 히죽 웃었다. 그는 다정다감한 화가라기보다는 오히려 1890년대의 브로드웨이 연극의 주인공처럼 보였으며, 나중에 그가 목을 매고 자살했다는 얘기를 들은 후에 나는 돔에서 그날 밤 본 모습으로 그를 기억하고 싶어졌다. 우리들이 앞으로 할 일의 씨앗이 누구에게나 내면에 존재한다고 사람들은 말하지만, 내가 보기에는 인생에서 농담을 찾아내는 사람들의 경우에 그 씨앗들은 보다 좋은 흙과 훨씬 질이 좋은 비료로 덮여 있다.

축제의
뒷이야기

무일푼　　　　지금과는 달리 1920년대 파리에서는 살
　　　　　　　　아가기에 많은 돈이 안 들었다고 한다.
《토론토 스타》에 쓴 어느 기사에서 헤밍웨이는 "캐나다 사람들은
1,000달러로 그곳에서 일 년을 아주 편안하게 살아간다."라고 밝혔
다. 헤밍웨이는 신문사로부터 한 주일에 75달러의 고정급과 경비
를 받았는데, 해들리와 살던 집은 세가 하루에 1달러가량 되었다.

줄스 파스킨　　　줄스 파스킨(Jules Pascin, 본명 Julius
　　　　　　　　Mordecai Pincas, 1885~1930)의 이름에
서 '파스킨'은 본명의 '핀카스'에서 글자의 배열 순서를 바꾼 장난
스러운 가명(anagiam)이다. 이탈리아와 세르비아, 에스파냐와 유
대계 부모의 핏줄을 이어받아 불가리아에서 출생한 파스킨은 20세
기 초의 전형적인 세계주의자(cosmopolitan)로 살았다.
야수파와 세잔의 영향을 크게 받은 그는 파리 화파에서 독특한 두
각을 나타냈고, 오스트리아와 독일에서 여러 해를 보내며《루스티
게 블뢰터[47]》나《심플리시시무스(Simplicissimus)》같은 풍자 주간
지에 작품을 기고했다. 1905년에 파리로 간 그는 지하 세계를 다룬
비극적인 풍자화들을 그렸다. 부패한 여성의 유형들을 섬세한 감
각으로 시적이고 냉소적인 분위기로 그렸으며 모델은 대부분 창녀

47　Lustige Blätter, '웃기는 잡지'라는 뜻.

들이었다. 그런 면에서는 앙리 툴루즈-로트레크와 유사성이 있지만, 파스킨의 그림에는 비극적 요소가 뚜렷했다.

1차 세계 대전을 피해 파리를 떠난 그는 미국에서 체류하다가 시민권을 얻고, 쿠바를 여행한 다음 1920년에 결혼하여 파리로 돌아갔다. 그 후 그는 성경과 신화에서 주제를 찾아 대규모 비구상 작품을 그렸고 초상화에도 손을 댔다. 나중에 그는 "몽파르나스의 왕자"라는 호칭을 얻었으나, 심한 우울증과 알코올중독에 시달리다가 1930년 개인전이 열리기 전날 밤 몽마르트르 화실에서 손목을 베어 벽에 혈서로 유언을 남기고 목을 매어 45세 나이로 생을 마감했다.

에즈라 파운드와 벨 에스프리

　에즈라 파운드는 항상 좋은 친구였으며, 늘 어떻게든 사람들을 돕는 일을 즐겨 했다. 거트루드 스타인의 작업실이 호화롭기로 이름이 난 반면에 그가 아내 도로시와 같이 살았던 노트르담-데-샹의 작업실은 초라하기로 유명했다. 그의 작업실은 채광이 아주 잘되었고, 난로를 피워 난방을 했으며, 에즈라가 친분을 쌓은 일본 화가들의 그림이 걸렸다. 그 화가들은 고향에서 모두 귀족이었으며 머리를 길게 길렀다. 그들이 절을 하면 까맣게 반짝거리는 머리카락이 앞으로 뒤집혀 쏟아졌는데, 그들에게서 아주 좋은 인상을 받기는 했지만 나는 그들의 작품만큼은 마음에 들지 않았다. 나로서는 잘 이해가 가지 않았던 그들의 그림에는 신비감이 없었으며, 이해한 다음에도 나에게는 아무런 의미를 전해 주지 못했다. 그런 마음이 미안하다는 생각이 들기는 했지만 나로서는 어쩔 도리가 없는 일이었다.

　도로시의 그림만큼은 무척 좋아했던 나는 도로시가 아주 아름답고 몸매도 기막힌 여자라고 생각했다. 나는 고디에-브르제스카[48]가 만든 에즈라의 두상(頭像)도 좋아했고, 에즈라가 책에다 쓴 그에 대한 글이나 사진으로 보여 준 그 조각가의 작품들도 모두 좋아했다. 에즈라는 피카비아[49]의 그림들도 좋아했지만 당시에 나는 그런 그림은 아무 가치도 없다고 생각했다. 나는 또한 에즈라가 아주 좋아했던 윈담 루이스의 그림도 싫어했다. 에즈라는 친한 사람들의 작품을 좋아했는데, 이는 의리 면에서는 아름답지만 재난을 자청하는 판단이었다. 나는 좋아하지 않는 문제들에 대해서는 차라리 입을 다무는 성격이어서 이런 문제를 놓고 우리들이 다툰 적은 한 번도 없었다. 친구들의 그림이나 작품을 좋아하는 사람은 가족을 좋아하는 사람들과 같아서 그들을 비판하는 짓은 도리에 어긋나는 일이라고 나는 생각했다. 직계 가족이나 결혼을 통해 맺어진 친척 가운데 누구를 비판하기에 앞서서 사람들은 상당히 오랜 시간을 보내고는 하지만, 신통치 못한 화가들은 가족처럼 해를 끼치거나 못된 짓을 하지 않기 때문에 비판을 하기가 훨씬 쉽다. 형편없는 화가들은 안 보면 그만이다. 하지만 가족은 얼굴을 보지 않고, 대화를 나누지 않거나 편지에 답장을 보내지 않기로 한 다음일지라도, 위험한 보복을 하는 방법이 많다. 에즈라는 사람들에 대해서 나보다 훨씬 친절하고 너그러웠다. 그의 작품은 제대로 정곡을 찌를 때는 굉장히 완벽했고, 자신의 잘못에 대해서는 무섭게 진지했으며 자신의 과오에 극도로 집착했지만, 반면에 다른 사람들에 대해서만큼

---

48 Henri Guadier-Brzeska. 소용돌이로 그림을 구성하는 미래파로, 이른바 소용돌이파라고 알려진 초현대 미술 운동을 벌인 프랑스 조각가.

49 Francis-Marie Martinez de Picabia. 프랑스의 후기 인상파 화가이며 입체파 화가들과 교우했고 다다이즘을 개척한 인물.

은 항상 한없이 친절해서 나는 그를 일종의 성인처럼 여겼다. 물론 그에게는 성미가 급한 면이 없지 않았지만, 성인들 가운데에도 화를 잘 내는 사람이 많겠거니 생각했다.

에즈라는 나한테 권투를 가르쳐 달랬는데, 내가 윈담 루이스를 처음으로 만난 것은 어느 날 오후 늦게 그의 작업실에서 우리들이 연습을 하던 때였다. 에즈라는 권투를 별로 해 보지를 않았고, 나는 아는 사람 앞에서 그가 연습 시합을 해야 한다는 상황이 당황스러웠으며, 이왕이면 에즈라가 실력이 훌륭하다는 인상을 주게끔 최선을 다해서 상황을 유도했다. 하지만 일이 뜻대로 되지 못했던 노릇이, 그는 펜싱을 잘했으므로 나는 아직은 그가 왼쪽 손을 쓰게 만들고 왼쪽 발도 항상 앞으로 당겨 오른쪽 발과 나란히 두게 가르치기가 쉽지 않아 애를 먹던 터였다. 그것은 사실 기본적인 동작에 지나지 않았다. 그에게는 왼손으로 올려치는 기술을 전혀 가르칠 수가 없었으며, 오른손을 짧게 휘두르도록 가르치기란 까마득한 일이었다.

윈담 루이스는 동네 깡패처럼 챙이 넓고 까만 모자를 썼으며, 옷차림은 「라 보엠」에 등장하는 주인공 같았다. 그의 얼굴을 보면 개구리가 연상되었는데, 그것도 큼직한 황소개구리가 아니라 흔한 보통 개구리였으며, 파리는 그에게 너무나 큰 웅덩이였다. 그 시절에 우리들은 작가나 화가라면 누구나 마음 내키는 대로 가진 옷을 아무것이나 입었으며 예술가의 신분을 상징하는 정식 제복도 없었지만, 루이스는 전쟁 이전의 예술가가 흔히 입던 제복 차림이었다. 나는 그를 쳐다보기가 거북하다는 기분이 들었고, 에즈라의 왼손 공격을 내가 살짝 피하거나 오른쪽 장갑을 펴서 막아 내는 동안에 그는 거드

름을 피우며 우리들을 지켜보았다.

나는 연습을 중지하고 싶었지만 루이스가 계속하라고 부추겼는데, 나는 그가 어떤 상황이 벌어지는지 모르면서도 에즈라가 다치기만을 기다린다는 사실을 눈치챘다. 그런 일은 벌어지지 않았다. 나는 한 번도 반격을 가하지 않으면서 에즈라로 하여금 나를 따라 움직이며 왼손을 뻗어 대고 오른손을 몇 번 뽑도록 시킨 다음에 다 됐다고 말하고는 물로 몸을 닦아 수건으로 말리고는 두툼한 스웨터를 입었다.

우리들은 무슨 술인지를 한 잔 마셨고 나는 에즈라와 루이스가 런던과 파리에 사는 사람들에 대해서 나누는 얘기를 들었다. 나는 권투를 할 때처럼 상대방이 눈치를 채지 못하도록 안 쳐다보는 체하면서 찬찬히 루이스를 살펴보았는데, 그토록 인상이 나쁜 사람은 처음 보는 듯싶었다. 이름난 경주마가 온몸으로 혈통을 과시하듯이 어떤 사람들에게서는 사악함이 그냥 겉으로 드러난다. 그런 사람들은 고질적인 질병 같은 권위 의식을 과시한다. 루이스는 사악함을 과시하는 정도까지 이르지는 않았고, 그냥 인상이 고약했을 뿐이다.

집으로 걸어가면서 나는 그가 무엇을 연상시키는지 곰곰이 생각해 보았는데, 온갖 것들이 머리에 떠올랐다. 그것들은 하나같이 어려운 의학적인 개념들이었고, 그나마 속어로 쓰이는 표현이라면 "발가락의 때"가 고작이었다. 나는 그의 얼굴을 하나하나 뜯어 묘사하려고 애를 썼지만 눈에 대한 묘사 외에는 적절한 표현을 찾지 못했다. 처음 그를 보았을 때 검은 모자 밑의 두 눈은 강간에 실패한 남자 같은 인상을 주었다.

"오늘 난 세상에서 제일 기분 나쁜 남자를 봤어요." 아내에게 말했다.

"테이티, 그런 사람 얘기는 하지 마. 제발 그 얘기는 하지 마." 아내가 말했다. "우린 곧 저녁 식사를 할 참이니까."

한 주쯤 지나서 나는 스타인 여사를 찾아가 윈담 루이스를 만났었다는 얘기를 하면서 그 남자를 본 적이 있느냐고 물었다.

"난 그 사람을 '자벌레'라고 불러." 그녀가 말했다. "그 사람은 런던에서 이리 건너와서는 훌륭한 그림을 보면 호주머니에서 연필을 꺼내 엄지손가락을 연필에 대고 이리저리 재보곤 하지. 눈으로 보고, 계산을 하고, 어떻게 그렸는지를 세밀하게 관찰하면서 말이야. 그러고는 런던으로 돌아가서 그 그림을 그려 보지만, 제대로 나올 리가 없지. 그림의 실체를 파악하질 못하기 때문이야."

그래서 나도 그를 자벌레라고 생각하게 되었다. 그에 대해서 내가 품었던 인상보다는 훨씬 너그럽고 자비로운 표현이기 때문이었다. 에즈라에게서 자세한 설명을 들은 다음에 그의 친구들 거의 누구에게나 그랬듯이 나중에 나는 루이스와 사귀어 친구가 되어 보려고 노력했다. 하지만 에즈라의 작업실에서 생전 처음으로 만났을 때 그의 인상이 그랬던 것은 사실이었다.

에즈라는 내가 아는 작가들 가운데 가장 너그럽고 욕심이 없는 사람이었다. 그는 자기가 신뢰하는 시인들과 화가들과 조각가들과 산문 작가들을 힘닿는 데까지 도왔으며, 곤경에 처한 사람이 있다면 자기가 신뢰하거나 말거나를 불문하고 아무라도 도우려고 했다. 그는 모든 사람에게 신경을 썼으며, 내가 처음 만났을 때는, 에즈라 자신의 표현을 빌리자면 런던의 은행에서 근무를 해야만 해서 시인의 재능을 제대로 발휘

할 시간적인 여유가 없었던 T. S. 엘리엇에 대한 걱정이 가장 심했다.

에즈라는 돈 많은 미국 여성이며 예술 후원자인 나탈리 바니 여사와 함께 벨 에스프리라는 운동을 추진했다. 바니 여사는 나보다 시대가 앞선 레미 드 구르몽[50]의 친구였으며, 집에는 정기적으로 날짜를 정해 놓고 개방하는 살롱뿐 아니라 정원에는 조그마한 그리스 신전까지 갖추어 놓았다. 미국이나 프랑스의 부유한 여러 여자들이 살롱 사교장을 차렸는데, 그런 훌륭한 곳은 피하는 편이 좋으리라는 사실을 나는 일찍부터 터득했었고, 내 생각에 정원에 작은 그리스 신전을 지어 놓은 사람은 바니 여사가 유일했다.

에즈라는 벨 에스프리의 안내 책자를 나에게 보여 주었는데, 바니 여사는 작은 그리스 신전을 그 책자에 소개해도 좋다고 허락했다. 벨 에스프리의 취지는 우리들 모두가 버는 돈을 조금씩이나마 갹출해서 엘리엇 선생으로 하여금 은행을 그만두고 시를 쓸 수 있도록 생활비는 대 주자는 것이었다. 나는 그것이 아주 훌륭한 계획이라고 생각했으며, 우리들이 엘리엇 선생을 은행에서 풀어준 다음에 에즈라는 내친김에 모든 사람들을 다 구해 주자는 욕심을 부렸다.

나는 에즈라가 열을 올리며 따르던 경제학자 메이저 더글러스[51]와 혼동하는 척하면서 T. S. 엘리엇을 자꾸 엘리엇 소령(Major [T. S.] Eliot)이라고 불러 약간의 혼란을 일으켰다. 하지

---

50   Rémy de Gourmont. 프랑스 시인이며 소설가에 영향력이 막강한 평론가였고 상징주의 이론가로도 유명하다.

51   사회 신용 경제 개혁의 개척자인 Major C. H. Douglas.

만 내가 메이저 엘리엇을 은행에서 구출해야 하니까 돈을 좀 내라고 하면 사람들이 도대체 소령이 은행에서 무슨 일을 하고 있으며 군대에서 쫓겨난 사람이라면 연금이라든가 적어도 전역 급여금이라도 있지 않겠느냐고 따질 때마다 에즈라가 짜증을 내기는 했어도, 나에게 악의는 없었으며 벨 에스프리를 전폭적으로 지지한다는 사실을 잘 알았다.

메이저에 대해서 그런 질문을 하는 친구들이 있으면 나는 그런 문제들은 다 중요하지 않다고 설명했다. 벨 에스프리가 있느냐 없느냐가 문제였다. 있다면 메이저를 은행에서 구하도록 기부를 해야 한다. 없다면 섭섭하지만 어쩌겠는가. 그들은 작은 그리스 신전의 의미[52]를 이해하지 못하는가? 못해? 그럴 줄 알았네. 섭섭하구먼, 여보게. 돈은 그냥 가지고 있어. 우리들이 건드리지는 않을 테니까.

벨 에스프리의 한 사람으로서 나는 열심히 모금 운동을 벌였고, 그 무렵 내가 가장 행복하게 간직했던 꿈은 메이저가 자유로운 몸이 되어 은행에서 의기양양하게 걸어 나오는 장면을 목격하는 것이었다. 벨 에스프리가 결국 어떻게 일을 해 내었는지는 기억이 나지 않지만, 내 생각에는 「황무지」가 발표되어 메이저가 《다이얼》[53]에서 수여하는 상을 탔고, 그로부터 얼마 후에는 귀족 신분의 지체 높은 어느 여성[54]이 엘리엇의 뒤를 밀어 《크라이테리언》[55]이라는 잡지가 창간되어 해결

52   예술인들을 신처럼 모시는 곳.

53   Dial. 1840년 초월주의 사상을 표방하는 잡지로 출발하여 1920년대에는 현대주의 문학을 대변하게 되었다.

54   Lady Mary Lilian Share. 런던 언론 재벌인 자작의 아내.

55   The Criterion. 영국의 문예지로 1922~1939년 내내 엘리엇이 편집장을 맡았다.

이 난 듯싶은데, 아무튼 에즈라와 나는 더 이상 메이저를 걱정할 필요가 없어졌다. 내가 알기로는 작은 그리스 신전은 아직도 그곳 정원에 그대로 있다.

오직 벨 에스프리의 힘만으로 메이저를 은행에서 구해 내지 못했다는 사실이 나에게는 영영 실망스러운 일로 남았는데, 나는 메이저가 작은 그리스 신전에 들어가서 살고, 그에게 월계관을 씌워 주기 위해 내가 에즈라와 함께 찾아가는 장면을 머릿속에서 그려 보고는 했었다. 나는 모터사이클을 타고 나가면 어디서 훌륭한 월계수를 구할 수 있는지를 알았고, 메이저가 쓸쓸해할 때나 에즈라가 장편시 「황무지」의 원고나 교정지를 손질해 주려고 그곳에 가 있을 때 내가 찾아가 우리 두 사람이 함께 그에게 월계관을 씌워 주는 공상을 했었다. 여러 다른 일도 틀어지는 경우가 많기는 하지만, 그 무렵에 모든 일이 정신적으로 나에게는 좋지 않은 방향으로 돌아가 버렸는데, 그 까닭은 메이저를 은행에서 구해 내려고 내가 따로 떼어 놓았던 돈을 그만 앙기앵으로 가져가서 흥분제에 취해 장애물 경마에 출전한 말들에게 걸었기 때문이다. 내가 돈을 건 흥분한 말들은 흥분제를 먹지 않았거나 제대로 흥분이 되지 않은 말들을 두 번의 시합에서 보기 좋게 이겼지만, 한 마리는 그만 너무 심하게 흥분한 나머지 출발도 하기 전에 기수를 내동댕이치고는 꿈속에서 사람이 가끔 그러듯 혼자서 멋지게 장애물들을 뛰어넘으며 경마장을 한 바퀴를 다 돌았다. 기수가 다시 말을 잡아타고, 프랑스 사람들의 표현을 빌리자면, "명예로운 재기"를 하기는 했지만, 돈은 날아가고 말았다.

말에 걸었던 돈을 이제는 존재하지 않는 벨 에스프리에 썼다면 내 마음은 훨씬 즐거웠으리라. 하지만 나는 돈을 딴

다른 경기 덕택에 처음에 계획했던 것보다 훨씬 많은 액수를
벨 에스프리에 기부했다는 사실로 그나마 얼마쯤은 위안을
받았다.

에즈라 파운드　　　미국의 국적 이탈자 시인이자 문학 비평 가인 에즈라 파운드(Ezra Weston Loomis Pound, 1885~1972)는 옛 중국과 일본의 시 그리고 노(能)에서 영향을 받아 탄생시킨 사상주의(寫像主義, imagism)를 표방하면서 시인으로서의 활동을 시작했다. 시 선집 『중국(Cathay)』(1915)과 사서삼경의 『대학(The Ta Hio)』(1928)을 영어로 번역한 그는 동양의 시문학에 탐닉해서 맹자까지 작품에 인용했고, 간결함과 정밀함 그리고 선명함을 강조하며 어휘를 절약하는 언어의 경제학을 정립했다. 파리의 지하철역에서 영감이 떠올라 썼다는 두 줄짜리 명시 「지하철 정거장에서(In a Station of the Metro)」는 일본 와카[和歌]와 우키요에[浮世繪] 판화에서 도입한 사상주의 시작법의 걸작이다.

> The apparition of these faces in a crowd:
> Petals on a wet, black bough.
> (군중 속에서 유령처럼 떠오르는 이 얼굴들,
> 까맣게 젖은 나뭇가지에 달라붙은 꽃잎들.)

런던에서 20세기 초 몇몇 미국 문학지의 편집인으로 활동하면서 파운드는 초기 현대주의 운동에서 주도적인 역할을 해냈다. 그는 젊은 시인 T. S. 엘리엇과 이미 기반을 다진 W. B. 예이츠에게 시작(詩作)에 있어서 많은 영향을 주고 가르치기도 했으며, 제임스 조이스와 로버트 프로스트 같은 문인들을 발굴하고 열성껏 키워 다듬는 역할을 수행했다.

1차 세계 대전이 발발하자 전쟁과 살육이 국제 자본주의와 사금융 탓이라고 분개한 그는 영국을 떠나 무솔리니와 히틀러를 지지하는 방송 활동을 적극적으로 벌이고 반미 및 반유대 운동에 앞장섰다. 1941~1945년에 로마에서 방송 활동을 할 때 부르짖은 내용 때문에 그는 종전 직후 미군에 체포되어 여러 달 군 수용소에서 수감 생활을 하고는 반역죄로 기소되었다가 신경 쇠약에 걸려 재판을 못받고 워싱턴의 정신 병원에서 12년 이상 유폐 생활을 했다. 문인들의 석방 운동으로 1958년에 겨우 풀려난 그는 이탈리아로 가서 생애의 마지막을 보냈다.

그의 대표작으로는 사상주의 이론을 예시하는 스물다섯 편의 시로 구성된 『응답(Ripostes of Ezra Pound)』(1912)과 시인으로서 실패한 자신의 무덤에 바치는 송가 「휴 셸윈 모벌리(Hugh Selwyn Mauberley)」(1920)가 유명하다. 「휴 셸윈 모벌리」에는 예술, 사회, 전쟁과 대량 생산에 대한 공포 등 다양한 소재를 담았다.

가장 유명한 그의 작품 「칸토(The Cantos)」(1917~1969)는 120편으로 이어진 미완성 장시로서 "어두운 숲에서 시작되어 인간 과오의 연옥을 거쳐 광명을 찾는 과정을 그린 서사시"라는 평을 들었다. 파운드가 "역사를 담은 시"라고 자평한 「칸토」는 1차 세계 대전 이후의 변화하는 세계 경제를 추적하기도 한다. 산업화와 도시화와 발전이 진행되는 속에서 군중이 거쳐 가는 암울한 혼돈의 시대가 엘리엇의 「황무지」와 비슷한 맥락의 분위기에서 흘러간다.

윈담 루이스　　　　『호주머니 속의 축제』는 다른 예술가들의
　　　　　　　　　　　사생활에서 난처한 면모들을 헤밍웨이가
지나치게 악의적으로 묘사하고 모욕적인 표현을 거침없이 썼다고

해서 많은 사람들의 비난을 받았다. 그 대표적인 예가 윈담 루이스의 경우였다. "강간에 실패한 남자(unsuccessful rapist)"라는 구절이 특히 말썽이었다.

영국인 화가이며 작가인 윈담 루이스(Percy Wyndham Lewis, 1884~1957)는 남을 헐뜯고 시비를 좋아하는 면에서 헤밍웨이와 난형난제였다. 상상력이 풍부하고 논쟁을 즐긴 미술 평론가로서의 그는 이기적이고 잘난 체하는 천성이 결점이었으며 정치와 예술에 관한 견해가 독선적이고 무책임한 기절이 심해서 '싸움꾼(fight-picker)'이라는 별명이 자연스럽게 따라다닌 인물이었다.

화풍은 실험적 자연주의였으며 《블라스트(Blast)》라는 잡지를 발간해서 미래주의와 입체파 미술을 결합한 소용돌이파(vorticism)를 탄생시키는 데 크게 기여했다. 추상적이고 기하학적인 형상과 기계나 도시 건축을 그림에 반영한 급진적인 전위 미술 소용돌이파의 야전 사령관 노릇을 자처한 그는 몽환적인 분위기의 에즈라 파운드와 영국 시인 이디스 시트웰(Edith Sitwell)의 초상화 같은 작품에서 인간의 몸을 새로운 미술적 언어로 표현하려고 시도했다.

문학에서는 고전과 영웅주의가 사라진 시대의 가장 건전한 문학 형태가 풍자라고 믿었던 그는 자아를 잃은 세상과 공산주의를 풍자한 정치 추리극 「사랑을 위한 복수(The Revenge for Love)」 등의 작품을 남겼다. 파리를 배경으로 한 소설 『타르(Tarr)』에서 그는 언어와 잔상의 괴이한 표피적 표현 방식을 실험했고, 공상 과학물로 분류되는 세 권짜리 총서 『인간의 시대(The Human Age)』에서는 암울한 미래 세계를 조명했다.

나탈리 바니   미국의 극작가이며 시인이요 소설가인 나탈리 바니(Natalie Clifford Barney, 1876~1972)는 철도 객차를 생산하여 큰돈을 번 아버지의 재산으로 파리에서 국적 이탈자로서 풍족하게 생활하며 60년 동안 센 강의 좌안 자콥 거리 20번지 저택에서 매주 문학 살롱(literary salon)을 열어 거투르드 스타인처럼 수많은 예술가들이 교류할 장소를 마련해 준 인물로 유명하다.

객실이나 응접실을 사교장으로 삼아 내로라하는 유명인들이 모여 문학, 미술, 음악 등 고상한 주제를 놓고 대화와 예술 행사를 통해 교양을 높이는 모임(salon, salone, gathering)은 16세기 이탈리아에서 시작하여 17~18세기 프랑스에서 전성기를 맞았다. 바니의 살롱 토론장을 단골로 드나든 손님들로는 아나톨 프랑스, 앙드레 지드, 루이 아라공, 장 콕토, W. 서머싯 몸, 싱클레어 루이스, 라이너 마리아 릴케, 라빈드나라드 타고르, 실비아 비치, 이사도라 덩컨 등이 손꼽힌다.

바니는 에즈라 파운드와 함께 이끌어 간 벨 에스프리 말고도 남성 회원들로만 구성된 프랑스 한림원에 대항하려고 여성 작가들을 키우기 위한 여성 아카데미(L'Académie des Femmes)를 설립했고, 개인적으로 트루먼 캐포티나 레미 드 구르몽 같은 문인들에게 경제적인 지원을 많이 했다. 공개적인 동성애자였던 그녀는 남녀를 불문코 다양한 사람들과 난잡한 애정 생활을 왕성하게 벌여 많은 음란 서적에 실명으로 이름이 올랐지만 "귀찮게 달라붙는 젊은 남자들"만은 사양했다고 한다.

그녀의 첫 작품 「여자들의 14행시 초상화(Quelques Portrait-Sonnets de Femmes)」(1900)는 여성 동성애를 노골적으로 다뤄 여론이 시끄러워지자 아버지가 초판으로 찍어낸 500부를 모두 원판까지 사들여서 폐기처분했다. 바니의 대표작 『아마존 여전사의 생각들(Pensées d'une Amazone)』(1921)은 동성애와 성적인 역경의 장벽 등 그녀의 '생각들'을 표출한 정치적인 시집이다.

벨 에스프리　　　　　　20세기 중반 실존주의가 만발하던 시절
　　　　　　　　　에 우리나라 지식인들, 특히 문인들이 무
척 좋아한 프랑스어 표현 '벨 에스프리(bel esprit)'는 "재기(才氣),
재사(才士), 재치"라는 사전적 의미로 흔히 유통되지만, 그보다 원
시적인 의미는 "아름다운 정신(beautiful spirit)"이다. 에즈라 파운
드의 경우에는 후자의 의미로 썼을 듯싶다.

꽤나 이상한 종말

거트루드 스타인과의 관계는 꽤나 이상하게 종말을 맞았다. 우리들은 아주 친한 사이가 되어서, 나는 스타인 여사의 장편을 포드를 통해 연재를 시작하거나, 원고를 타자로 치거나, 교정을 보는 따위 여러 가지 실질적인 일들을 그녀를 위해 해 주었으며, 우리들은 내가 바라던 이상으로 사이가 좋아지던 중이었다. 훌륭한 여자들과의 우정은 장래성이 별로 없어서 사이가 지나치게 가까워지거나 나빠지면 즐거움이 사라지며, 정말로 야심이 많은 여성 작가들인 경우에는 더욱 장래성이 없기 마련이다. 스타인 여사가 집에 있을지 확실히 모르겠어서 상당히 오랜 기간 동안 플뢰뤼스 27번지에 들르지를 않았다고 언젠가 변명을 하던 나에게 그녀가 말했다. "하지만 헤밍웨이, 우리 집에선 자네가 주인이나 마찬가지잖아. 그걸 몰랐어? 진심에서 하는 소리야. 언제라도 집에 오면 하녀가 (그녀는 하녀의 이름을 댔지만 나는 그 이름을 잊어버렸다.) 자네 심부름을 해 줄 테니까 내가 올 때까지 편히 시간을 보내."

나는 그 말을 곧이곧대로 해석하지는 않았지만, 가끔 들러서 하녀가 내오는 술을 마시며 그림들을 구경하고 시간을 보내다가, 만일 스타인 여사가 곧 돌아올 기미가 보이지를 않으면 하녀에게 고맙다는 말을 하고 쪽지를 남긴 다음에 집을 나서고는 했다. 스타인 여사는 그녀의 차를 타고 잘 아는 어떤 친구와 남부로 떠날 계획이었는데, 그녀는 그날 오전에 나더러 작별 인사를 하러 오라고 그랬다. 그녀는 어느 호텔에서 지내던 나와 해들리더러 찾아오라고 청했지만 우리들에겐 가 보고 싶은 다른 장소와 다른 계획이 있었다. 물론 그런 사정을 구태여 밝혀서는 안 되는 일이었고, 어떻게 해서든지 찾아갔어야 하지만 때로는 그러기가 불가능했다. 나는 사람들을 방문하지 않아야 하는 경우에 대한 관습을 조금쯤은 알고 있었다. 그것은 누구나 익혀야 하는 관습이었다. 훨씬 뒤에 피카소는 돈 많은 사람들이 찾아오라고 하면 그들의 마음을 기쁘게 해 주려고 항상 방문을 약속하지만 꼭 무슨 일이 생겨 찾아가기가 어렵게 될 때가 많다는 얘기를 했다. 하지만 그것은 스타인 여사와는 무관한 다른 사람들에 관한 얘기였다.

화창한 봄날이어서 나는 뤽상부르 소공원을 지나 기상대 광장을 걸어 내려갔다. 마로니에 나무에는 꽃이 만발했고 자갈로 포장한 도로에서는 아이들이 뛰놀았고 보모들은 벤치에 앉아 그들을 지켜보았으며, 나는 나무에 앉은 흑비둘기들을 보았고, 눈에는 보이지 않았지만 다른 비둘기들의 소리도 들었다.

초인종을 울리기도 전에 하녀가 문을 열더니 나더러 들어와서 기다리라고 했다. 스타인 여사가 곧 내려오리라고 전해 주었다. 오전이었지만 하녀는 코냑을 한 잔 따라서 내 손에 쥐여 주고는 즐거운 표정으로 윙크를 했다. 빛깔이 없는 그 술의 훌륭한 맛이 혀끝에 감돌았고, 그 맛이 아직도 입안에 남아 감돌 때 누군가 스타인 여사에게 무슨 말을 했는데, 나는 한 사람이 다른 사람에게 그런 식으로 얘기하는 것을 한 번도, 정말로 단 한 번도 어디에서도, 어느 누구에게서도, 들어 본 적이 없었다.

그러더니 간절히 애원하고 부탁하는 스타인 여사의 목소리가 뒤따랐다. "그러지 말아요, 당신. 그러지 말아요. 그러지 말라고요. 제발, 제발, 제발 이러지 말아요. 무슨 짓이라도 다 할 테니까, 이러지만 말아요. 제발 이러지 말아요. 제발 이러지 말라고요."

나는 술을 얼른 마시고 탁자에 잔을 놓고는 문을 향해 걸음을 옮겼다. 하녀는 나를 향해 손가락을 저으며 나지막한 목소리로 말했다. "가지 마세요. 곧 내려오실 테니까요."

"가야겠어요."라고 말한 나는 더 이상 목소리를 듣지 않으려고 애썼지만 위층의 얘기를 듣지 않으려면 집에서 나가는 수밖에 없었다. 그것은 듣기에 거북한 내용이었으며, 여자의 대답은 더욱 그랬다.

마당으로 나와서 나는 하녀에게 말했다. "나를 마당에서 만났다고 그래요. 친구가 몸이 아파서 난 기다리지 못하고 그냥 갔다고 해 줘요. 여행이 즐겁기를 바란다는 인사말도 전해 주시고요. 내가 편지를 쓰겠다고요."

"알겠어요, 선생님. 기다릴 수가 없으시다니 섭섭하군요."

"그래요. 정말 섭섭하죠." 내가 말했다.

아직도 내가 그녀의 자질구레한 심부름들을 해 주고, 필요한 때마다 얼굴을 내밀고, 시키는 대로 사람들을 데려오고, 새로운 친구들로 교체되는 시기가 도래하면 대부분의 다른 남자 친구들이나 마찬가지로 함께 밀려나기를 기다리기는 했지만, 우리들의 인연이 나에게는 사실상 그날 그렇게 어처구니없이 끝나 버리고 말았다. 위대한 그림들과 나란히 걸려 있는 형편없는 그림들을 그녀의 집에서 보면 마음이 서글펐지만, 이제는 더 이상 상관이 없는 일이었다. 적어도 나에게는 그랬다. 그녀는 후안 그리 외에는 자기를 좋아하던 우리들 거의 누구하고나 다투었는데 그리는 이미 죽었기 때문에 다투지를 못했다. 그는 하찮은 일에 신경을 쓸 나이가 지났고, 그런 심리가 그림에도 나타났으므로, 그녀가 말다툼을 벌였더라도 별로 개의치 않았으리라고 나는 생각했다.

결국 그녀는 새로 사귄 지 얼마 안 되는 친구들과도 싸우기 시작했지만 이제는 우리들 어느 누구도 신경을 쓰지 않았다. 그녀는 로마의 황제처럼 군림하려고 했는데, 친한 여자가 로마 황제처럼 군림하기를 원하는 남자들이 따로 있다면 그것도 문제가 될 일은 아니었다. 하지만 피카소는 그녀를 화폭에 담았고, 나는 그녀가 프리울리 여자처럼 보였던 때를 기억한다.

결국 모든 사람들이라고는 하지 못하더라도 거의 모두들 잘난 체하다가 건방지다는 인상을 주기가 싫어서 다시 그녀와 친한 사이가 되었다. 나도 그랬다. 하지만 나는 이성적으로나 감성적으로 그녀와 다시는 참된 친구가 될 수 없었다. 우정은 마음속에서 우러나지 못하는 경우가 가장 나쁘다. 하지만 문제의 본질은 그보다 훨씬 복잡했다.

죽음의 그림자가 깃든 남자

에즈라의 작업실에서 만났던 날 오후에 시인 어니스트 월시는 긴 밍크 외투를 걸친 두 젊은 여자와 동행이었고 클래리지[56]에서 세를 낸 길고 번쩍거리는 자동차와 제복을 입은 운전수가 바깥 길거리에서 대기하고 있었다. 여자들은 금발이었고 월시와 같은 배로 건너왔다고 했다. 배는 전날 도착했으며 그는 에즈라를 만나 보라고 여자들을 같이 데리고 왔다.

어니스트 월시는 피부가 가무잡잡하고, 긴장한 얼굴이었고, 구석구석 아일랜드 사람 티가 났으며, 시적인 분위기를 풍겼고, 영화 속 폐병에 걸린 주인공처럼 뚜렷하게 죽음의 그림자가 서린 남자였다. 월시가 에즈라와 얘기를 주고받는 사이에 여자들은 나하고 얘기를 나누다가 월시 선생님의 시를 혹시 읽어 보았느냐고 물었다. 읽지를 못했다고 말했더니 한 여자가 해리엇 먼로[57]가 편집장으로 일하는 《시문학(Poetry, A

---

56   파리의 최고급 호텔.

57   Harriet Monroe(1860~1936). 미국의 여성 시인이며 문학 평론가.

Magazine of Verse)》이라는 초록빛 표지의 책을 한 권 꺼내더니 거기에 실린 월시의 작품들을 보여 주었다.

"저분은 시 한 편에 1,200달러를 받아요." 그녀가 말했다.

"어떤 시나 다 말예요." 다른 여자가 덧붙였다.

내가 기억하기로는 같은 잡지에 실리는 경우에 내 글은 한 페이지에 12달러밖에 못 받았다. "아주 대단한 시인인 모양이군요." 내가 말했다.

"에디 게스트보다도 많이 받으시죠." 첫 번째 여자가 나한테 말해 주었다.

"누구더라, 그 시인보다도 많이 받죠. 있잖아요."

"키플링 얘기예요." 그녀의 친구가 말했다.

"원고료를 저분보다 많이 받는 사람은 없을 거예요."

"파리에서는 오래 묵을 건가요?" 내가 그들에게 물었다.

"뭐 그렇지는 않아요. 오래 있지는 못하겠죠. 친구들과 단체로 왔으니까요."

"우리들이 타고 온 그런 배 아시잖아요. 하지만 사실 그 배에는 사람이 없었어요. 물론 월시 선생님이 타고 계시긴 했지만요."

"저 사람 카드놀이는 안 하나요?" 내가 물었다.

그녀는 실망스럽긴 해도 이해가 간다는 표정으로 나를 쳐다보았다.

"안 해요. 그럴 필요가 없으니까요. 시를 그토록 잘 쓰니까 말예요."

"어느 배편으로 돌아가실 건가요?"

"그건 두고 봐야 알죠. 선편뿐이 아니라 다른 여러 가지 문제들을 따져 봐야 하니까요. 귀국하시려고요?"

"아뇨, 난 그럭저럭 잘 지내고 있어요."

"여긴 좀 가난한 동네가 아닌가요?"

"그래요. 하지만 꽤 좋아요. 난 카페에서 글을 쓰고 경마장도 드나들죠."

"그런 옷차림으로 경마장엘 가나요?"

"아뇨, 이건 카페에 갈 때 입는 옷이죠."

"상당히 근사한 옷이네요. 난 카페에서의 생활을 좀 보고 싶어요. 애, 넌 안 그러니?" 한 여자가 말했다.

"나도 그래." 다른 여자가 말했다. 나는 주소록에다 그들의 이름을 적어 놓고는 클래리지로 연락하겠다고 약속했다. 그들은 멋진 여자들이었고 나는 그들과 월시, 에즈라에게 작별 인사를 했다. 월시는 아직도 무척 열을 올리며 에즈라와 얘기를 나누는 중이었다.

"연락하는 거 잊지 마세요." 키가 큰 여자가 말했다.

"잊을 리가 있겠어요?" 나는 이렇게 답하고는 두 여자와 악수를 나누었다.

다음에 에즈라를 만났을 때 들은 얘기로는 죽음의 그림자가 깃든 젊은 시인들과 시를 좋아하는 극성스러운 여성 애독자들이 경비를 물어 주고는 월시를 클래리지에서 어디론가 끌고 나갔으며, 또 얼마 후에는 돈을 대 주겠다는 사람이 나섰기 때문에 그가 공동 편집자로서 새 잡지를 창간하게 되리라는 얘기도 들었다.

그 무렵에 스코필드 테이어[58]가 편집장인 미국 문예지 《다이얼》에서는 기고자들 중에서 필력이 뛰어난 사람들에게

---

58 Scofield Thayer. 부유한 출판인이며 시인.

해마다 1,000달러의 상금을 수여했다. 이것은 그 무렵에 본격적으로 작품 활동을 하던 작가에게는 명예도 명예려니와 굉장히 큰 액수의 돈이었으며, 물론 그 상의 혜택은 저마다 받을 자격이 있었던 여러 사람에게로 돌아갔다. 그때는 하루에 5달러만 쓰면 두 사람이 유럽에서 편안히 잘 살고 여행도 할 여유까지 넉넉했다.

월시가 편집자들 가운데 한 사람이 될 이 새로운 계간지는 첫 네 호를 낸 다음 창간 1주년 기념으로 상당한 상금을 기고자들 가운데 가장 훌륭한 작가를 심사해서 뽑아 수여하리라는 소문이 나돌았다.

그 소식이 풍문이나 헛소문인지, 아니면 비밀이었는지는 알 길이 없었다. 그것이 어느 모로 보나 완전히 믿을 만한 사실이었기를 바라고 언제까지나 그렇게 믿기로 하자. 월시가 공동 편집인이 되기로 했던 사람에 대해서 나쁜 얘기를 하거나 쓸데없이 탓할 수야 없는 노릇이다.

그 상금에 대한 소문을 들은 지 얼마 안 되어서 월시는 어느 날 생-미셸 대로에 있는 가장 비싼 최고급 레스토랑에서 같이 점심을 먹자고 나를 초청했고, 그곳에서 굴 요리와, 값은 비싸고 맛이 없으며 약간 텁텁한 프랑스의 마렌산 굴조개, 비싸고 큼직한 포르투갈 굴을 먹고, 부르고뉴산 쌉쌀한 포도주 한 병을 마시고 난 다음에 그는 교묘하게 얘기를 상금에 대한 쪽으로 이끌어 갔다. 물론 그가 배에서 바람잡이들을 속였는지는 잘 모르겠지만 혹시 그랬다면, 그는 그 바람잡이들을 배에서 속여 넘긴 것과 똑같은 방법으로 나를 속이려는 듯 보였으며, "납작한 굴"이라고 그가 일컬었던 요리를 한 접시 더 들겠느냐고 그가 물었을 때 나는 서슴지 않고 동의했다. 그는 내

앞에서만큼은 일부러 죽음의 그림자가 깃든 사람처럼 굴지를 않았는데, 그래선지 나는 안심이 되었다. 그는 흔한 종류의 폐병이 아니라 당장 죽을지 모를 폐병에 자기가 걸렸고 그 병이 얼마나 심한지를 내가 알기 때문에 구태여 일부러 기침까지 할 필요가 없다는 사실을 알았으며, 그가 식탁에서 억지로 기침을 하지 않았다는 것이 나는 고마웠다. 나는 죽음과 사실상 거의 모든 나쁜 양상들이 겉으로 드러나는 캔자스 시티의 창녀들이 폐병을 고치려는 가장 좋은 치료법이라고 생각해서 정액을 빨아 마시기를 항상 원하던 것이나 마찬가지로 윌시도 굴을 끊임없이 먹어 대고 있지나 않은지 궁금했지만, 그에게 그런 얘기를 물어보지는 않았다. 나는 으깬 얼음이 깔린 은쟁반에 담아놓았으며 레몬 즙을 짜서 떨구면 믿어지지 않을 만큼 연갈색 언저리가 반응을 보여 움츠러드는 굴조개를 집어 떨어지지 않으려는 살을 조가비에서 떼어 들고는 찬찬히 씹어 가면서 두 번째 접시의 생굴 요리를 먹기 시작했다.

"에즈라는 위대하고도 위대한 시인이죠." 침울한 시인의 눈길로 나를 쳐다보며 윌시가 말했다.

"그래요. 그리고 사람됨됨이도 좋아요." 내가 말했다.

"고상하죠." 윌시가 말했다. "정말로 고상해요." 우리들은 에즈라의 존귀함을 칭송하는 뜻에서 침묵을 지키며 식사를 하고 술을 마셨다. 에즈라가 함께였다면 좋았겠다는 생각이 들었다. 나처럼 에즈라에게는 마렌 굴을 사 먹을 경제적인 여유가 없었다.

"조이스는 위대해요." 윌시가 말했다. "위대하죠. 위대해요."

"위대하고말고요." 내가 말했다. "그리고 좋은 친구이고요." 조이스가 『율리시스』를 끝냈으며 오랫동안 "현재 진행

중인 작품"이라고 불리게 될 작품을 쓰기 시작하기 전이어서 즐거운 한때를 보내는 시기에 나는 그를 만나 친한 사이가 되었다. 조이스를 생각하자 여러 가지 일들이 머리에 떠올랐다.

"그 사람 시력이 나빠서 걱정스러워요." 월시가 말했다.

"본인도 그렇게 생각하죠." 내가 말했다.

"그건 우리 시대의 비극입니다." 월시가 나에게 말했다.

"모든 사람에게는 무언가 결함이 있기 마련이죠." 점심 식사의 분위기를 돋우기 위해서 내가 말했다.

"당신에게는 그런 게 없잖아요." 그는 자신이 지닌 모든 매력 이상의 무엇인가를 나에게 보여 주려고 하더니 다시 얼굴에는 죽음이 깃들었다.

"그러니까 나에게는 죽음의 그림자가 따라다니지 않는다는 얘기인가요?" 내가 물었다. 그것은 어쩐지 꼭 물어보고 싶던 질문이었다.

"그래요. 당신한테서는 생명력이 넘쳐흐르죠." 그는 생명력이라는 말을 특히 힘주어 강조했다.

"그건 시간이 흐르면 달라질 거예요." 내가 말했다.

그는 살짝 익힌 맛좋은 스테이크를 원했고, 나는 베아른 소스를 치고 얇게 저민 쇠고기를 두 조각 주문했다. 나는 버터가 그의 건강에 좋으리라는 생각이 들었다.

"붉은 포도주는 어때요?" 그가 물었다. 소믈리에가 왔고 나는 샤토뇌프 뒤 파프를 주문했다. 나중에 강변을 산책하면 술이 깨리라고 나는 생각했다. 그는 술기운이 가실 때까지 잠을 자거나 하고 싶은 일을 하리라. 나도 어디서 나대로 일을 해야지 싶었다.

우리들이 스테이크와 성냥개비처럼 썰어서 튀긴 감자를

다 먹고 나서, 점심 식사에 반주로 마시는 포도주가 아니었던 샤토뇌프 뒤 파프를 3분의 2쯤 마시고 났을 무렵에, 올 것이 왔다.

"단도직입적으로 얘기를 하는 게 좋겠어요." 그가 말했다. "당신이 상을 타게 될 건 알고 있죠?"

"내가요?" 내가 물었다. "왜요?"

"당신이 받기로 되어 있어요." 그가 말했다. 그가 내 작품에 대한 얘기를 시작하자 나는 귀를 닫기로 했다. 면전에서 내 작품에 대한 얘기를 사람들이 하면 나는 속이 뒤집혔으므로, 나는 죽음이 깃든 그의 얼굴을 쳐다보면서 혼자 다른 생각을 했다. 폐병 걸린 사기꾼이 폐병으로 나한테 사기를 치는구나. 나는 3분의 1이 죽음이나 그보다도 더한 운명을 맞을 터이지만 얼굴에는 유별난 그런 표정을 하나도 드러내지 않으며 먼지 속에서 행군하는 군인 수백 명을 본 적이 있지만, 죽음이 깃든 표정을 짓는 사기꾼 당신은 자신의 죽음으로 톡톡히 한 몫을 잡으려고 하는구나. 지금 당신은 나를 속여 보려고 한다. 남에게 사기를 당하고 싶지 않다면 사기를 치지 말지어다. 죽음은 그에게 사기를 치는 것이 아니었다. 보아하니 죽음은 틀림없이 그를 찾아올 것이었다.

"난 그 상을 받을 자격이 없다고 생각해요, 어니스트." 내가 싫어하는 내 이름을 그에게 사용하는 것을 재미있어하면서 내가 말했다. "뿐만이 아니라, 어니스트, 그건 올바른 처사가 못돼요."

"우리들 이름이 똑같다는 건 이상하지 않아요?"

"그래요, 어니스트. 그건 우리 두 사람 다 헛되게 해서는 안 될 이름이고요. 내 말이 무슨 뜻인지 알겠죠, 어니스트?"

"그래요, 어니스트." 그가 대답했다. 그는 아일랜드 사람답게 철저하고도 처량한 이해심과 매력을 나에게 과시했다.

그래서 나는 월시와 그가 만드는 잡지를 항상 호의를 보이며 접했고, 그가 각혈을 하고 파리를 떠나며 영어를 읽을 줄 모르는 인쇄업자들과 협조해 가면서 잡지가 나오도록 보살펴 달라는 부탁을 했을 때, 이를 들어주었다. 나는 그가 각혈하는 것을 한 번 보았는데, 그것은 아주 실감이 났으며 그가 틀림없이 죽으리라는 사실을 알았고, 내 생애에서 고생이 퍽 심한 때였던 그 무렵에 그를 극진히 보살펴 주는 일이 나에게는 그를 어니스트라고 부르는 장난만큼이나 즐거웠다. 그리고 또한 나는 그와 공동으로 편집인 노릇을 했던 여자를 좋아했다. 그녀는 나에게 어떤 상도 주겠다는 약속을 하지 않았다. 그녀는 오직 잡지를 훌륭하게 키우고, 필자들에게 보수를 잘 챙겨 주게 되기만을 진심으로 바랐다.

여러 해가 흘러간 다음 어느 날 나는 낮 공연 연극을 혼자 구경한 다음 생-제르맹 거리를 따라 산책하던 조이스를 만났다. 그는 눈이 잘 보이지는 않더라도 배우들의 말소리를 듣는 행복감을 즐겼다. 그가 나더러 술을 한잔 마시자고 청했으며, 우리들은 되-마고[59]로 갔고, 사람들은 조이스가 스위스 백포도주만 마셨다고 신문이나 책에서 읽었겠지만 우리들은 그때 드라이 셰리를 주문했다.

"월시는 어떻게 지내나요?" 조이스가 물었다.

"살았건 죽었건 그렇고 그런 위인이죠." 내가 답했다.

59 Deux-Magots. 장-폴 사르트르와 시몬 드 보부아르가 단골로 다닌 유명한 카페.

"당신에게 그 상을 주겠다고 약속하던가요?" 조이스가 물었다.

"예."

"그럴 줄 알았어요." 조이스가 말했다.

"당신한테도 주겠다고 그랬나요?"

"예." 조이스가 말했다. 잠시 후에 그가 물었다. "파운드한테도 그 상을 준다고 약속했을까요?"

"모르겠는데요."

"물어보지 않는 게 좋겠어요." 조이스가 말했다. 우리들은 더 이상 그 문제를 입에 올리지 않았다. 나는 에즈라의 작업실에서 긴 모피 외투를 걸친 두 젊은 여자를 데리고 온 그를 처음 만났다는 얘기를 조이스에게 했는데, 그가 그 말을 듣고 아주 재미있어하던 기억이 난다.

축제의
뒷이야기

어니스트 월시 "저주받은 천재" 소리를 들었던 어니스트 월시(Ernest Walsh, 1895~1926)는 17세에 폐결핵 진단을 받고 어린 시절을 쿠바에서 보냈다. 1차 세계 대전이 발발하자 항공대 조종사가 되려고 훈련을 받다가 추락 사고로 폐가 더욱 나빠졌고, 몇 달밖에 살지 못하리라는 생각에 이왕이면 좋아하는 작가들과 얼마 남지 않은 삶이나마 어울려 지내고 싶어 1922년에 파리로 갔다. 1926년 31세 나이로 요절할 때까지 문예지 《계간(This Quarter)》의 편집장으로 일한 그는 작가들의 독창성을 최대한 살려 주려고 문장 따위를 편집부에서 손질하는 행위를 절대로 용납하지 않은 소신으로 유명하다. 그러나 언어의 실험을 시도한 시인으로서의 그에 대한 평가는 엇갈려서 천재라기보다는 "시늉만 내며 잘난 체하는 사람(poseur)"이라는 혹평도 존재한다.

에디 게스트 대중적인 시로 인기를 얻었던 영국 태생의 미국 시인 에디 게스트(Eddie Guest 또는 Edgar Albert Guest, 1881~1959)는 낙천적인 인생관을 반영한 작품을 많이 발표하여 "국민 시인(People's Poet)"이라는 호칭을 얻고 미시간의 계관시인으로 추대되었다. 다작으로 유명한 그는 생전에 300개 신문에 1만 1000편의 시를 발표하고 『편안한 사람들(Just Folks)』(1917)을 비롯하여 시집 스무 권을 펴냈다.

폐병 걸린 사기꾼　　　요즈음 우리나라 사람들이 '아재 개그'라

고 하는 곁말(pun) 말장난이다. '폐병'과

'사기'는 속어로 con이라는 같은 단어를 사용한다. 폐병 con은

(pulmonary) consumption의 줄임말이다. 사기꾼 con man은

confidence man의 줄임말로서, 남들이 믿게 confidence(신용)을

쌓아 놓고 나중에 못된 짓을 벌이는 사람을 뜻하고, 여기에서 발전

한 동사 con은 '사기를 치다'라는 뜻을 갖게 되었다.

라일락숲 카페에서 에반 시프먼과

실비아 비치의 도서 대여점을 찾아낸 이후로 나는 투르게네프의 모든 작품과 영어로 출판된 고골의 작품과, 콘스탄스 가넷[60]이 번역한 톨스토이와 영어로 번역된 체호프의 작품들을 읽었다. 파리를 아직 한 번도 와 보지를 않았고 토론토에서 살 때 나는 캐서린 맨스필드[61]가 훌륭한 작가의 차원을 넘어 위대한 작가라고 일컬어질 만큼 뛰어난 단편 소설을 쓴다는 얘기를 들었지만, 체호프의 작품을 읽은 다음에 그녀의 단편을 접하면 한 사람은 아는 바가 많고 표현력이 정확한 의사처럼 훌륭하고 간결하게 글을 쓰는 작가요 다른 한 사람은 치밀하게 꾸며 댄 거짓말을 늘어놓는 젊은 노처녀라는 느낌이 들었다. 맨스필드는 물을 탄 맥주나 마찬가지였다. 차라리 물을

---

60 Constance Clara Garnett(1861~1946). 19세기 러시아 문학을 전문으로 했던 영국의 유명한 번역가.

61 Catherine Mansfield, 본명 Kathleen Mansfield Murry(1888~1923). 뉴질랜드 태생으로 영국에서 활동한 현대주의 단편 작가, 결핵으로 34세 나이로 요절했다.

마시는 편이 좋았다. 하지만 체호프는 맑다는 특성 외에는 전혀 물과 달랐다. 신문 기사처럼만 여겨지는 단편도 몇 개 있었다. 하지만 기막힌 작품들이 많았다.

도스토예프스키를 읽으면 믿어 마땅한 부분과 믿지 못할 내용들이 따로 있었지만, 어떤 것들은 너무나 실감이 나서 읽어 가는 동안에도 마음이 동요를 일으켰으며, 나약함과 광기, 사악함과 성스러움, 그리고 도박의 발광 상태가 투르게네프의 작품에 등장하는 경치나 길들처럼 선명하고 실감이 났으며, 군대의 이동과 지형과 장교들과 병사들과 전투는 톨스토이를 방불케 했다. 톨스토이를 읽으면 남북 전쟁에 대해서 스티븐 크레인이 쓴 글은 전쟁이라곤 구경도 못 했지만 할아버지의 집에서 내가 보고 읽었듯이 전쟁사와 연대기를 읽고, 브레이디[62]의 사진들을 보고 병적인 소년이 기막힌 상상력을 발휘해서 지어낸 얘기만 같았다. 스탕달의 『파르마의 수도원』을 읽을 때까지 나는 전쟁을 실감나게 그린 글이라고는 톨스토이밖에 읽지를 못했으며, 스탕달의 멋진 워털루 전투 장면은 무척이나 지루한 책에 잘못 끼어들어간 인상을 주었다. 아무리 가난하더라도 잘 살아가면서 일을 할 기회가 마련되어 있는 파리 같은 도시에서 독서를 할 시간까지 넉넉하여 이런 모든 새로운 작품의 세계에 접한다는 축복은 굉장한 보물을 선물로 받은 셈이었다. 그 보물은 여행을 떠나도 가지고 다닐 수가 있으며, 오스트리아 포어아를베르크의 높은 계곡에서 슈룬스를 발견할 때까지 우리들이 살았던 스위스와 이탈리아

---

62 Mathew B. Brady(1822~1896). 북군을 종군하며 그가 5년 동안 찍은 사진들은 남북 전쟁의 귀중한 자료가 되었다.

산속에는 항상 책이 있어서 우리들은 새로운 세계를 찾아내고 그 속에서 살았으니, 낮이면 눈과 숲과 빙하와 겨울마다 찾아오는 문제들과 마을의 타우버 호텔에 있는 높다란 안식처와 더불어 살았고, 밤이 되면 러시아의 작가들이 펼쳐 주는 또 다른 멋진 세계에서 살았다. 처음에는 러시아 작가들이었고, 다음에는 다른 작가들을 모두 접하게 되었다. 하지만 처음에는 오랫동안 러시아 작가들이 전부였다.

언젠가 나는 아라고 대로의 운동장에서 정구를 치고 난 다음 집으로 걸어가다가 에즈라가 술이나 한잔 마시자며 작업실로 불렀을 때, 도스토예프스키를 어떻게 생각하는지 그에게 물었던 일이 머리에 떠오른다.

"솔직하게 얘기하면 말이야, 헴, 난 러시아 작가들의 작품은 하나도 읽은 게 없어." 에즈라가 대답했다.

솔직한 대답이었고, 에즈라는 나하고 얘기를 할 때면 항상 직설적인 말만 하기 때문에 나는 그의 거침없는 반응이 익숙하기는 했어도 그날만큼은 무척 언짢았는데, 그 까닭은 에즈라는 당시에 가장 훌륭하다고 믿으며 내가 좋아했던 비평가였으며, 어떤 상황에서는 어떤 사람들을 불신해야 한다는 사실을 내가 스스로 깨닫기 전에 나로 하여금 사람들이나 마찬가지로 형용사 또한 믿지 않도록 가르쳤던 바로 그 사람이, 가장 정확한 단어와 올바른 말만 써야 한다는 신념의 소유자인 그가 마침 앞에 있기에, 올바른 말이라고는 거의 사용하지 않으면서도 때때로 어느 누구보다도 훌륭하게 주인공들에게 생동감을 불어넣는 작가에 대한 그의 의견을 모처럼 물어봤는데, 기껏 돌아온 대답이 너무나 황당했기 때문이다.

"프랑스 작가들이나 열심히 읽어. 그 사람들한테서 배울 바가 많으니까 말이야." 에즈라가 말했다.

"나도 알아요. 하지만 어디에서나 배울 게 많죠." 내가 말했다.

나중에 에즈라의 작업실을 나와 그 무렵 우리들이 그곳 마당에서 거주하던 제재소로 뻗어 나간 길거리를 따라 걷다가, 높은 쪽의 길 아래쪽 끝에 있는 헐벗은 나무들 너머로 생-미셸 대로 건너편 빌리에 무도장의 건물 정면이 한눈에 들어오는 끝에 이르자 나는 대문을 열고 안으로 들어가 방금 톱으로 썬 목재들 더미를 지나 임시 건물 꼭대기층으로 올라가는 층계 옆 고정 틀에다 정구채를 끼웠다. 나는 층계 위쪽을 향해 소리를 질렀지만 아무도 대답을 하지 않았다.

"아씨는 하녀와 아기를 데리고 외출했어요." 제재소집 부인이 말했다. 그녀는 무척 뚱뚱하고 머리카락이 거칠고 성미가 까다로운 여자였는데, 나는 그녀에게 고맙다고 말했다.

"젊은 남자가 당신을 만나러 왔었어요." 젊은 분(monsieur)이라는 대신에 남자(jeune homme)라는 단어를 쓰면서 그녀가 말했다. "라일락숲 카페에서 기다리겠다더군요."

"정말 고마워요." 내가 말했다. "아내가 들어오면 라일락숲 카페에 갔다고 전해 주세요."

"아씨는 친구들하고 같이 나갔어요." 제재소집 부인은 그 말을 하더니 자줏빛 실내복을 몸에 휘감아 여미고는 문을 닫지도 않은 채 굽 높은 구두를 신고 그녀의 영토로 들어갔다.

나는 높다랗고 얼룩이 지고 때가 묻은 하얀 집들 사이로 뻗어나간 거리를 걸어 내려가서 햇빛이 밝고 탁 트인 곳에 이르러 오른쪽으로 돌아서는 햇살이 줄무늬를 그리는 컴컴한 라일락숲 카페의 안으로 들어갔다.

아는 사람이 아무도 없어서 바깥 테라스로 나갔더니 에반 시프먼[63]이 기다리고 있었다. 그는 훌륭한 시인이었고, 관심이 많은 경마와 글쓰기와 그림에 대하여 아는 바가 많았다. 자리에서 일어선 그를 보니 키가 크고 야위고 얼굴이 창백했으며, 더러워진 하얀 셔츠는 옷깃이 해졌고, 넥타이는 꼼꼼하게 맸고, 회색 양복은 낡고 구겨졌으며, 손가락들은 머리카락보다도 검게 얼룩졌고, 손톱에는 때가 끼었고, 다정하면서도 애원하는 미소를 지으면서도 썩은 이빨을 내보이지 않으려고 입을 잔뜩 오므리고는 했다.

"반가워요, 헴." 그가 인사했다.

"잘 있었어요, 에반?" 내가 물었다.

"형편이 약간 좋지를 않아요." 그가 말했다. "보아하니 마제파가 죽을 쑨 것 같아요. 잘 지냈어요?"

"그럭저럭요. 당신이 집에 들렀을 때 난 에즈라와 테니스를 치러 가 있었어요."

"에즈라는 잘 지내고요?"

"아주 잘 지내죠."

"정말 기쁘군요. 헴, 당신이 사는 제재소집 부인이 나를 좋아하지 않는 눈치더군요. 위층에서 당신을 기다리겠다고 했더니 안 된다고 하더라고요."

"내가 주의를 주죠." 내가 말했다.

"신경 쓰지 말아요. 난 언제라도 여기서 기다리면 되니까요. 이 무렵엔 햇볕이 아주 기분 좋아요, 안 그래요?"

---

63   Evan Shipman. 여러 면에서 공통점이 많아 헤밍웨이와 평생 가까웠던 소설가이자 언론인.

"지금은 가을이니까요." 내가 말했다. "옷을 별로 따뜻하게 입지 않은 모양이군요."

"저녁이 되니까 서늘하네요. 재킷을 입어야 되겠어요." 에반이 말했다.

"재킷을 어디 두었는지 알아요?"

"아뇨, 하지만 어딘가 안전한 곳에 있을 거예요."

"어떻게 알아요?"

"그 안에다 시 원고를 넣어 두었으니까요." 그는 이빨을 가리느라고 입술을 잔뜩 오므리면서 큰 소리로 웃었다. "부탁이니 나하고 위스키나 한잔 들어요, 헴."

"좋아요."

"장. 위스키 두 잔 부탁해요." 에반이 일어나 웨이터를 불렀다.

장은 술병과 잔, 10프랑짜리 고급 접시 두 개와 빨대를 가지고 왔다. 그는 눈금이 있는 술잔을 사용하지 않고, 잔이 4분의 3 이상으로 찰 때까지 위스키를 부었다. 장은 자기가 쉬는 날이면 자주 함께 나가서 오를레앙 대문 밖 몽트루주에 있는 그의 밭에서 일을 해 주던 에반을 좋아했다.

"너무 많이 따르면 안 될 텐데요." 키가 크고 나이 많은 웨이터에게 에반이 말했다.

"위스키 두 잔이기는 마찬가지 아녜요?" 웨이터가 물었다.

술에 물을 타고 난 다음에 에반이 말했다. "처음 한 모금은 아주 조심해서 천천히 마셔요, 헴. 제대로 마시면 취기가 한참 갈 거예요."

"몸은 잘 돌봐야 하잖아요?" 내가 물었다.

"예, 그럼요, 헴. 우리 무슨 다른 얘길 하는 게 어떨까요?"

테라스에 나와 앉은 사람이 아무도 없었고, 속옷 대신에 털옷을 걸치고 그 위에 셔츠를 입고는 다시 파란 프랑스 수병의 스웨터를 입었기 때문에 내가 에반보다 가을 날씨에 훨씬 대비를 더 잘하기는 했지만, 위스키 기운에 우리들은 속이 훈훈해졌다.

　"난 도스토예프스키 생각을 하고 있었죠." 내가 물었다. "그토록 형편없이, 믿기지 않을 정도로 형편없이 글을 쓰면서도 어쩌면 그토록 깊은 감동을 줄 수가 있을까요?"

　"번역 때문은 아닐 거예요. 그 여자의 번역을 거치면 톨스토이의 작품은 글이 훨씬 훌륭해지죠." 에반이 대답했다.

　"알아요. 난 콘스탄스 가넷의 번역판을 구하기 전에는 『전쟁과 평화』를 읽으려고 여러 번 시도했다가 실패했어요."

　"사람들 얘기로는 손질을 더해야 할 여지가 많다더군요." 에반이 말했다. "러시아어를 모르기는 하지만 틀림없이 개선할 여지가 있으리라고 확신해요. 하지만 번역가들이 어떤지는 우리 두 사람 다 잘 알잖아요. 그렇기는 해도 어쨌든 굉장히 훌륭한 소설이고, 가장 위대한 작품 같기도 한 것이 자꾸만 다시 읽어도 좋거든요."

　"알아요." 내가 말했다. "하지만 도스토예프스키는 여러 번 읽을 수가 없어요. 슈룬스에서 읽을 책이 떨어졌기에 난 여행을 떠나면서 『죄와 벌』을 가지고 갔는데, 읽을 책이 하나도 없었어도 그건 정말 다시 읽을 수가 없겠더군요. 나는 타우흐니츠 전집에서 트롤롭의 무슨 소설을 찾아낼 때까지 오스트리아 신물을 읽고 독일어 공부를 하면서 시간을 보냈어요."

　"타우흐니츠에게 은총을 내리소서." 에반이 말했다. 위스키는 화끈 달아오르는 기운을 잃었고, 물을 타고 나서 마시니까 그냥 독하기만 했다.

"도스토예프스키는 형편없는 인간이었어요, 헴." 에반이 말을 이었다. "그는 형편없는 인간들과 성자들의 권위자였죠. 그는 기막힌 성자들을 창조해 냅니다. 그의 작품을 읽고 또 읽기가 힘들다는 건 안타까운 일예요."

"난 『카라마조프 가의 형제들』을 다시 읽어 보려고 해요. 혹시 내 잘못이었는지도 모르니까요."

"일부는 다시 읽어도 될 거예요. 거의 다 읽어 낼지도 모르죠. 하지만 아무리 위대한 작품이라고 해도 읽다 보면 슬그머니 화가 나기 시작해요."

"뭐 한 번이나마 읽을 기회가 있었다는 게 다행인 셈이고, 앞으로 더 잘된 번역이 나오겠죠."

"너무 큰 기대는 가지면 안 돼요, 헴."

"그런 일은 없을 거예요. 난 자신도 모르는 사이에 몰입해서 읽으면 읽을수록 얻는 것이 더 많기를 바라요."

"덤이 붙는 장의 위스키를 더 마시게 해 주죠." 에반이 말했다.

"그런 짓을 하다간 장이 곤란해질 거예요." 내가 말했다.

"벌써 곤란해진걸요." 에반이 말했다.

"어째서요?"

"경영진이 바뀌는 모양예요." 에반이 말했다. "새 주인들은 돈을 잘 쓰는 다른 손님들을 원해서 미국식 주점으로 바꿀 생각이죠. 웨이터들에겐 하얀 재킷을 입고, 콧수염도 깎아 버리라는 지시를 내렸어요, 헴."

"앙드레하고 장한테 그런 걸 시키면 안 될 텐데요."

"그러면 안 되겠지만 시키고 말 겁니다."

"장은 평생 줄곧 콧수염을 길러 왔어요. 용기병(龍騎兵)의 콧수염이죠. 그 친구는 기병 연대에서 복무를 했어요."

"그래도 깎지 않고는 못 배겨나요."

나는 남은 위스키를 마저 마셨다.

"위스키 더 드릴까요, 선생님?" 장이 물었다. "위스키 드시겠어요, 시프면 선생님?" 덥수룩하게 늘어진 콧수염은 야위고 다정다감한 그의 얼굴 일부였고, 몇 가닥의 머리카락으로 교묘하게 덮은 벗어진 머리 꼭대기가 반짝였다.

"그런 짓 하지 말아요." 내가 말했다. "위험한 짓은 그만둬요."

그는 나지막한 목소리로 우리들에게 말했다. "위험할 건 없어요. 지금은 워낙 어수선한 상황이니까요. 그만둘 사람이 많아요. 알겠습니다, 선생님들." 그는 주문을 받기라도 하는 듯 큰 소리로 외쳤다. 그는 카페로 들어가서 위스키 병과, 커다란 유리잔 두 개와 금테를 두른 10프랑짜리 접시 두 개 그리고 탄산수 한 병을 들고 나왔다.

"그러지 말아요, 장." 내가 말했다.

그는 접시에다 잔을 놓고는 위스키를 가득 넘치도록 부은 다음에 남은 술을 가지고 다시 카페로 들어갔다. 에반과 나는 탄산수를 조금 잔에 부었다.

"도스토예프스키가 장하고 친한 사이가 아니어서 다행이죠." 에반이 말했다. "친했었다간 술로 죽었을 테니까요."

"이걸 어떡하죠?"

"마셔요." 에반이 말했다. "이건 이의를 제기하는 반항이죠. 적극적인 행동예요."

다음 주 월요일에 내가 일을 하려고 아침에 라일락숲으로 갔을 때는, 앙드레가 쇠고기 진액을 물에 탄 육즙을 가져다주었다. 그는 키가 작고 머리는 금발이었으며 덥수룩했던 수염은 없어지고 성직자처럼 썰렁한 입술만 남았다. 그는 미국의 술집 종업원과 같은 하얀 저고리 차림이었다.

"장은 어디 갔죠?"

"내일까진 안 나옵니다."

"어떻게 되었는데요?"

"장이 스스로 양보를 하는 데에는 시간이 더 걸렸어요. 장은 전쟁 동안 줄곧 중기병 연대 소속이었죠. 장은 십자 무공 훈장과 군사 훈장을 탔어요."

"그렇게 심한 부상을 입었는 줄은 몰랐는데요."

"그게 아녜요. 물론 부상을 당하기는 했었지만 그가 탄 군사 훈장 종류는 다른 것이었어요. 무공을 세워서 탄 훈장이었으니까요."

"내가 안부를 묻더라고 전해 줘요."

"물론이죠." 앙드레가 말했다. "마음을 진정하는 데 너무 오래 걸리지 않았으면 좋겠어요."

"시프먼 선생님도 안부를 묻더라고 전하세요."

"시프먼 선생님은 장하고 있어요." 앙드레가 말했다. "둘이서 같이 밭을 가꾸러 갔죠."

악마의 사신

라팔로로 가려고 노트르담-데-샹을 떠나기 전에 에즈라가 나에게 마지막으로 한 말은 "헴, 아편이 담긴 이 병을 보관하고 있다가 꼭 필요한 경우에 더닝에게 주도록 해."였다.

그것은 콜드크림을 담는 커다란 병이었는데, 뚜껑을 열고 보니 시커멓고 끈끈한 덩어리가 들어 있었고, 가공하지 않은 아편 냄새가 물씬 났다. 에즈라는 그것을 이탈리아 대로 근처의 오페라 거리에서 어느 인디언 추장한테서 무척 비싸게 샀다고 말했다. 1차 세계 대전과 전후에 탈영병들과 마약 밀매상들의 소굴이었던 '쥐구멍' 술집에서 구했으리라. 이탈리아 대로의 쥐구멍 술집은 아주 비좁았고, 드나드는 통로가 전부인 건물의 전면에는 빨간 페인트를 칠했다. 한때는 지하 묘지로 통한다는 소문이 났던 파리의 하수도로 연결된 뒷문도 있었다. 더닝이란 아편을 피우고 끼니를 거르곤 하던 시인 랠프 치버 더닝이었다. 아편을 심하게 피울 때면 그는 우유만 마셨고, 에즈라는 그의 시에서 훌륭한 자질을 인정했으며, 그가 쓴 이탈리아 형식의 시를 좋아했다. 그는 에즈라가 거처하던 작업실이 있는 마당에서 같이 살았으며, 에즈라는 파리를 떠나기 몇 주 전 사경을 헤매는 더닝을 도와 달라고 나를 불렀다.

"더닝이 죽으려고 해." 에즈라가 보낸 쪽지에는 이렇게 쓰여 있었다. "어서 와 주기를 바라네."

더닝은 해골 같은 몰골로 매트리스에 누워 있었으며, 결국은 틀림없이 영양실조로 죽을 터였지만 나는 지금 당장은 그가 죽지는 않으리라고 에즈라에게 납득시켰는데, 그 이유는 시구를 제대로 읊어 가며 죽는 사람은 거의 없으며, 더구나 3운구법[64]을 읊어가며 죽는 사람을 나는 본 적이 없고, 아무리 단테라고 해도 죽을 때 그런 시를 읊지는 못하리라고 나는 설명을 해 주었다. 에즈라는 그가 3운구법에 맞춰 헛소리를 하는 것이 아니라고 말했으며, 나는 잠을 자다가 비몽사몽간에 달려왔기 때문에 내 귀에는 그의 횡설수설이 3운구법처럼 들렸는지 모르겠다고 둘러댔다. 죽음이 찾아오기를 더닝이 기다리는 동안에 하룻밤이 지나갔고 결국 의사의 신세를 지기로 해서 더닝은 개인 병원으로 실려가 해독 치료를 받았다. 치료비는 에즈라가 보증을 섰는데, 시인 더닝을 위해서 어느 애독자들로부터 협조를 구했는지도 모르겠다. 나에게 그는 정말로 위급한 경우에 아편을 전해 주는 일만을 맡겼다. 그것은 에즈라가 부여한 거룩한 임무였으므로 나는 기대에 어긋나지 않도록 행동하고 정말로 위급한 상태를 제대로 판단할 수 있기만을 바랐다. 위급한 상태가 닥친 것은 어느 일요일 아침에 에즈라의 집 관리인이 제재소 마당으로 달려와서는

---

64 terza rima. 세 시구가 한 시절을 구성하는 이탈리아의 문학 형식으로 단테가 『신곡』에서 사용한 바 있다.

열린 창문가에서 경마 일람표를 살펴보는 나를 올려다보고 소리를 질렀을 때였다. "더닝 선생님이 지붕 꼭대기로 올라가서는 내려오기를 단호히 거부하십니다."라고 그녀가 프랑스어로 알려 주었다.

더닝이 작업실의 지붕으로 기어 올라가서 내려오기를 단호하게 거부한다는 사태라면 분명히 위급한 상황이어서 나는 아편이 담긴 병을 찾아낸 다음에 키가 작고 성미가 급하고 무척 흥분한 여자 관리인과 함께 길을 걸어 올라갔다.

"필요한 물건을 선생님이 가지고 계신가요?" 그녀가 나에게 물었다.

"물론이죠." 내가 대답했다. "어려운 문제는 없을 거예요."

"파운드 선생님은 만사에 생각이 깊으셔요." 그녀가 말했다. "친절하기가 이를 데 없죠."

"정말 그래요." 내가 말했다. "그래선지 날마다 그가 보고 싶더군요."

"더닝 선생님이 정신을 차리셔야 할 텐데요."

"그러는 데 필요한 물건은 내가 가지고 있죠." 나는 그녀를 안심시켰다.

작업실들이 있는 마당에 내가 다다르자 관리인이 말했다. "내려오신 모양이군요."

"내가 온다는 걸 알았나 봐요." 내가 말했다.

나는 더닝의 숙소로 연결된 바깥쪽 층계를 올라가서 문을 두드렸다. 그가 문을 열었다. 얼굴이 앙상한 그는 이상할 만큼 키가 커 보였다.

"이걸 갖다주라고 에즈라가 그랬어요." 나는 병을 그에게 내주면서 말했다. "이게 무언지는 당신이 받으면 알 거라고 그러데요."

그는 병을 받아들고는 살펴보았다. 그러더니 그는 병을 나한테 던졌다. 병은 내 가슴인지 어깨인지를 맞고는 층계를 굴러 내려갔다.

"개새끼." 그가 말했다. "이 거지 같은 새끼."

"당신이 그게 필요하게 될지 모른다고 에즈라가 그랬어요." 내가 말했다. 그는 내 말에 반박이라도 하듯이 우유병을 집어 던졌다.

"정말 필요 없어요?" 내가 물었다.

그는 우유병을 하나 더 나에게 던졌다. 그가 던진 두 번째 우유병이 자리를 피하려는 내 잔등에 맞았다. 그러더니 그는 문을 닫아 버렸다.

나는 약간 금이 간 아편 병을 집어 호주머니에 넣었다.

"파운드 선생님의 선물을 원하지 않는 것 같아요." 나는 관리인에게 말했다.

"아마 지금쯤은 진정이 된 모양이죠." 그녀가 말했다.

"아마 가지고 있던 물건이 좀 있었나 봐요." 내가 말했다.

"가엾은 양반." 그녀가 말했다.

에즈라가 불러 모은 시를 사랑하는 사람들이 결국은 또다시 더닝을 도우려고 열성을 보였다. 나와 관리인의 간섭은 성공을 거두지 못했다. 아편이라던 물건이 담긴 금이 간 병을 나는 기름종이로 싸고 묶어서 낡은 승마 장화에 잘 넣어 두었다. 몇 년 후에 아파트먼트에서 내 개인 소유물들을 에반 시프먼과 내가 치우면서 확인해 보니 장화는 그대로 있었지만 병은 없어졌다. 그가 처음 사경을 헤맨다고 해서 내가 달려갔던 날 밤에 더닝이 나를 믿지 못할 사람이라는 인상을 받아서 우유

병을 던진 것인지, 아니면 내 인품이 처음부터 못마땅해서 그랬는지 나로서는 알 길이 없다. 하지만 "더닝 선생님이 지붕 꼭대기로 올라가서는 내려오기를 단호히 거부하십니다."라는 말을 듣고 에반 시프먼이 재미있어하던 표정이 나는 잊히지 않았다. 그는 무언가 상징적인 의미가 그 사건에 담겨 있었으리라고 믿었다. 나로서는 알 수가 없는 일이다. 아마도 더닝은 나를 악마의 사신이나 경찰관으로 오인했는지도 모른다. 내가 아는 사실이라고는 다만 그토록 많은 사람들에게 그랬듯이 에즈라가 더닝에게도 친절을 베풀려고 했을 따름이며, 나는 더닝이 에즈라가 믿었던 것처럼 훌륭한 시인이었기를 항상 바랐다. 그는 시인치고는 아주 정확하게 우유병을 던졌다. 하지만 위대한 시인이었던 에즈라도 테니스를 잘 쳤다. 아주 훌륭한 시인이었으며 그의 시가 영원히 게재되지 않더라도 정말로 개의치 않았을 에반 시프먼은 그 사건이 신비로 남아야 된다고 믿었다.

"우리 삶에는 더 많은 참된 신비가 필요해요, 햄." 언젠가 그는 나에게 말했다. "이 시대에 우리들에게 가장 아쉬운 건 전혀 야심이 없는 작가와 발표가 되지 않은 정말로 훌륭한 시랍니다. 물론 먹고살아야 한다는 문제가 있기는 하지만요."

스콧 피츠제럴드

그의 재능은 나비의 날개에 가루가 이루어 놓은 무늬처럼 천부적인 것이었다. 한때 그는 나비나 마찬가지로 그런 사실을 스스로 이해하지 못했고, 그 재능이 벗겨져 상처를 입었어도 알지 못했다. 나중에 그는 다친 날개와 그 구조를 의식하게 되었으며 날아다니는 기쁨이 사라졌기 때문에 이제는 더 이상 날 수가 없음을 깨달았고, 날기가 힘이 들지 않았던 시절은 추억으로만 남았다.

내가 처음으로 스콧 피츠제럴드를 만났을 때는 아주 이상한 일이 벌어졌었다. 스콧에게는 이상한 일이 워낙 많기는 했지만 그 사건을 나는 절대로 잊을 수가 없다. 그는 전혀 쓸모가 없는 몇몇 위인들과 내가 자리를 같이하고 있던 들랑브르 거리의 딩고 주점으로 들어와서 자기소개를 하고는 같이 들어온 키가 크고 유쾌한 남자를 유명한 투수 덩크 채플린이라고 소개했다. 나는 프린스턴 야구에 관심을 두지 않았던 터였고 덩크 채플린의 이름은 들어 본 적이 없었지만, 그는 놀랄 만큼 성격이 좋고, 걱정이 없었고, 여유만만하고 서글서글했으며, 그래서 나는 스콧보다 그 남자가 훨씬 더 마음에 들었다.

그 무렵의 스콧은 예쁘장하기도 하고 미남이기도 해서 소년 같은 어른의 앳된 모습이었다. 그의 금발은 무척 곱슬거렸고, 이마가 시원스러웠고, 눈은 다정하면서도 웬일인지 흥분한 듯싶었으며, 아일랜드 혈통답게 입술이 길고 섬세해서, 여자였더라면 미녀라고 불러도 손색이 없을 듯싶었다. 그는 턱이 단단했고 귀가 잘생겼으며 코는 미끈하고 흠집이 없어서 아름답다는 표현을 써도 괜찮을 정도였다. 얼굴이 예쁘장했던 까닭은 그런 용모뿐 아니라 혈색과 눈부신 금발 그리고 입 때문이기도 했다. 그를 잘 알기 전에도 나는 그의 입을 보면 불안한 느낌을 받고는 했는데, 그를 잘 알게 된 다음에는 걱정스러운 느낌이 심해졌다.

그를 보자 나는 상당히 호기심이 생겼고, 하루 종일 아주 열심히 일을 한 다음이었던 탓이어서인지 한 번도 이름을 들어 보지 못했지만 이제는 내 친구가 되어 버린 위대한 덩크 채플린과 스콧 피츠제럴드가 눈앞에 나타났다는 사실에 기분이 상당히 좋아졌다. 스콧은 얘기를 멈출 줄 몰랐고 그 얘기가 모두 내 작품이 얼마나 훌륭한지에 대한 내용이어서 꽤 거북해진 나는 그를 그냥 쳐다보는 대신 그의 모습을 찬찬히 분석하기 시작했다. 그 시절에는 사람을 앞에 앉혀 놓고 면전에서 늘어놓는 칭찬이란 공개적인 모욕처럼 여겨지기가 보통이었다. 스콧은 샴페인을 주문했고 형편없는 작자들이라고 생각되는 동행 몇 사람과 함께 덩크 채플린과 나는 그 술을 마셨다. 덩크와 나는 연설처럼 여겨지는 스콧의 얘기에 귀를 기울이지는 않았다고 생각되며, 나는 계속해서 스콧을 관찰했다. 그는 몸매가 호리호리했으며 얼굴은 약간 푸석푸석한 것이 건강 상태가 별로 좋아보이지를 않았다. 그가 입은 브룩스 브러더스 남성 정장은 몸에 잘 맞았고, 하얀 셔츠에는 단추를 채우는 옷깃이 달렸고 근위대 넥타이를 맸다. 파리에는 영국 사람들이 많았고, 그때만 해도 벌써 두 명이 우리들과 동행이기는 했지만, 혹시 영국인이 언제 딩고로 들어올지 모를 일이어서 나는 넥타이에 대한 얘기를 그에게 꼭 해야만 되겠다는 생각을 했던 듯싶은데, 하지만 그까짓것 무슨 상관이 있겠느냐고 생각하며 나는 다시 그를 살펴보았다. 나중에 알고 보니 그 넥타이는 스콧이 로마에서 산 것이었다.

나는 그가 몸의 균형이 잘 잡혔고, 손은 너무 작지도 않고 재주가 많게 생겼다는 점 외에는 그를 관찰함으로써 알아낸 바가 별로 없었고, 주점의 둥근 의자에 올라앉았을 때 보니 그의 다리가 무척 짧아 보였다. 다리가 정상적이었다면 아마 그는 키가 6, 7센티미터는 더 컸을 듯싶었다. 우리들은 샴페인 한 병을 다 마시고 두 번째 병을 시작했으며 그의 장황한 연설에서 맥이 빠지기 시작했다.

덩크와 나는 두 사람 다 샴페인을 마시기 전보다 훨씬 기분이 좋아졌으며, 연설이 끝나자 더욱 좋아졌다. 그때까지는 내가 얼마나 위대한 작가였느냐 하는 사실은 아내와 나 그리고 마음을 터놓고 대화를 나눌 만큼 가까운 친구들만 조심스럽게 언급하는 비밀이었다. 이 위대함의 가능성에 대해 스콧이 똑같은 낙관적인 결론을 내렸다는 사실이 기뻤지만, 나는 그의 연설이 끝나 간다는 사실 역시 기뻤다. 하지만 연설이 끝나자 질의응답이 뒤따랐다. 연설은 못들은 체하고 그냥 흘려 버리면서 그를 관찰할 여유를 주었지만 질문은 피할 길이 없었다. 곧 내가 깨달은 사실이지만 스콧은 소설가들이란 친구와 아는 사람들에게 직접 질문을 함으로써 알고 싶은 모든 것을 알아낼 수 있다고 믿는 사람이었다. 심문은 단도직입적이었다.

"어니스트." 그가 물었다. "어니스트라고 불러도 기분 나빠 하지는 않겠죠?"

"덩크한테 물어봐요." 내가 말했다.

"장난치지 말아요. 이건 진지한 얘기니까요. 당신하고 아내는 결혼하기 전에 같이 자 봤어요?"

"모르겠어요."

"모르겠다니 그게 무슨 소리예요."

"기억이 나지를 않아요."

"하지만 그렇게 중요한 일이 어떻게 생각이 나지를 않는단 말인가요?"

"모르겠어요." 내가 말했다. "묘한 일이죠?"

"묘한 정도가 아니죠. 틀림없이 기억해 낼 수가 있을 텐데요." 스콧이 말했다.

"미안해요. 한심하죠?"

"돼먹지 않은 소리는 그만둬요." 그가 말했다. "진지하게 기억을 더듬어 봐요."

"그만두겠어요. 소용이 없는 일이니까요." 내가 말했다.

"기억해 내려는 진지한 노력을 기울일 수도 있잖아요."

연설이 꽤 격앙되었다고 나는 생각했다. 그가 누구에게나 이런 식으로 연설을 하는지 궁금했지만, 연설을 하는 동안 그가 땀이 날 정도로 애를 쓰는 모습을 보았으므로 그러지는 않으리라고 판단했다. 땀은 그의 길고 완벽한 아일랜드 사람의 윗입술에서 작은 방울들로 맺혔고, 그의 얼굴에서 시선을 돌려 동글 의자에 오그리고 앉은 그의 다리가 짧다는 사실을 깨달은 것은 그때였다. 그런 다음에 나는 그의 얼굴을 다시 보았는데, 바로 그 순간에 이상한 일이 벌어졌다.

샴페인 잔을 들고 주점에 앉아 있는 그의 얼굴에서 푸석푸석한 기운이 다 사라질 때까지 피부가 팽팽히 당겼고, 살갗이 더 당기자 얼굴은 송장처럼 변했다. 두 눈이 푹 가라앉아 죽은 듯 보였고 입술은 팽팽해지던 끝에 혈색이 사라지고는 쓰다 남은 양초 같은 빛깔이 되었다. 내 머릿속 상상이 아니었다. 그의 얼굴은 내 눈앞에서 죽음의 두상, 죽음의 가면이 되었다.

"스콧. 왜 그래요?" 내가 물었다.

그는 대답을 하지 않았고, 얼굴은 더욱 팽팽해졌다.

"응급처치를 받도록 구호실로 데려가는 게 좋겠어요." 나는 덩크 채플린에게 말했다.

"아네요. 괜찮아요."

"죽을 것처럼 보이는데요."

"아네요. 술을 못 이길 때면 늘 저런답니다."

우리들은 그를 택시에 태웠고 나는 무척 걱정이 되었지만 덩크는 아무 일도 없으니까 염려 말라고 그랬다. "아마 집에 도착할 때쯤이면 말짱해질 거예요." 그가 말했다.

그는 분명히 말짱해졌고, 며칠 후 라일락숲에서 만났을 때 내가 그런 일이 있었어서 마음이 언짢았으며 아마 얘기를 하면서 술을 너무 빨리 마셨기 때문인지도 모르겠다는 얘기를 했더니 그가 대답했다.

"마음이 언짢았다는 건 또 무슨 소리예요? 언제 무슨 일이 있었나요? 무슨 얘기를 하는 건가요, 어니스트?"

"지난번 밤에 딩고에서 말예요."

"난 딩고에서 아무 일도 없었어요. 난 당신과 동석했던 거지 같은 영국인들이 못마땅해져서 집으로 갔을 뿐이죠."

"당신이 왔었을 때는 영국인이라곤 하나도 없었어요. 바텐더뿐이었죠."

"말도 안 되는 소린 그만해요. 내가 누구 얘길 하는지 알잖아요."

"아." 내가 말했다. 그는 나중에 다시 딩고로 갔던 모양이었다. 아니면 어느 다른 날 또 갔었는지는 모른다. 분명히 그곳에 영국인이 두 사람이 있었다는 사실을 나는 기억해 냈다. 그것은 사실이었다. 나는 그들이 누구인지를 알았다. 그들이 있기는 확실히 있었다.

"맞아요." 내가 말했다. "물론이죠."

"엉터리 귀족 명칭을 내세우며 꽤나 건방지게 굴었던 여자하고 그 여자와 함께 온 한심한 주정뱅이 말예요. 당신하고 친구라고들 그러더군요."

"맞아요. 그리고 그 여자가 가끔 무례하게 구는 것도 사실이죠."

"그것 봐요. 포도주 몇 잔을 마시고 취했었다고 해서 돼먹지도 않은 얘기를 꾸며대 봤자 좋을 게 하나도 없어요. 왜 알쏭달쏭한 얘기를 하려고 그랬나요? 당신이 그러리라곤 상상도 못 했어요."

"왜 그랬는지 모르겠군요." 나는 그 얘기를 끝내고 싶었다. 그러자 무엇인가 내 머릿속에 떠올랐다. "당신 넥타이를 보고 그 여자들이 무례한 소리를 하던가요?" 내가 물었다.

"내 넥타이에 대해서 왜 무례한 소리를 해요? 난 하얀 폴로셔츠 차림에다 수수하고 까만 편물 넥타이를 매고 있었는데요."

그래서 나는 따지기를 포기했고, 그는 나더러 왜 이 카페를 좋아하냐고 물었으며, 나는 이곳이 옛날에는 어떠했었는지를 얘기했고, 스콧도 이곳을 좋아할 기미를 보였고, 이 카페를 좋아하는 나와 이곳을 좋아하려고 노력하면서 그는 이곳에 앉아서 시간을 보냈고 이런저런 질문을 하고는 작가들과 출판사들과 대행인들과 비평가들과 조지 호러스 로리머[65]와 작가로 성공한 다음의 수입과 소문 따위의 자질구레한 얘기를 했는데, 그는 냉소적이었고, 우스운 소리를 잘했고, 무척 유쾌했고, 매력적이고 다정하게 구는 사람은 조심해야 된다고는 그러지만, 다정하게 느껴지기까지 했다. 그는 자기가 쓴 모든 작품에 대해서 하찮다는 투로 얘기했지만 괴로워하는 기색은 없었으며, 과거에 쓴 책들의 단점들에 대해서 고통을 느끼지 않으며 얘기하는 품으로 미루어 보아 그의 새 작품이 아주 훌륭하리라고 생각했다. 그는 누구에게인가 빌려준 마지막이고 하나뿐인 기증본을 되돌려 받는 대로 『위대한 개츠비』를 내가 읽어 주기를 바랐다. 아주 훌륭한 작품을 하나 완성한 다음에 잘난 체할 줄을 모르는 모든 작가들이 보여 주는 수줍음 외에는 겉으로 나타내지를 않았으므로 그의 얘기를 들어 보면 그것이 얼마나 훌륭한 작품인지는 알 길이 없던 터라 나는 그가 책을 어서 되돌려 받아서 내가 읽을 수 있게 되

---

65   George Horace Lorimer. 중류층을 대상으로 막강한 영향력을 발휘한 주간지 《새터디 이브닝 포스트》의 편집장.

기를 바랐다.

스콧은 책이 잘 팔리지는 않지만 호평을 아주 많이 듣는다는 소식을 맥스웰 퍼킨스가 알려왔노라고 말했다. 그날이었는지 한참 후의 일이었는지는 기억이 확실하지 않지만, 그는 더 이상 바랄 나위가 없을 만큼 호평을 한 길버트 셀디스[66]의 서평을 나에게 보여 주었다. 길버트 셀디스에게서 그 이상 좋은 서평을 기대하기는 불가능했다. 길버트 셀디스가 됨됨이 좀 더 훌륭한 인물이었더라면 혹시 더 좋은 평이 나왔을는지는 모르겠다. 스콧은 책이 잘 팔리지를 않았기 때문에 당황하고 기분이 상했지만, 내가 이미 얘기했듯이 조금도 고통스러워하지는 않았으며, 그 작품의 질에 대해서는 수줍음과 기쁨을 함께 느꼈다.

라일락숲의 테라스에 나가 앉아서 우리들이 길거리를 지나다니는 사람들과 잿빛으로 저물어 가는 거리를 구경하던 그날은 소다수를 탄 위스키 두 잔을 마셨어도 그의 몸에서 아무런 화학적 반응이 일어나지 않았다. 나는 조심스럽게 지켜보았지만 그런 일은 발생하지 않았고, 그는 아무런 뻔뻔스러운 질문이나 난처한 행동 또한 하지를 않았으며, 연설도 없이 정상적이고 이지적이고 매력적인 사람답게 행동했다.

그는 아내 젤다와 리옹에 갔다가 갑자기 날씨가 험해지는 바람에 소형 르노 승용차를 버려 두고 와야만 했다면서 나더러 혹시 기차로 자기와 같이 리옹으로 가서 그 차를 타고 함께 파리로 오지 않겠느냐고 물었다. 피츠제럴드 부부는 에투

---

66 Gilbert Vivian Seldes. 《콜리어》《다이얼》《뉴욕 저널》 등을 통해 활동한 문화 평론가이며 작가.

알 개선문에서 별로 멀지 않은 틸시트 거리 14번지의 전세 아파트먼트에 세들어 살았다. 때는 늦은 봄철이었고 시골이 한창 좋은 계절인지라 멋진 여행이 되리라는 생각이 들었다. 스콧은 무척이나 싹싹하고 상냥해 보였으며, 진한 위스키 두 잔을 마시는 동안 지켜보았지만 아무 일이 없었기 때문에 딩고에서 지난번 밤에 일어났던 일은 무슨 불쾌한 꿈처럼만 여겨졌다. 그래서 나는 함께 리옹으로 가겠다고 말하며, 언제 떠나고 싶은지를 물었다.

우리들은 이튿날 만나서 아침에 출발하는 급행열차를 타고 리옹으로 떠나자는 약속을 했다. 그 기차는 편한 시각에 출발했으며 아주 빨랐다. 내가 기억하기로 그 기차는 다종에서 만 한 번 멈출 뿐이었다. 우리들은 리옹으로 들어가 사람을 시켜 자동차를 점검하고 손질한 다음에 멋진 저녁 식사를 하고는 파리를 향해 이른 아침에 출발하기로 계획을 세웠다.

나는 여행 때문에 신이 났다. 나는 나이가 나보다 많고 성공을 거둔 작가와 동행하니까 차에서 얘기를 나눌 시간이 많겠고 알아 두면 도움이 될 만한 많은 정보를 틀림없이 얻게 되리라고 확신했다. 지금 생각하면 스콧을 나보다 나이가 훨씬 많은 사람이라고 기억했던 것이 이상한 노릇이지만, 아직 『위대한 개츠비』를 읽지 않았던 당시의 나로서는 그를 나이가 훨씬 많은 작가라고 생각했다. 읽어 볼 만한 단편들을 그가 3년 전에 《새터디 이브닝 포스트》에 발표했다는 사실은 알았지만 그를 진지한 작가라고 생각했던 적은 없었다. 그는 라일락숲에서 나에게 자기 생각에 훌륭하다고 생각되는 단편을 우선 쓴 다음에 《새터디 이브닝 포스트》에 팔기 위해 필요한 요령들을 정확히 알았던 터라, 그 잡지가 정말로 선호하는 훌륭한 단편으로 만들기 위해서, 그곳 편집 방침에 맞춰 손질을 한 다음에 송고를 한다는 얘기를 했다. 그 말을 듣고 놀란 나는 그것이 갈보짓이나 마찬가지라고 말했다. 그는 그것이 갈보짓이기는 하지만 점잖은 책을 쓰기 위해 미리 돈을 마련하려면 잡지에서 그 돈을 벌어야 했기 때문에 그럴 수밖에 없다고 말했다. 나는 누구라도 최선을 다해서 쓰지 않는다면 작가의 재능이 망가진다고 믿는다는 말을 했다. 그랬더니 그는 처음에 진짜 작품을 쓰기 때문에 그것을 나중에 고치거나 파괴한다고 해도 자기에게 아무 해를 끼치지 못할 거라고 대답했다. 나는 그 말이 믿어지지가 않아서 그의 잘못을 따져 납득시키려고 했지만, 그러려면 나는 내 신념을 뒷받침하고 그에게 보여 주며 납득시킬 장편 소설을 발표했어야 하는데 아직 그런 작품을 쓰지 못한 처지였다. 내가 쓰는 글을 조각조각 뜯어서 모든 겉단장을 제거하고, 단순히 묘사만 하는 대신에 무엇인지를 창조하려고 노력하던 나로서는 글을 쓴다는 행위가 멋지고 신나는 일이었다. 하지만 그것은 무척 힘든 일이었고, 나는 언제 가서야 장편 소설이라고 자부할 만큼 긴 작품을 쓰게 될지 자신이 없었다. 겨우 한 문단을 쓰느라고 아침 한나절을 다 보내야 했던 경우가 자주 있었던 무렵이어서였다.

아내 해들리는 스콧의 글들을 읽어 보고 대수롭게 생각하지는 않았지만 내가 그와 여행을 하게 된 것을 즐겁게 생각했다. 아내가 생각하는 훌륭한 작가란 헨리 제임스를 뜻했다. 하지만 그녀는 내가 일을 좀 쉬고 여행을 하는 것이 좋겠다고 생각했는데, 사실 우리들은 돈이 넉넉해서 차를 사고 우리들끼리 여행을 할 여유가 생겼으면 하는 소망을 두 사람 다 품고 있던 터였다. 하지만 나는 도대체 언제 그런 날이 오려는지 자신이 없었다. 나는 그해 가을에 미국에서 출판할 예정인 첫 단편집에 대한 선금으로 출판사 바니 앤 리버라이트로부터 200달러를 받았으며, 베를린의 《프랑크프루터 차이퉁》과 《더 퀘르슈니트》, 그리고 파리의 《계간》과 《트랜스어틀랜틱 리뷰》에 단편을 팔아 생계를 해결하던 무렵이었으므로 우리들은 굉장히 생활이 궁핍했고, 7월 팜플로나에서 열리는 축제와 마드리드, 다음에는 발렌시아에서 열릴 축제에 가기 위해 경비를 모으느라고 꼭 필요한 생활비 외에는 돈을 아꼈다.

리옹 역에서 출발하기로 약속한 날 아침에 나는 시간을 넉넉히 잡고 일찌감치 역으로 나가 개찰구 밖에서 스콧을 기다렸다. 표는 그가 가져오기로 되어 있었다. 기차가 떠날 시간이 되었어도 그가 나타나지를 않자 나는 입장권을 사서 안으로 들어가 기차를 따라 걸어가며 그를 찾아보았다. 그가 눈에 띄지 않았으므로 기차가 떠나려고 할 때 나는 일단 객실로 올라가 그가 탔기만을 바라며 찾아 돌아다녔다. 나는 차장에게 입장을 설명하고 3등은 자리가 없었으므로 2등 요금을 내고 리옹에서 제일 좋은 호텔의 이름을 물어보았다. 내가 할 수 있는 일이라고는 디종에서 스콧에게 전보를 쳐 내가 리옹으로 가서 그를 기다리며 묵을 호텔의 주소를 가르쳐 주는 것이 고작이었다. 그는 집을 나서기 전에 전보를 받지야 못하겠지만, 아내가 다시 지초지종을 그에게 전보로 알려 주리라는 생각에서였다. 그때까지 나는 어른이 기차를 놓쳤다는 얘기를 들어 본 적이 한 번도 없었지만, 어쨌든 그 여행에서 나는 배운 바가 많았다.

그 시절에 나는 아주 성미가 급하고 고약했지만 몽트로를 지날 때쯤에는 마음이 가라앉았고, 별로 화도 나지를 않아서 시골 풍경을 즐겁게 구경했으며, 점심때는 식당차에서 기분 좋게 점심을 먹고 생-테밀리옹 적포도주를 한 병 마셨고, 남이 비용을 댄다고 해서 따라 나섰다가 에스파냐에 갈 경비를 써 버려야 하는 내가 한심할 정도로 어리석기는 했지만 그래도 좋은 교훈 하나는 얻은 셈이었다. 경비를 공평하게 분담하는 대신 누가 돈을 몽땅 내주는 어떤 여행에 나는 그때까지 한 번이라도 초청을 받고 응한 적이 없었으므로, 이번에도 나는 숙박비와 식사 대금을 분담하자고 고집을 했었다. 하지만 이제는 피츠제럴드가 도대체 나타나기나 할지조차 알 길이 없는 노릇이었다. 화가 난 김에 나는 그를 스콧으로부터 피츠제럴드로 강등시켰다.[67] 처음에 미리 화를 냈다가 곧 기분이 가라앉았다는 사실을 나는 나중에 기쁘게 생각했다. 그것은 쉽게 화를 낼 만한 여행이 아니었다.

리옹에서 나는 스콧이 파리를 떠나 리옹으로 출발하기는 했지만 어디에 투숙한다는 말이 전혀 없었다는 사실을 알아냈다. 나는 내 주소를 확인시켜 주었고 하녀는 스콧에게서 전화가 오면 알려 주겠다고 약속했다. 마님은 몸이 좋지 않아서 아직도 주무시는 중이라고 했다. 나는 이름난 호텔마다 모조리 전화를 걸어서 연락을 취해 놓았지만 스콧의 행방은 알 길이 없어서 간식을 하고 신문이나 읽으려고 카페로 나갔다. 카페에서 나는 불은 삼키고, 이빨이 모두 빠진 잇몸에 문 동전을 엄지와 검지손가락으로 구부려 밥벌이를 하는 남자를 만났다. 시범을 하다가 좀 벗어지기는 했지만 그의 잇몸은 단단해 보였으며, 그는 이만하면 나쁜 직업은 아니라고 말했다. 내

---

67 서양에서는 사이가 가까운 사람이 아니면 이름 대신 성으로 부른다.

가 술을 권했더니 그는 좋아했다. 불을 삼킬 때 그의 매끄럽고 검은 얼굴이 빛을 내는 듯 반짝였다. 그는 불을 삼키거나 손가락과 잇몸으로 힘을 자랑하는 재주를 피워 봤자 리옹에서는 돈벌이가 신통치 않다는 얘기를 했다. 불을 삼키는 엉터리 가짜들이 마술사들의 명성을 떨어뜨렸고, 앞으로도 기회만 나면 그들이 형편없는 공연을 계속해서 물을 흐려 놓으리라는 얘기였다. 그는 저녁 내내 다른 곳에 가서 불을 삼켰지만 그날 밤 식사를 할 돈조차 제대로 벌리지 않았노라고 그랬다. 나는 그에게 불을 삼킨 후 석유 맛이 가시게 술을 한 잔 더 마시라고 청하고는 음식값이 싼 곳을 알면 그곳에 가서 식사를 같이 하자고 말했다. 그는 멋진 곳을 하나 안다고 했다.

우리들은 어느 알제리아 식당에서 아주 싼값으로 식사를 했고, 나는 그곳의 음식과 알제리아 포도주가 마음에 들었다. 불을 삼키는 사람은 마음이 착한 남자였고 이빨이 없어도 잇몸으로 누구 못지않게 식사를 잘하는 그를 지켜보니 신기하다는 생각이 들었다. 그는 나더러 무슨 일로 밥벌이를 하느냐고 물었고 나는 작가로 출발을 하는 중이라고 대답했다. 무슨 글을 쓰느냐고 그가 묻기에 나는 소설을 쓴다고 그랬다. 그는 얘깃거리를 많이 아는데, 어떤 이야기는 지금까지 어느 소설에 등장했던 내용보다 훨씬 으스스하고 희한하다고 그랬다. 그런 얘기들을 알려 줄 테니까 소설로 써서 돈을 벌면 적당히 생각해서 자기한테 몇 푼이나마 나눠 줄 수 없겠느냐는 제안도 내놓았다. 그보다 좋은 방법으로는 우리들이 함께 북아프리카로 가면 푸른 대왕이 사는 나라로 안내를 해 주겠고, 그곳에서는 어디서도 들어 보지 못한 얘기들을 접하게 되리라고 그는 말했다.

무슨 얘기들을 듣게 되겠느냐고 내가 물었더니 그는 전투와 처형, 고문과 폭력과 무시무시한 풍습, 믿어지지 않는 사건들, 주색 방탕에 대한 얘기들을 비롯하여 필요한 내용은 무엇이나 다 있다는 주장이었다. 호텔로 돌아가 스콧을 다시 수소문해 볼 시간이 되었던 터라 나는 식사 요금을 치르고 틀림없이 우리는 어디선가 또 만나게 될 것 같다고 그에게 말했다. 그는 여비를 벌어 가며 마르세유로 내려가는 중이라고 그랬고, 나는 머지않아 어디선가 또 만나게 되기를 바란다고 했으며, 식사를 같이해서 즐거웠다고 말했다. 나는 구부러진 동전들을 펴서 식탁에 쌓아 놓던 그와 헤어져 걸어서 호텔로 돌아왔다.

밤의 리옹은 별로 즐거운 도시가 아니었다. 거대하고 육중하며 돈을 밝히는 도시여서 돈이 많거나 그런 도시를 각별히 좋아하는 사람이 아니라면 마음에 들 만한 곳이 아니었다. 그곳 레스토랑의 맛 좋은 닭고기 요리는 여러 해 전부터 얘기를 익히 들어 왔지만 우리들은 대신 양고기를 먹었다. 양고기 맛이 아주 좋았다.

호텔에 가 보니 스콧에게서는 아무 연락이 없었고, 나는 사치스러운 호텔의 생소한 분위기 속에서 침대에 누워 실비아 비치의 대여점에서 빌려 온 투르게네프의 『사냥꾼의 일기』 1권을 읽었다. 나는 3년 동안 큰 호텔의 사치를 누려 본 적이 없었으므로, 창문들을 활짝 열고는 머리와 어깨를 베개로 받치고 즐거운 마음으로 러시아와 투르게네프에 몰입해서 책을 읽다가 잠이 들었다. 아침이 되어 식사를 하러 나갈 준비를 하느라고 면도를 하려니까 접수대에서 아래층에 어느 신사분이 나를 찾아왔다고 연락을 해 주었다.

"올라오시라고 해 주세요."라고 말하고는 면도를 계속하면서 나는 이른 아침부터 묵직하게 되살아나는 도시의 소리에 귀를 기울였다.

스콧이 올라오지를 않아서 나는 접수계로 내려가 그를 만났다.

"일이 이렇게 엉망이 되어서 정말 미안해요." 그가 말했다. "당신이 어느 호텔에 묵을 예정인지만 알았더라면 사정이 훨씬 간단했을 텐데요."

"상관없어요." 내가 말했다. 우리들은 오랫동안 차를 같이 타야 할 처지였으므로 나는 얼마든지 양보하고 싶은 마음이 들었다. "어느 기차를 타고 내려왔죠?"

"당신이 떠난 다음 얼마 안 있다가 출발한 기차를 탔어요. 아주 편안한 기차여서, 함께 내려왔더라도 좋을 뻔했어요."

"아침은 먹었어요?"

"아직 안 먹었는데요. 당신을 찾느라고 시내를 몽땅 다 뒤졌어요."

"생고생을 했군요." 내가 말했다. "내가 여기 있다고 집에서 알려 주지 않던가요?"

"아뇨. 젤다가 몸이 불편해서 난 못 올 걸 왔어요. 지금까지 우리 여행은 엉망이 되어 버렸군요."

"아침을 좀 먹고 차를 찾으러 갑시다." 내가 말했다.

"그거 좋죠. 아침 식사는 여기서 할까요?"

"카페에서 먹는 게 시간이 덜 걸릴 텐데요."

"하지만 이곳 식사라면 틀림없이 훌륭할 거예요."

"좋아요."

햄과 계란을 곁들인 푸짐한 미국식 아침 식사가 나왔는

데, 아주 먹음직스러웠다. 하지만 식사를 주문하고 기다려서 먹고 난 다음 다시 기다려 돈을 치르고 났을 때는 거의 한 시간이나 흘러가 버렸다. 웨이터가 계산서를 가지고 온 다음에야 스콧은 야외 도시락을 호텔에서 준비해 가자고 제안했다. 마콩에 가면 마콩 포도주를 한 병 구하고 샌드위치를 만들어 먹을 재료는 돼지고기를 파는 가게에서 사면 될 일이어서 나는 그를 말리려고 했다. 우리들이 도착할 때쯤에 가게들이 문을 닫았더라도 도중에 들를 만한 식당은 얼마든지 많아서였다. 하지만 그는 리옹의 닭고기 요리가 기막히다는 얘기를 내가 했었다면서 꼭 음식을 시켜 가지고 가기를 고집했다. 그래서 우리들이 직접 사는 경우보다 너더댓 곱절의 돈을 주고 호텔에서 점심을 장만했다.

  스콧은 나를 만나기 전에 틀림없이 술을 마신 눈치였고, 보아하니 술을 더 마시고 싶어 하는 듯싶어서 나는 출발하기 전에 바에 가서 한잔 들지 않겠느냐고 물었다. 자기는 아침에 술을 마시는 버릇이 없다면서 그는 나더러 아침 술을 자주 드느냐고 물었다. 나는 그때그때의 기분과 앞으로 할 일에 따라서 술을 마시느냐 여부를 결정한다고 말했으며, 그는 혹시 내가 술 생각이 있다면 혼자 마시게 둘 수는 없으니까 같이 들겠다고 했다. 그래서 우리들은 위스키와 탄산수를 마시면서 점심 도시락이 준비되기를 바에서 기다렸고, 두 사람 다 기분이 좋아졌다.

  스콧이 돈을 모두 다 내려고 했지만 호텔 방값과 술값은 내가 치렀다. 여행을 떠날 때부터 경비에 대해서는 심리적인 부담이 심했던 나는 돈을 더 낼수록 그만큼 마음이 홀가분했다. 나는 에스파냐에 가려고 내가 아껴 둔 돈을 이곳에서 바닥

내는 중이었지만, 실비아 비치에게서 신용을 얻었던 까닭에 지금 낭비하는 돈은 그녀에게 꾸었다가 나중에 갚으면 되리라고 생각했다.

스콧이 차를 맡긴 정비 공장으로 간 나는 소형 르노 차의 지붕이 없다는 사실을 알고 놀랐다. 지붕은 마르세유 항구에서 차를 내리다가 아니면 라르세유 시내에서 무슨 사고를 당해 망가진 모양인데, 젤다는 그것을 잘라 내라고 지시하고는 새로 씌우기를 거부했다는 얘기였다. 스콧은 아내가 자동차의 지붕을 싫어해서, 지붕도 없이 리옹까지 몰고 오다가 비를 만나 꼼짝달싹도 못하게 되었다고 말했다. 지붕 말고는 차가 말짱해 보였으며 스콧은 세차와 윤활유 비용, 그리고 추가로 주유한 2리터의 기름값 때문에 몇 가지 따지고서야 돈을 냈다. 정비공은 나더러 피스톤 고리를 갈아야 하며, 틀림없이 기름과 물을 충분히 넣지 않고 몰았기 때문에 차에 무리가 갔으리라는 얘기를 했다. 그는 열기를 받아 페인트가 타서 벗겨진 내연 기관을 나한테 보여 주었다. 그는 나더러 어떻게 해서든지 선생님을 설득해서 파리에 가면 고리를 손질해야 하고, 그래야만 그 작고 훌륭한 차가 제 기능을 다하리라고 말했다.

"차주 선생님이 뚜껑을 달지 못하게 하더군요."

"그래요?"

"차를 가진 사람에게는 차를 잘 돌봐야 할 의무가 있는데 말입니다."

"그럼요."

"우비는 없나요?"

"그래요." 내가 대답했다. "지붕이 저 지경인 줄은 몰랐거든요."

"정신 좀 차리게 선생님이 타일러 보세요." 그가 애원하듯
말했다. "적어도 차에 대해서만큼은요."

"그럼요." 내가 말했다.

우리들은 리옹에서 한 시간쯤 북쪽으로 가서는 비가 오는
바람에 멈춰야 했다.

그날 하루 우리들은 비 때문에 아마도 열 번쯤은 가던 길
을 멈추었으리라. 지나가는 소나기였지만 때로는 꽤 오랫동
안 내렸다. 만일 우비만 가지고 갔더라면 봄비를 맞으며 차를
몰고 가기도 꽤 즐거웠을 듯싶다. 사정이 여의치를 못했기 때
문에 우리들은 나무 밑으로 피하거나 길가 카페에서 쉬어 가
야 했다. 우리들은 리옹의 호텔에서 주문한 송로를 곁들여 구
운 기막힌 닭고기와 맛좋은 빵, 마콩 백포도주로 멋진 점심 식
사를 했고, 멈출 때마다 스콧은 유쾌하게 백포도주를 마셨다.
마콩에서 나는 고급 포도주 네 병을 더 사서, 마시고 싶을 때
마다 뚜껑을 땄다.

스콧이 전에 병째로 포도주를 마셔 본 적이 있었는지는
확실히 알 길이 없었지만 그는 빈민굴을 방문하거나 젊은 여
자가 처음으로 수영복을 입지 않고 알몸으로 수영을 할 때처
럼 즐거워했다. 하지만 오후가 되자 그는 건강에 대해 걱정하
기 시작했다. 그는 나에게 최근에 폐울혈로 죽은 두 사람에 관
한 얘기를 했다. 두 사람 다 이탈리아에서 죽었다는 사실에 그
는 큰 충격을 받았다고 했다.

폐울혈이란 폐렴의 옛날 명칭이라고 내가 말했더니, 그는
나더러 그 병에 대해서 아무것도 모른다며 내 말이 틀렸다고
했다. 폐의 충혈은 유럽 특유의 질병이라면서 그는 아버지가

집필한 의학책[68]을 읽었더라도 그것은 미국에만 있는 병들을 다루었을 테니까 내가 전혀 참된 지식을 알지 못하리라고 말했다. 나는 아버지가 유럽에서도 공부를 했다고 말했다. 하지만 스콧은 폐울혈이 최근에 와서야 유럽에 등장했으니까, 우리 아버지는 그 병에 대해서 전혀 알 길이 없었으리라고 말했다. 그는 또한 질병들이란 같은 미국에서도 지역에 따라 다르므로 우리 아버지가 중서부가 아닌 뉴욕에서 개업을 했다면 그가 알고 있던 질병의 전음역이 전혀 다르리라고 말했다. 그는 '전음역(gamut)'이라는 단어를 썼다.

나는 어떤 질병들이 미국의 한 지역에서는 만연하면서 다른 지역에서는 발생하지 않는다는 그의 얘기에 일리가 있다면서 뉴올리언스 지역에서는 나병이 심한 반면에 시카고에는 희귀하다는 예를 들었다. 하지만 의사들은 서로 지식과 정보를 교환하는 체제를 갖추고 있다는 얘기를 하고, 그가 얘기를 꺼냈기 때문에 기억이 났는데, 《아메리카 의학 협회보》에서 유럽의 폐울혈 역사를 히포크라테스까지 거슬러 올라가며 추적한 권위 있는 논문을 읽은 적이 있다고 말했다. 그러자 그는 잠깐 동안 말문이 막혔고, 나는 제대로 취하게 만들면서도 알코올 성분이 적은 훌륭한 백포도주가 그 질병에 특효가 있으니까 마콩을 한 잔 더 마시라고 스콧에게 권했다.

그 말에 스콧은 기분이 좀 좋아졌지만 잠시 후에는 또다시 시무룩해지면서 진짜 유럽성 폐울혈의 증상으로 나타난다고 내가 말해 준 고열과 혼수상태가 닥치기 전에 우리들이 큰 도시에 도착할 수가 있겠는지 물었다. 그래서 나는 목구멍을

---

68 헤밍웨이의 아버지는 시카고 와곽 지역의 내과의였다.

소작하느라고 뇌이(Neuilly)의 미국 병원에서 순서를 기다리는 동안 읽었던 똑같은 질병에 대해서 프랑스 의학 잡지가 실은 논문을 내가 번역하는 중이라고 설명했다. 소작 같은 단어는 스콧으로 하여금 안도감을 느끼게 하는 효과를 발휘했다. 하지만 그는 언제 우리들이 도시에 도착할지를 여전히 알고 싶어 했다. 나는 계속해서 간다면 25분에서 한 시간 사이에 도착하리라고 말했다.

그러자 스콧은 나에게 죽음이 두려우냐고 물었는데, 나는 때에 따라서 한층 두렵기도 하고 덜 두렵기도 하다고 말했다.

이제는 비가 정말로 심하게 내리기 시작했고 우리들은 다음 마을에서 카페에 들어가 비를 피했다. 그날 오후에 있었던 자질구레한 일들이 모두 기억나지는 않지만 샬롱-쉬르-손이라고 기억되는 곳의 호텔에 마침내 도착했을 때는 어찌나 시간이 늦었던지 약방들이 모두 문을 닫은 다음이었다. 호텔에 도착하자마자 스콧은 옷을 벗고 침대로 기어 들어갔다. 그는 폐울혈로 죽어도 개의치 않겠다고 말했다. 다만 젤다와 어린 스카티를 누가 돌봐 줘야 할지가 문제라고 했다. 나는 아내 해들리와 어린 아들 범비를 돌보느라고 나름대로 고생이 심하던 처지인지라 그의 식구들을 어떻게 떠맡을 수가 있으려는지 모를 노릇이었지만 어쨌든 최선을 다하마고 말했으며, 스콧은 나더러 고맙다고 했다. 그는 젤다가 술을 마시지 않게 하고 스카티에게 영국인 가정 교사를 구해 줘야 한다고 나한테서 다짐을 받아냈다.

우리들은 말리려고 옷을 맡긴 다음 잠옷만 입은 차림이었다. 바깥에서는 비가 여전히 내렸지만 전깃불을 켜 놓으니 방 안은 쾌적했다. 스콧은 질병과의 투쟁에 대비해서 힘을 비축

하느라 침대에서 일어나지를 않았다. 내가 그의 맥을 짚어 보니 일흔두 번 뛰었고, 이마를 만져 보아도 서늘하기만 했다. 나는 그의 가슴에 귀를 대고 심호흡을 시켰는데, 아무 탈도 없는 것 같았다.

"이봐요, 스콧." 내가 말했다. "당신은 멀쩡해요. 감기가 걸리고 싶지 않으면 그냥 침대에 누워 있는 게 상책이고, 내가 레모네이드와 위스키를 두 잔씩 시킬 테니까 아스피린과 함께 마시면 기분이 좋아지고, 두통이나 감기조차 걸리지 않을 거예요."

"할머니들이 내리는 그런 처방은 필요없어요." 스콧이 말했다.

"당신은 열이 하나도 없어요. 열도 없는데 도대체 어떻게 폐울혈이 걸렸다는 건가요?"

"나한테 그렇게 딱딱거리지 말아요. 내게 열이 있는지 없는지 당신이 어떻게 알아요?"

"맥박이 정상이고, 손으로만 만져 봐도 열이 전혀 없다니까요."

"손으로 만져 보다니." 스콧이 울상을 지으며 말했다. "당신이 진짜 친구라면 체온계를 구해다 줘야 해요."

"난 잠옷 바람이잖아요."

"사람을 시켜서 가져오면 되죠."

나는 전화로 종업원을 불렀다. 종업원이 오지를 않자 나는 다시 전화를 건 다음 사람을 찾으러 복도로 나갔다. 스콧은 눈을 감고 누워서 천천히 조심스럽게 호흡을 했으며, 밀랍 같은 혈색에 이목구비가 완벽한 그는 어린 십자군 용사의 시체처럼 보였다. 이런 짓도 문학적인 삶이라고 하는지는 몰라도 나는 문학적인 삶에 벌써 싫증이 나기 시작했고, 일을 하지 않는 상태가 그리웠으며, 살아가는 동안 낭비한 수많은 나날의 마지막 시간에 찾아오는 죽음의 고독감을 느꼈다. 나는 스콧과 그런 어처구니없는 희극적인 장난에 무척 짜증이 났지만, 어쨌든 종업원을 찾아내어 체온계와 아스피린을 살 돈을 주고는 위스키를 더블로 두 잔과 레몬주스 두 잔을 주문했다. 나는 위스키를 병째로 사려고 했지만 그곳에서는 잔으로만 팔았다.

방으로 돌아가서 보니까 스콧은 눈을 감고 모범적인 위엄을 갖추고 호흡을 조절하며 자신에게 바친 조각품처럼 무덤 위에 누운 듯 아직도 꼼짝하지 않고 버티었다.

내가 방으로 들어오는 소리를 듣고 그가 물었다. "체온계는 구했어요?"

나는 그에게로 가서 이마를 짚어 보았다. 이마가 무덤처럼 차갑지는 않았다. 하지만 서늘했고 끈끈하지가 않았다.

"아뇨." 내가 대답했다.

"체온계를 가지고 올 줄 알았는데요."

"구해 오라고 사람을 보냈어요."

"그건 얘기가 다르잖아요."

"그래요. 물론 다르죠."

미친 사람에게 화를 내는 격인지라 스콧에게 화를 낼 수야 없는 노릇이었지만, 나는 그런 한심한 사태에 얽혀든 나 자신에게 점점 화가 났다. 어쨌든 그의 얘기에도 일리는 있었고, 나는 그 사실을 아주 잘 알았다. 그 시절의 술꾼들은 대부분 지금은 거의 사라져 버린 폐렴으로 죽었다. 하지만 그렇게 적은 양의 알코올에도 영향을 받는 그를 술꾼이라고 하기는 어려웠다.

당시 유럽에서 우리들은 포도주를 건전하고 정상적인 음식일 뿐 아니라 기쁨과 즐거움과 안락을 주는 훌륭한 선물이라고 생각했다. 포도주를 마시는 습성은 속물적인 속성도 아니었고 잘난 체하거나 특권 의식을 나타내는 특이한 행위도 아니었으며, 나에게는 식사나 마찬가지로 필요하고 자연스러운 무엇이어서 포도주나 사이다[69] 혹은 맥주가 없는 식사란 생각조차 못 할 일이었다. 나는 달콤하거나 들척지근하거나 너무 독한 종류만 아니라면 모든 포도주를 좋아했고, 가볍게 톡 쏘는 마콩 백포도주를 몇 병 나눠 마셨다고 해서 스콧을 바보로 만들어 놓는 화학적인 변화가 일어나리라고는 생각지 못했다. 아침에 위스키와 페리에를 마시기는 했어도 알코올에 대해서 무지했던 그때의 나로서는 비를 맞으며 지붕이 터진 차를 타고 가는 사람에게 위스키 한 잔이 해를 끼치리라고는 상상도 못 했다. 술기운은 아주 짧은 시간 동안에 가셨으리라.

종업원이 이것저것 챙겨 가져오기를 기다리느라고 신문을 읽으면서 나는 자리에 앉아 마지막으로 차를 멈췄을 때 뚜껑을 딴 마콩을 다 마셔 버렸다. 프랑스에 살면 날마다 계속해서 신문을 읽어야 할 만큼 무슨 멋진 범죄 사건이 항상 일어나기 마련이었다. 이 범죄들은 연재소설처럼 흥미진진한 읽을거리였으며 미국의 연재소설들처럼 지난 줄거리를 실어 주지 않을뿐더러 중요한 얘기가 모두 들어 있는 첫 화를 읽지 못하

---

69   우리나라에서 알려졌듯이 단순한 청량음료가 아니라 사과를 발효해 만든 술을
      뜻한다.

면 미국 잡지에 실린 연재물은 어느 것이나 다 재미없기 마련이듯이 첫 도입부의 얘기는 꼭 읽어야만 했다. 프랑스를 이곳저곳 여행할 때면 여러 가지 범죄, 치정 사건과 염문 들의 연속성을 놓치기 쉽고, 카페에서 읽는 분위기로부터 얻게 되는 기쁨을 빼앗겨 신문이 재미가 없어진다. 그날 밤에 나는 파리 신문의 아침판을 읽으며 사람들을 구경하고 저녁 식사의 입맛을 돋우기 위해 마콩보다는 품위가 나는 포도주를 마시며 카페에 앉아 있었다면 좋았을 듯싶다. 하지만 스콧의 불침번 노릇을 하는 것도 그런대로 재미있었다.

레몬을 짠 주스에 얼음을 넣고, 위스키와 탄산수 한 병을 가지고 온 종업원은 약국의 문이 닫혀 체온계를 구하지 못했다고 말했다. 그는 아스피린을 몇 개 어디서 구해 왔다. 나는 체온계를 빌려올 곳이 없는지 알아봐 달라고 그에게 말했다. 스콧은 눈을 뜨고 아일랜드 사람 특유의 처량한 표정으로 종업원을 쳐다보았다.

"얼마나 심각한 상태인지 얘기를 해 줬어요?" 그가 물었다.

"아마 알 거예요."

"확실하게 얘기해 줘요."

내가 나름대로 자세히 사태를 설명했더니 종업원이 답했다. "힘이 닿는 데까지 구해 보도록 노력하겠습니다."

"약발이 들을 만큼 봉사료는 줬나요? 저런 친구들은 봉사료를 안 주면 일을 안 해요."

"그런 줄은 몰랐는데요." 내가 말했다. "난 호텔에서 따로 뭘 좀 알아서 쥐여 주리라고 생각했어요."

"돈을 두둑하게 찔러 줘야만 뭔가 해 준다니까요. 저 친구들 대부분은 속속들이 썩었단 말예요."

나는 에반 시프먼 생각이 났고, 라일락숲을 미국식 주점
으로 바꾸느라고 억지로 콧수염을 깎아야만 했던 그곳 웨이
터와, 내가 스콧을 만나기 오래전부터 몽트루즈까지 나가 웨
이터의 밭에 나가서 일을 도와준 에반과 라일락숲에서 오랫
동안 하나같이 무척 정답게 지낸 친구들과, 그곳에서 벌어졌
던 온갖 사건들 그리고 그런 일들이 우리들에게 뜻하는 바가
무엇이었는지를 되새겨 보았다. 어쩌면 그에게 전에 얘기를
했었는지 모르겠어서 나는 라일락숲의 모든 문제를 스콧에게
전해 줄까 잠시 생각했지만, 그가 종업원들이나 그들이 간직
한 고민거리와 한없는 친절, 애정에 관심이 없으리라는 사실
을 잘 알았기 때문에 그만두었다. 그 무렵에 스콧은 프랑스 사
람들을 매우 싫어했고, 그가 정기적으로 만나는 프랑스인들
이라고 해야 기껏 그가 이해를 못 하는 업소의 종업원들과 택
시 운전사들, 정비 공장 직원들과 집주인들이 고작이어서, 그
는 걸핏하면 그들을 깔보고 모욕하는 경우가 많았다.

그는 이탈리아 사람들을 프랑스인들보다도 더 싫어해서
술에 취하지 않은 말짱한 정신일 때조차 그들에 대한 얘기를
차분하게 해 줄 수가 없었다. 그는 영국인들 또한 대부분 싫어
했지만, 가끔 어쩌다가 참아 주거나 간혹 존경심을 보이는 경
우가 있었다. 독일과 오스트리아 사람들에 대해서는 어떤 감
정을 가지고 있었는지 모르겠다. 그가 그때 그들을 한 명이라
도 알고 지냈는지, 스위스인들을 만난 적이 있기나 한지는 알
길이 없다.

그날 저녁 호텔에서 그가 그토록 차분하게 처신했다는 사
실을 나는 퍽 다행이라고 생각했다. 나는 위스키에 레모네이
드를 타서 아스피린 두 알과 함께 그에게 주었고, 그는 아무

불평도 없이 아스피린을 삼키고는 대단한 침착성을 보이며 천천히 술을 마셨다. 그러더니 눈을 뜨고 허공을 몽롱하게 응시했다. 나는 신문 속지의 범죄 기사를 읽는 동안 상당히 즐거웠고, 솔직히 좀 지나칠 정도로 기분이 좋았다.

"당신 정말 냉정한 사람이로군요, 안 그래요?" 스콧이 물었고, 그의 표정을 본 나는 처방은 모르겠지만 적어도 내 진단이 틀렸으며, 위스키가 우리들에게 나쁜 영향을 끼쳤다는 사실을 깨달았다.

"그게 무슨 소리예요, 스콧?"

"당신은 거기 앉아 걸레나 마찬가지인 그 거지 같은 프랑스 신문을 읽으면서 내가 죽건 말건 관심조차 없잖아요."

"의사를 불러 줄까요?"

"싫어요. 난 너저분한 촌뜨기 프랑스 의사는 싫어요."

"그럼 어떻게 해 달라는 건가요?"

"내 체온을 재 보라고요. 그런 다음에는 옷을 말려 입고 파리행 급행열차를 타고 뇌이의 미국 병원으로 가자고요."

"옷은 아침이나 돼야 마르고 지금은 급행열차가 안 다녀요." 내가 말했다. "좀 쉬면서 침대에서 저녁 식사라도 하지 그래요?"

"난 체온을 재 보고 싶어요."

이런 승강이가 한참 계속된 다음에야 종업원이 온도계를 가지고 왔다.

"이런 것 말고는 구할 수가 없었나요?" 내가 물었다. 종업원이 들어올 때 스콧은 눈을 감아 버렸고 그는 정말로 카미유[70]

---

70   Camille. 알렉상드르 뒤마 2세의 소설 『춘희(La Dame aux camélias)』에 등장

처럼 사색이 되어 있었다. 나는 얼굴에서 핏기가 그렇게 빨리 사라지는 사람은 본 적이 없었으며, 피가 어디로 갔는지 궁금해졌다.

"호텔에는 이것밖에 없어요." 종업원이 온도계를 넘겨주며 말했다. 그것은 목욕물의 온도를 재기 위해 욕조 바닥으로 가라앉히기에 충분할 만큼 쇠붙이를 붙이고 나무판에 박은 온도계였다. 나는 레몬주스를 탄 위스키를 얼른 한 모금 마시고는 창문을 열고 잠깐 동안 바깥에서 내리는 비를 내다보았다. 내가 돌아서니 스콧은 나를 쳐다보고 있었다.

나는 능숙한 솜씨로 온도계를 흔들어 내리고는 말했다. "항문에 꽂는 체온계가 아닌 것만도 다행이라고 생각해요."

"이건 어디에 꽂는 건데요?"

"겨드랑이에요." 나는 내 겨드랑이에 그것을 끼워 보여 주면서 말했다.

"온도를 똑바로 맞춰 놓아야 해요." 스콧이 말했다. 나는 밑으로 세차게 한 번 온도계를 흔들어 가라앉히고는 그의 잠옷 저고리 단추를 풀고 겨드랑이에 끼운 다음 서늘한 그의 이마를 만져 보고 맥박을 다시 짚었다. 그는 멍하니 허공을 응시했다. 맥박은 72였다. 나는 온도계를 4분 동안 그대로 기다렸다.

"체온은 1분 동안만 재는 줄 알았는데요." 스콧이 말했다.

"이건 커다란 온도계라고요." 내가 설명했다. "온도계는

하는 폐결핵에 걸린 창녀 여주인공. 본명은 마르그리트 고티에이며, 원제로 쓰인 그녀의 별명은 '동백 아가씨'라는 뜻으로, 항상 동백꽃을 꽂고 다닌 데서 붙은 것이다.

크기에 따라 재는 시간이 늘어야 해요. 섭씨 온도계고요."

마침내 나는 온도계를 뽑아 독서용 전등이 있는 곳으로 가져갔다.

"몇 도인가요?"

"37도 6분요."

"정상은 몇 도인데요?"

"이게 정상예요."

"확실해요?"

"그럼요."

"당신도 재 봐요. 확인을 해야 하니까요."

나는 온도계를 흔들어 내려서 내 잠옷을 풀어 헤치고 겨드랑이에 낀 다음 가만히 서서 시간을 쟀다. 그런 다음에 나는 체온계를 보았다.

"몇 도죠?" 나는 온도를 확인했다.

"똑같아요."

"당신 기분은 어때요?"

"아주 좋아요." 내가 말했다. 나는 37도 6분이 정말로 정상인지 아닌지를 기억해 내려고 했다. 그냥 놓아두었을 때도 온도계는 줄곧 30도였으므로 그다지 상관이 없는 일이었다.

스콧이 좀 의심하는 듯싶어서 나는 한 번 더 재어 보라고 권했다.

"아뇨. 이렇게 빨리 열기가 가셨다니 기분이 좋아요. 난 언제나 회복이 굉장히 빠르거든요."

"당신은 멀쩡해요." 내가 말했다. "하지만 그냥 침대에 누워서 저녁을 조금만 먹는 게 몸에 좋겠고, 그러면 우린 아침 일찍 출발을 할 수가 있겠어요." 나는 우리들이 입을 우비를 사고 싶었지만 그러려면 그에게서 돈을 꾸어야 했고 지금 그 문제로 아웅다웅하고 싶지가 않아서 그만두었다.

스콧은 침대에 그냥 누워 있기가 싫다고 그랬다. 그는 일 어나서 옷을 입고 아래층으로 내려가 별일이 없다는 소식을 알려 주려고 젤다에게 전화를 걸고자 했다.

"왜 당신이 무슨 탈이라도 있으리라고 아내가 생각을 하 나요?"

"결혼을 한 이후로 아내와 따로 자기는 오늘이 처음이라 아내하고 얘기를 하고 싶어요. 그게 우리 두 사람에게 어떤 의 미를 갖는지는 당신도 알겠죠?"

의미를 이해하기는 어렵지 않았지만 나는 지난밤 같은 상 태에서 그와 젤다가 어떻게 무사히 잠자리를 같이했겠는지 는 좀처럼 납득이 가지를 않았는데, 하기야 그런 일은 내가 따 질 입장이 아니었다. 스콧은 이제 레몬주스를 탄 위스키를 아 주 빨리 마셔 버리고는 나더러 한 잔 더 주문해 달라고 청했 다. 나는 종업원을 찾아내어 온도계를 돌려주고는 옷이 어떻 게 되어 가는지를 물었다. 그는 한 시간쯤이면 준비가 되겠다 고 말했다. "담당자한테 다리미질을 시키면 빨리 마를 거예 요. 바싹 말릴 필요까지는 없겠고요."

종업원은 감기를 예방할 겸 마실 술을 두 잔 가져왔고 나 는 내 술을 조금씩 마시면서 스콧에게도 천천히 마시라고 권 했다. 이제 나는 그가 혹시 감기라도 걸릴까 봐 걱정이 되었는 데, 감기 정도로 확실한 무슨 탈이 났다 하면 그를 입원시키지 않고 그냥 넘어가지는 않으리라는 사실이 분명했다. 하지만 술을 마시고 잠시 기분이 아주 좋아진 그는 결혼한 이후 젤다 와 처음 떨어져 밤을 지냈다는 비극적 의미를 흐뭇하게 음미

했다. 결국 그는 더 이상 통화를 지체해서는 안 되겠다며 가운을 걸치고는 아래층으로 내려갔다.

시외 전화가 연결되려면 한참 기다려야 했고, 그가 올라온 후 조금 있다가 종업원이 위스키를 더블로 두 잔 들고 나타났다. 그때까지는 스콧이 술을 그만큼 마시는 것을 본 적이 없었지만, 술을 많이 마셨어도 그는 더욱 생기가 들고 수다스러워진 것 외에는 별다른 반응을 나타내지 않았고, 그는 젤다와의 결혼 생활이 어떤지를 대충 추려서 얘기하기 시작했다. 그는 전쟁 동안에 어떻게 그녀를 처음 만났다가 잃었으며 다시 되찾았는지를 그리고 그들의 결혼 생활이 어떠했는지와 일 년쯤 전에 생-라파엘에서 일어난 비극적인 사건을 얘기했다. 젤다가 어느 프랑스 해군 비행사와 사랑에 빠졌다고 그가 해준 초판본 얘기는 정말로 슬픈 것이었으며 나는 그것이 진짜라고 믿는다. 그는 소설에다 써먹기 위해 실험을 거듭하는 듯 내용을 조금씩 바꿔 가며 나중에 그 얘기를 몇 차례 했지만, 그때 들었던 첫 번째 얘기만큼 슬픈 내용은 다시 없었으며, 여러 수정본 가운데 무엇이 사실이었던 간에 나는 끝까지 초판본을 진짜라고 믿었다. 얘기를 거듭할 때마다 그 내용이 향상되기는 했지만 처음 들었을 때처럼 마음을 아프게 했던 적은 없었다.

스콧은 표현이 정확했으며 서술 능력이 뛰어났다. 그는 어휘들의 철자법을 밝히거나 구두점을 맞추려고 애를 쓰지 않았지만, 그렇다고 해서 문맹자가 써서 제대로 수정조차 받지 않고 그냥 보낸 편지를 읽는다는 인상을 주지도 않았다. 그는 2년을 사귄 다음에야 내 이름의 철자를 제대로 썼는데, 하기야 내 이름이 길었으므로 매번 철자를 맞추기가 어려웠겠지만, 어쨌든 마침내 제대로 쓰는 데 성공한 그의 공훈을 나는 크게 인정하기로 했다. 그는 다른 여러 중요한 문제들도 점차 제대로 파악하기에 이르렀으며, 나중에는 훨씬 더 넓은 차원에서 올바른 태도로 사물에 접근하는 갖가지 사고방식을 터득하기에 이르렀다.

어쨌든 그날 밤에 그는 생-라파엘에서 벌어졌던 사건이 어떤 의미를 지녔는지 내가 알고, 이해하고, 음미하기를 바랐으며, 나는 어찌나 파악을 잘했던지 해수욕장 뗏목 주위에서 윙윙거리며 날아다니는 1인승 비행기와 바다의 빛깔과 너벅선의 모양과 가교의 그림자와 햇볕에 탄 젤다의 피부 빛깔과 햇볕에 탄 스콧의 피부 빛깔과 그들 부부의 짙은 금발과 연한 금발 그리고 젤다를 사랑했다는 청년의 검게 탄 얼굴이 눈에 선할 정도였다. 나는 만일 그 얘기가 사실이며 그런 모든 일들이 실제로 일어났다면 어떻게 스콧이 하루도 거르지 않고 밤마다 젤다와 같은 잠자리에서 지낼 수 있었는지 내 마음속에 품었던 질문을 차마 입밖에 꺼내지 못했다. 하지만 아마도 그 이유 때문에 그때까지 내가 들어 본 어느 누구의 어떤 얘기보다도 그의 얘기가 더 슬프게 들렸는지 모르겠고, 전날 밤에 벌어진 일에 대해서 그랬듯이 혹시 그는 그 사건을 제대로 기억하지 못하는지도 모를 노릇이었다.

신청해 놓은 전화가 연결되기 전에 말린 옷이 먼저 올라와서 우리들은 옷을 입고 저녁 식사를 하러 아래로 내려갔다. 스콧은 이제 약간 비틀거리며 당장 시비를 벌이려는 듯 사람들을 곁눈질로 흘겨보았다. 우리들은 플뢰리 한 병으로 시작해서 아주 맛좋은 달팽이 요리를 시켰는데, 식사를 반쯤 마쳤을 때 스콧이 신청한 전화가 나왔다. 그가 한 시간이나 돌아오지를 않아서 결국 나는 버터와 마늘, 파슬리 소스를 곁들여 스콧의 달팽이 요리까지 빵 조각들과 함께 먹어 치우고 플뢰리를 마셨다. 그가 돌아오자 나는 달팽이를 추가로 주문해 주려고 했지만 그는 생각이 없다고 그랬다. 그는 무엇인가 간단한 것을 원했다. 그는 스테이크나 간 요리, 베이컨이나 오믈렛 모두 싫다고 했다. 그는 닭고기 요리를 먹고 싶어 했다. 점심때 아주 훌륭한 닭고기 도시락을 먹기는 했지만 이곳도 역시 닭고기 요리가 명물인 고장인지라 우리들은 브레스 영계를 먹고, 부근에서 생산되는 상큼하고 독하지 않은 몽타니 백포도주를 한 병 마셨다. 스콧은 식사를 아주 조금만 하면서 포도주 한 잔을 놓고 천천히 마셨다. 그는 두 손으로 얼굴을 가리고 엎어져 식탁에서 정신을 잃었다. 그것은 자연스럽게 벌어진 일이어서 소동이 일어나지는 않았고 그는 음식을 엎지르거나 물건을 깨뜨리지 않으려고 신경을 쓰기라도 한 듯 보일 정도였다. 웨이터와 나는 그를 방으로 끌고 올라가 침대에 눕혔고, 나는 속옷만 남기고 그의 옷을 벗겨 걸어 놓고는 침대에서 홑이불을 벗겨 그를 덮어 주었다. 창문을 열었더니 날씨가 걷혀서 나는 그대로 열어 두기로 했다.

아래층으로 내려간 나는 저녁 식사를 마저 끝내면서 스콧에 대한 생각을 했다. 그가 어떤 술도 마셔서는 안 된다는 사실이 분명해졌고, 나는 그를 제대로 돌봐 주지를 못한 셈이었다. 무엇을 마시거나 간에 그에게는 너무 자극이 심하고 독약처럼 해로우니까 나는 이틀날 모든 술을 최소한으로 줄여야 되겠다고 작정했다. 나는 이제 파리가 가까워 오니까 글을 쓰기 위한 준비로 술을 삼가야 되겠다는 핑계를 대기로 마음먹었다. 그것은 사실이 아니었다. 나는 저녁 식사 후에나 글을 쓰기 전이나 쓰는 동안에는 절대로 술을 안 마시도록 훈련이 잘되어 있었다. 나는 위층으로 올라가 창문들을 모두 활짝 열어 놓은 채로 옷을 벗은 다음, 침대에 눕자마자 잠이 들었다.

이튿날은 날씨가 화창했고, 우리들은 대기가 시원하게 씻기고 언덕과 들판과 포도원 들이 모두 산뜻해 보이는 코트 도르를 지나 파리를 향해 차를 몰고 올라갔으며, 스콧은 무척 유쾌하고 건강하고 기분이 좋아져서 마이클 알린[71]의 작품들을 하나하나 열거해 가며 그 줄거리를 모조리 나에게 얘기해 주었다. 마이클 알린은 주목을 받아야 마땅한 작가이며, 그와 나는 알린에게서 배울 바가 많다고 스콧은 말했다. 나는 그의 책들을 구할 길이 없다고 말했다. 그는 읽지 않아도 된다고 말했다. 그는 나한테 줄거리를 알려 주고 등장인물까지 자기가 설명해 주마고 그랬다. 그는 마이클 알린에 대한 일종의 박사 학위 논문을 나에게 구두로 발표하는 절차를 거쳤다.

나는 그에게 젤다와 통화할 때 목소리가 잘 들리더냐고 물었으며, 그는 괜찮았다면서 할 얘기가 아주 많았다고 그랬다. 식사를 할 때면 나는 가장 순한 포도주를 골라 한 병 주문하고는 스콧더러 글을 쓰기 전에 내가 술을 삼가야 하며 어떤 경우에건 반 병 이상은 마시면 안 되니까 내가 술을 더 시키지 못하게 말려 준다면 큰 도움이 되겠다고 설명했다. 그는 아주 훌륭하게 협조했으며, 한 병이 바닥이 날 때가 되어 초조해하는 나를 보고는 그의 술을 나눠 주기까지 했다.

그의 집에서 스콧과 헤어지고 제재소로 가는 택시를 탄

---

71 Michael Arlen, 본명 Dikran Kouyoumdjian. 불가리아 태생의 영국 소설가며 극작가.

나는 아내를 보고 무척 기분이 좋았으며 우리들은 술을 한잔 마시러 라일락숲으로 올라갔다. 우리들은 떨어져 살다가 다시 만난 아이들처럼 행복했으며 나는 여행 얘기를 아내에게 들려주었다.

"그런데 뭐 재미있거나 배운 건 없었어, 테이티?" 아내가 물었다.

"제대로 귀를 기울여 듣지는 않았지만 마이클 알린에 대해서 많은 얘기를 들었고, 아직 판단을 보류해야 할 내용도 있었지."

"스콧은 별로 행복해 보이질 않았던 모양이지?"

"그런 모양이야."

"가엾은 사람."

"하나 배운 바가 있어."

"뭔데?"

"사랑하지 않는 사람과는 절대로 여행을 같이하지 말자."

"그것 잘됐네."

"그래. 그리고 우린 에스파냐로 갈 거야."

"좋아. 이젠 떠나려면 여섯 주도 안 남았어. 그리고 금년에는 어느 누구도 우리 기쁨을 망쳐 놓게 내버려 두면 안 돼. 알았지?"

"그래. 그리고 팜플로나 다음에는 마드리드로 갔다가 발렌시아행이야."

"으응." 아내는 고양이처럼 나지막한 소리를 냈다.

"불쌍한 스콧." 내가 말했다.

"다들 불쌍하지." 해들리가 말했다. "돈이 한 푼도 없지만 사치스러운 사람들을 보라고."

"우린 더럽게 복이 많아."

"우린 그 복을 놓치지 않도록 조심해야 해."

우리들은 두 사람 다 카페 식탁의 나무를 두드렸고 웨이터는 우리들이 무엇을 주문하려는 줄 잘못 알고 다가왔다. 하지만 우리들이 원하던 대상은 웨이터가 아니었고, 그 어느 누구도 아니었으며, 이 카페 식탁의 표면 같은 대리석이나 나무를 두드린다고 해서 찾아와 줄 만한 것도 아니었다. 하지만 그날 밤 그 사실을 우리는 미처 알지 못했고, 우리들은 마냥 행복하기만 했다.

여행을 다녀온 다음 날인가 이틀 후에 스콧은 그가 쓴 책을 나한테 가져다주었다. 그 책은 장정이 야했고, 표지의 난폭성과, 촌스러움과, 저질 취향과 매끈거리는 인상에 당황했던 기억이 난다. 형편없는 공상 과학 소설의 표지 같은 인상이었다. 스콧은 그 표지가 소설에서 중요한 의미를 지니는 롱아일랜드의 어느 길가에 세워 놓은 어떤 간판과 관계가 있으니까 그 그림 때문에 잘못된 인상을 받지는 말라고 그랬다. 그는 표지가 처음에는 마음에 들었지만 이제는 싫어졌다고 털어놓았다. 나는 책을 읽기 전에 표지를 벗겨 버렸다.

그 책을 다 읽고 난 다음에 나는 스콧이 무슨 짓을 했거나 어떤 한심한 행동을 했든지 간에 그것이 병이나 마찬가지라고 내가 이해하고, 가능하다면 그에게 도움이 되어 주고 좋은 친구가 되어야겠다는 생각이 들었다. 그에게는 더없이 좋은 친구들이 아주 많았고, 내가 아는 어느 누구보다도 그에게는 친구들이 많았다. 내가 그에게 도움이 될지는 알 길이 없었어도 아무튼 나는 그의 또 한 사람의 친구가 되기로 마음먹었다. 만일 그가 『위대한 개츠비』처럼 훌륭한 소설을 쓸 능력을 지닌 사람이라면, 더욱 훌륭한 작품도 언젠가는 쓰리라고 나는 확신했다. 그때까지 나는 젤다에 대해서 잘 몰랐으므로 그의 앞날에 어떤 난관들이 기다리는지도 알 길이 없었다. 하지만 우리들은 얼마 안 가서 그 어려움들이 무엇인지를 알게 되었다.

F. 스콧 피츠제럴드　　F. 스콧 피츠제럴드(Francis Scott Key Fitzgerald, 1896~1940)는 무척 비극적이면서 고통스럽고 짤막한 일생을 보낸 미국 문단의 귀재였다. "시끌벅적한 1920년대(the Roaring Twenties)"의 미국, 이른바 "재즈 시대"의 생생한 묘사로 유명한 그는 아일랜드계 중류층 가정 출신으로 프린스턴 대학을 다녔으며, 그가 쓴 작품의 주인공들이 흔히 그렇듯 손에 잡힐 듯싶지만 절대로 실현하기가 불가능한 욕망에 시달리는 괴로운 삶을 살았다. 존재감을 별로 두드러지게 발휘하지를 못하자 그는 대학을 중퇴하고 1919년 군에 입대했는데, 1차 세계 대전 동안 그의 장교 생활은 무미건조하기만 했다. 그의 부대가 앨라배마에 주둔했을 무렵 그는 젤다를 사랑하게 되었지만 기질이 방종한 그녀가 기대하는 삶을 마련해 줄 경제적인 능력이 없어서 그녀의 가족이 결혼에 반대하는 난관에 봉착했다.

아직 군에서 전역하기 전에 그는 첫 장편 소설을 써서 출판사 스크리브너(Charles Scribner's Sons)에 보냈고, 1920년에 출판된 『낙원의 이쪽(This Side of Paradise)』은 당장 큰 인기를 끌었다. 자서전적인 요소가 강한 그 소설은 "모든 신들은 죽었고, 모든 전투가 끝났고, 인간의 모든 신념은 뒤흔들린" 세대의 젊은이들이 반항하는 절규를 담았다. 소설의 성공으로 명성을 얻고 젤다와 결혼한 그는 낭비벽이 심한 그들 부부의 생활비를 조달하기 위해 유명 잡지에 단편들을 부지런히 쓰기 시작했다. 이때부터 그가 예술보다는 돈벌이를 목적으로 맞춤형 집필을 해가며 받아낸 원고료 때문에 피츠제럴드의 악명이 치솟았다. 소비자와 야합하는 이런 행위를 헤밍웨이는 갈보짓(whoring)이라고 지적했다.

그는 평생 164편의 소품을 발표하고 단편집 열한 권을 펴냈다. 첫 작품집 『날개족과 철학자들(Flappers and Philosophers)』(1920)은 내용보다 형식이 주목을 받았는데, 문체가 시대적인 분위기 그리고 부박한 '날개족'의 행태와 잘 맞아떨어졌기 때문이었다. 날개족(flapper)이란 단어는 20세기 중반에 우리나라에서 일본식 발음으로 후랏파(フラッパ)라고 알려졌다. 불량 여고생들을 뜻하는 외래어로 와전된 날개족은 본디 1차 세계 대전 직후 미국을 비롯한 영어 문화권에 나타난 신여성을 일컫는 어휘로 "어른이 되려고 날개를 퍼덕거리는(flap) 어린 새 같은 십 대 말괄량이 아가씨"를 뜻했다. 『위대한 개츠비(The Great Gatsby)』의 여주인공 데이지가 전형적인 날개족이었다.

3부 11편으로 엮어 낸 『재즈 시대의 이야기(Tales of the Jazz Age)』 (1922) 역시 방종한 당시의 시대상을 잘 반영했으며, 브래드 피트가 주연한 2008년 영화 「벤저민 버튼의 시간은 거꾸로 간다(The Curious Case of Benjamin Button)」의 원작은 여기에 수록되었다. 『날개족과 철학자들』과 『재즈 시대의 이야기』 이 두 권의 단편집으로 그는 1920년대의 정열적인 젊음을 눈부시게 기록하는 작가라는 소리를 들었다.

헤밍웨이가 각별히 좋아한 「돈 많은 청년(The Rich Boy)」이 실린 세 번째 작품집 『모두가 처량한 젊은이들(All the Sad Young Men)』 (1926)은 "1000번의 파티를 열고 일은 안 하던 시절"의 경제적인 어려움뿐 아니라 아내 젤다가 다른 남자와 불륜을 저지르며 갖가지 병에 시달리기 시작하던 무렵, 그가 환멸과 시련에 빠져 지낸 시기에 출판되었다.

두 번째 장편 소설 『아름답고 저주받은 자(The Beautiful and Damned)』(1922)는 '뉴욕 카페 사교계'를 소묘하여 인생의 무의미를 긍정하면서도 지성적인 젊음의 강렬한 반항을 다루려는 의도에서 집필되었다. 미국 영어(American English)의 정립을 위해 부단히 노력한 문화 비평가이자 언론인이며 풍자가였던 H. L. 멩켄(Henry Louis Mencken, 1880~1956)의 영향이 지나치게 뚜렷하고 너무 꾸밈이 많다는 지적을 받았어도 『아름답고 저주받은 자』는 상황 설정이나 문체에서 피츠제럴드의 천재성이 그대로 생동한다는 평을 들었다. 소설의 내용은 젤다와 스콧의 결혼 과정과 복잡한 애정관을 많이 반영해서 영화로 제작할 때는 그들 부부를 주연시키려고 영화사에서 시도했지만 본인이 거부하는 바람에 무산되었다.

피츠제럴드의 재능이 가장 눈부시게 나타난 소설은 물론 대표작 『위대한 개츠비』다. 이 소설은 주인공 개츠비가 추구하는 허망한 꿈과 거기에서 야기되는 파멸, 황금이 앗아 버리는 꿈을 다루었다. 헤밍웨이에게 그가 고백했듯이 『위대한 개츠비』는 출판 당시 별로 신통한 상업적인 성공을 거두지 못했고, 피츠제럴드의 작품 세계가 새로운 각광을 받은 것은 2차 세계 대전이 끝난 다음부터였다.

피츠제럴드의 사생활은 해외여행과 술, 틈틈이 미친 듯 몰두하는 집필로 평생 이어졌는데, 특히 젤다의 정신병이 심해지면서 그의 삶은 암흑기를 맞았다. 제대로 글을 쓰기가 힘들어진 그는 원고 수천 쪽을 파기해 가면서 실패만 거듭하다가 결국 『밤은 부드러워(Tender Is the Night)』를 1934년에 발표했다. 어느 부부의 정신적인 파멸을 다룬 『밤은 부드러워』는 피츠제럴드가 가장 야심을 품었고 어떤 면에서는 그가 쓴 가장 훌륭한 작품으로 꼽힌다. 이 작품을 원작으로 삼은 1962년 영화의 제목이 우리나라에서는 「밤은 돌아오지 않는다」로 알려졌다. 헨리 킹 감독의 마지막 영화인 「밤은 돌아오지 않는다」에서 주연을 맡은 배우 제니퍼 존스는 젤다와 아주 비슷한 행태를 보인다.

『밤은 부드러워』가 인기를 끌지 못하고 잡지에 작품을 팔기가 점점 어렵게 되자 피츠제럴드는 노골적으로 돈을 버는 데 몰두하여 아예 할리우드로 진출했다. 한때는 MGM에서 1년에 3만 달러를 받기도 했지만, 그는 곧 자신의 정신적인 자산이 사라져 가고 있음을 깨달았다. 말년에 그는 젤다와 헤어져서 영화 칼럼니스트인 실라 그레이엄(Sheila Graham, 본명 Lily Shiel)을 만나 정신적인 안정을 되찾는데, 그들의 이야기는 그레이엄의 유명한 회고록 『사랑스러운 이단자(Beloved Infidel)』에 고스란히 담겨 있다. 『사랑스러운 이단자』를 헨리 킹이 1959년에 그레고리 펙과 데보라 카 주연으로 만든 영화의 우리나라 제목은 「비수(悲愁)」였다.

알코올의존증에 시달리고 정신과 치료까지 받아 가며 잃어버린 재능을 되찾으려고 새로운 작품을 쓰던 중 44세에 심장마비로 세상을 떠난 그의 미완성 작품은 1941년 『최후의 부호(The Last Tycoon)』라는 제목으로 발표되었다.

맥스웰 퍼킨스　　　《뉴욕 타임스》 기자 출신인 맥스웰 퍼킨스(William Maxwell Evarts Max Perkins, 1884~1947)는 F. 스콧 피츠제럴드와 어니스트 헤밍웨이 그리고 토머스 울프를 발굴함으로써 미국 출판계의 신화적인 인물이 된 명편집자다. 1910년 스크리브너에 합류한 퍼킨스와 피츠제럴드의 첫 소설 『낭만적인 이기주의자(The Romantic Egotist)』의 운명적인 만남이 이루어진 것은 1919년이었다.

미국에서는 작가로서 출발하려면 우리나라처럼 신춘문예나 잡지의 추천이 아니라 출판사로 직접 원고를 보내 채택 여부의 심판을 받는 절차가 상례였다. 여러 출판사의 간부들은 피츠제럴드의 『낭만적인 이기주의자』 원고를 접수하고는 하나같이 수준 미달이라며 출판을 반대하고 원고를 되돌려 보냈지만 유독 편집자 퍼킨스만 작품의 숨은 가치를 알아보고 피츠제럴드를 다시 불렀다. 퍼킨스의 각별한 도움을 받아 둘이 함께 달라붙어 일 년 동안 윤문과 다듬기의 각고 끝에 『낭만적인 이기주의자』는 『낙원의 이쪽』으로 제목을 바꿔 마침내 출판이 성사되었다. 『낙원의 이쪽』의 출판은 1920년을 "새로운 문학 세대가 도래한" 시발점으로 각인시키는 기적을 낳았다.

퍼킨스는 1926년 다시 작가 헤밍웨이와의 밀착 작업을 거쳐 『태양은 다시 떠오른다』를 세상에 내놓았고, 이어 『무기여 잘 있어라(A Farewell to Arms)』(1929)로 헤밍웨이에게 대대적인 성공을 안겨 줌으로써 미국 출판계의 막강한 인물로 떠올랐다. 뿐만 아니라 그는 난삽한 문장으로 악명이 높은 토머스 울프의 첫 소설 『천사여, 고향을 보라(Look Homeward, Angel)』(1929)의 원고에서 무려 9만 단어를 잘라내고 작품에 예술성을 입혀 새로운 작가의 탄생을 도왔다. 그는 울프의 다음 작품 『시간과 강물에 대하여(Of Time and the River: A Legend of Man's Hunger in His Youth)』(1935)의 원고 또한 2년간 달라붙어 번듯한 소설로 탈바꿈시켜 울프로부터 "나는 퍼킨스가 없었다면 절대로 작가가 되지 못했을 것이다."라는 감사의 고백을 듣기도 했다.

이외에도 퍼킨스는 존 P. 마퀀드와 어스킨 콜드웰 같은 작가들을 꾸준히 발굴했으며, 싸구려 연애 소설만 쓰던 마저리 키넌 롤링스(Marjorie Kinnan Rawlings)로 하여금 『아기 사슴(The Yearling)』(1938)을 쓰도록 이끌어 격려하고 퓰리처상을 받게끔 작품을 다듬어 준 숨은 공로자였다. 영화로 제작되어 아카데미상 여덟 개 부문을 휩쓴 영화 「지상에서 영원으로(From Here to Eternity)」(1953)의 제임스 존스 원작 소설을 탄생시킨 장본인 역시 퍼킨스였으며, 평생 함께 작업한 퍼킨스에게 헤밍웨이는 퓰리처 상을 받은 『노인과 바다』를 헌납했다.

매는 나눠 먹지 않는다

　스콧 피츠제럴드는 그의 아내 젤다와 어린 딸과 함께 점심식사를 같이하자고 우리들을 틸시트 거리 77번지의 전세 아파트먼트로 초대했다. 가구까지 갖춰 놓고 전세를 놓은 그곳 아파트먼트에는 엷은 푸른 빛깔의 가죽으로 장정을 하고 금박으로 제목을 박은 스콧의 첫 작품들 말고는 그들 가족이 소유한 물건처럼 보이는 것이 하나도 없었고, 바람이 잘 통하지 않아 답답하고 음울했다는 점 말고는 그 집에 대한 무엇 하나 인상에 남지 않았다. 스콧은 또한 연도별로 그가 발표한 모든 작품의 제목을 기입하고, 그 작품을 써 주고 받은 원고료와 영화사에 팔아 들어온 수입과 저서들의 인세나 다른 수입을 기록한 커다란 장부도 우리들 앞에 내놓았다. 그런 항목들을 배의 항해 일지처럼 모두 자세히 밝혀 놓고, 스콧은 박물관의 관장처럼 초연한 자부심을 드러내며 우리 두 사람에게 보여 주었다. 스콧은 상냥하고 초조했으며 그의 수입 명세서를 마치 풍경이라도 되는 듯 구경시켰다. 그의 집에서는 아무런 경치도 내다보이지 않았다.

젤다는 아주 심한 숙취에 시달렸다. 그들은 지난밤에 몽마르트르에 갔었는데, 술에 취하기를 스콧이 원하지 않았단 이유로 말다툼을 벌였다. 그는 술을 안 마시는 대신 일을 열심히 하기로 결심했는데, 젤다가 그런 그를 흥을 깨는 훼방꾼이나 재수없이 기분을 잡치는 사람으로 취급했다고 스콧은 나에게 털어놓았다. 재수없는 훼방꾼이라는 그녀의 표현에 화가 난 스콧이 우리들 앞에서 아내를 반박하자 젤다는 "난 그러지 않았어. 그딴 소리 안 했다고. 그건 거짓말이야, 스콧."이라며 대들었다. 그러더니 그녀는 무언가 뒤늦게 기억이 났는지 즐거운 표정으로 웃었다.

그날 젤다는 별로 정성 들여 가꾼 모습이 아니었다. 아름다운 짙은 금발 머리카락은 비가 쏟아져 자동차를 포기한 다음 리옹의 미용실에서 임시로 손질하다가 엉터리 퍼머넌트를 해 놓는 바람에 엉망이었으며, 눈은 푸석푸석했고, 얼굴은 야위어 앙상했다.

그녀는 예의를 지키느라고 해들리와 나를 유쾌한 표정으로 대했지만 그녀의 커다란 한 부분은 우리들과 자리를 같이하지를 않았고 그날 아침에 떠나온 파티 장소에 아직 그냥 남아 있는 듯싶었다. 그녀와 스콧 두 사람은 스콧과 내가 리옹에서 올라오는 여행 동안 굉장히 즐겁고 멋진 시간을 보냈다고 아는 모양이었는데, 그녀는 그것이 못마땅한 눈치였다.

"그렇게 둘이서 떠나 신나게 시간을 보냈다면 나도 여기 파리에 있는 친한 친구들과 재미 좀 봐야 되는 거 아냐." 그녀는 스콧에게 말했다.

스콧은 주인 노릇을 완벽하게 했지만 우리들은 아주 형편없는 점심을 먹었고, 포도주가 기분을 좀 돋우기는 했으나 별로 크게 즐겁지는 못했다. 어린 딸은 금발에 얼굴이 통통하고 몸집이 단단하며 아주 건강해 보였고 런던내기 억양이 심한 영어를 썼다. 스콧은 딸이 자란 다음에 "예절 바른 다이애나 자작 부인"[72] 같은 말투를 쓰게 되기를 원했기 때문에 영국 여자를 보모로 두었다고 설명했다.

젤다는 눈이 매처럼 날카롭고, 입술은 얇고, 전통적인 남부의 억양과 태도를 보여 주었다. 젤다의 얼굴을 쳐다보고 있노라면 그녀의 마음이 식탁을 떠나 밤의 파티로 갔다가 고양이처럼 퀭한 눈으로 돌아와서 즐거워하는 인상을 받게 되었는데, 그 즐거움은 가느다란 입술의 선을 따라 나타났다가 다시 사라지고는 했다. 스콧은 착하고 쾌활한 주인 노릇을 했고, 그를 지켜보던 젤다는 스콧이 술을 마실 때마다 눈과 입가에 즐거운 미소가 떠올라 번졌다. 나는 그 미소의 의미를 아주 잘 이해하게 되었다. 그것은 스콧이 작품을 쓰지 못하게 되리라는 징후임을 그녀가 안다는 사실을 의미했다.

젤다는 스콧의 글쓰기를 질투했고, 그들과 사이가 가까워지자 우리들은 그런 상황이 예사임을 깨닫게 되었다. 스콧은 밤새도록 술을 마시는 모임이라면 가지를 않고 날마다 운동을 조금씩 하고 규칙적으로 일을 하겠다는 결심을 자주 했다. 그가 일을 시작해서 잘 풀려 나갈 기미가 보이기만 하면 젤다는 정말 따분해 죽겠다는 불평을 늘어놓다가 또다시 술을 마구 마셔 대는 파티로 그를 끌고 갔다. 그들은 말다툼과 화해를 거듭했으며, 그는 땀을 흘려 술기운을 빼내려고 먼 거리를 나

72　Lady Diana Manners. 귀족 외교관 집안 출신으로 런던과 파리 사교계 명사였고 한때 무대 활동을 했다. 본명은 Diana Olivia Winifred Maud Cooper.

하고 같이 걸었고, 이제부터는 정말로 일을 열심히 하겠다고 새삼스럽게 다짐했으며, 처음에는 뜻대로 일을 잘했다. 그러고는 또다시 같은 과정이 되풀이되었다.

스콧은 젤다를 무척 사랑했고, 질투 또한 아주 심했다. 그는 산책을 할 때면 그녀가 프랑스 해군 비행사와 사랑에 빠졌던 얘기를 여러 번 꺼냈다. 하지만 그 이후로 그녀가 스콧으로 하여금 정말로 질투를 느끼게 할 만큼 다른 남자와 사건을 벌인 적은 없다. 그해 봄에 그녀는 다른 여자들과 동성애라도 하는 줄 오해를 해서 스콧이 질투를 느끼게 했으며, 몽마르트르에서 파티가 열릴 때면 그는 술로 자신이 의식을 잃거나, 아내가 의식을 잃을까 봐 걱정을 많이 했다. 술을 마시다가 의식을 잃는다는 현상이 그들에게는 항상 훌륭한 보호 수단이 되었다. 그들은 술에 길이 든 사람들에게는 거의 영향을 주지 못할 정도로 적은 술이나 샴페인을 마셔도 잠이 들었으며, 어린아이들처럼 깊이 잤다. 나는 그들이 술에 취한 것이 아니라 마취라도 된 듯 의식을 잃어서 친구들이나 때로는 택시 운전사가 그들을 침대로 들어 옮기는 광경을 가끔 보았는데, 의식을 되찾은 다음에는 의식을 잃기 전에 몸에 해가 끼칠 만큼 알코올을 흡수하지 않았기 때문에, 생기가 나고 즐거워하는 모습을 보였다.

나중에 그들은 이런 천부적인 보호 능력을 상실했다. 그 무렵에 젤다는 스콧보다 술을 잘 버티었으며, 스콧은 아내가 그해 봄에 사귄 친구들과 같이 어울리는 그런 자리에서 의식을 잃을까 봐 무척 염려했다. 스콧은 그런 곳이나 그곳 사람들을 좋아하지 않았고, 어쩌다 그런 장소에서 그들과 어울리게 되면 분위기를 맞추기 위해 술을 지나치게 많이 마실 수밖에 없었기에, 가끔 의식을 잃은 다음에는 잠들지 않으려고 또 술을 마셔야만 했다. 결국 그는 일을 할 틈이 거의 없어지고 말았다.

그는 일을 제대로 하려고 늘 애를 썼다. 날마다 그는 노력을 했지만 실패했다. 그는 자신의 실패에 대한 탓을 작가가 글을 쓰기에는 어느 곳보다도 좋은 여건을 갖춘 도시 파리에 돌렸고, 그와 젤다가 다시 멋진 삶을 살아갈 만한 곳이 어디엔가 있으리라고 항상 생각했다. 그는 리비에라를 염두에 두었는데, 그때는 아직 그곳에 온갖 건물들이 들어서지를 않았고, 푸른 바다와 모래밭과 솔숲과 바다로 뻗어나간 에스테렐의 산들이 아름답게 펼쳐진 고장이었다. 그는 젤다와 함께 처음 찾아갔을 때나 마찬가지로 여름에조차 사람들이 몰려들지 않던 리비에라의 기억을 그대로 간직하고 있었다.

그는 리비에라 얘기를 하면서 나더러 이듬해 여름에 아내와 같이 그곳으로 가려면 어떻게 찾아가야 하고, 그곳에 도착한 다음에는 비싸지 않은 숙소를 자기가 알아보겠다고 했으며, 그러면 우리 두 사람 다 날마다 열심히 일을 하고, 수영을 하고, 바닷가에 누워 몸을 태우고, 점심과 저녁 식사를 하기 전에 반주를 한 잔씩만 하자는 얘기를 했다. 그곳에 가면 젤다가 행복해지리라고 그는 말했다. 그녀는 수영을 좋아하고 다이빙을 멋지게 잘하며, 그런 생활을 하게 되면 아내가 즐거워져서 자기가 일을 하기를 바랄 것이며, 그래서 모든 것이 자리가 잡히리라고 했다. 그는 젤다와 딸을 데리고 그해 여름에 그곳으로 갈 예정이었다.

나는 그가 스스로 인정했듯이 남들의 눈치를 보며 어떤 공식에 맞추려고 재주를 부리는 그런 짓을 하지 말고 능력껏 좋은 작품을 쓰도록 설득하려고 애를 썼다.

"당신은 이미 훌륭한 소설을 하나 썼잖아요." 나는 그에게 말했다. "그러니까 이젠 엉터리 글을 쓰면 안 돼요."

"그 소설은 잘 팔리지를 않아요." 그가 말했다. "난 단편 소설, 이왕이면 팔릴 만한 글들을 써야 해요."

"능력을 다해서 가장 훌륭한 작품을 가능한 한 진지하게 써야죠."

"앞으로는 그럴 생각예요." 그가 말했다.

하지만 돌아가는 사정으로 미루어 봐서 그는 전혀 일에 집중할 수 있는 처지가 아니었다. 젤다는 그녀를 쫓아다니는 사람들에게 꼬리를 치지 않았고 그들의 행동에 대해서는 아무 책임도 자신에게 없다고 말했다. 하지만 그녀는 그들의 접근을 즐겼고, 스콧은 질투가 나서 그녀가 가는 곳들을 따라 다녀야만 했다. 그래서 그의 일은 방해를 받았고, 그녀는 스콧의 일을 무엇보다도 심하게 질투했다.

그해 봄과 초여름 내내 스콧은 글을 쓰려고 애썼지만 틈틈이 잠깐씩밖에는 일할 여유가 없었다. 나를 만날 때면 그는 항상 쾌활하고, 가끔은 미친 듯이 즐거워했으며, 농담을 잘하는 훌륭한 말동무가 되어 주었다. 그가 아주 곤란한 경우를 맞으면 나는 그의 얘기에 귀를 기울였으며 만일 자제력을 잃지만 않는다면 그는 타고난 재능을 발휘하여 좋은 글을 쓰게 되겠고, 죽음 말고는 그의 앞길을 막을 장벽이 없음을 깨우쳐 주려고 애썼다. 그러면 그는 자신을 비하하는 농담을 했는데, 그럴 정신적인 여유가 있는 한 그는 안전하다고 나는 생각했다. 이런 모든 일들을 거치면서도 그는 「돈 많은 청년」이라는 훌륭한 작품을 써냈으며, 나는 그가 앞으로 더 좋은 글을 쓰리라고 확신했는데, 내 예측은 옳았다.

우리들은 에스파냐에서 여름을 보냈고 나는 장편 소설의 초고를 시작해서 파리로 돌아온 다음 9월에 작품을 끝냈다. 스콧과 젤다는 앙티브 곶으로 여행을 갔었고, 그해 가을에 파리에서 만나니 그는 사람이 무척 달라 보였다. 그는 리비에라에서 술을 조금도 절제하지 않았던 모양이어서 이제는 밤뿐이 아니라 낮에도 늘 취한 상태였다. 이제는 남들이 일을 하건 말건 전혀 신경을 쓰지 않으며 그는 낮이나 밤이나 술이 취하면 아무 때나 노트르담-데-샹 113번지 제재소로 찾아오고는 했다. 그는 자기보다 열등한 사람이나 열등하다고 여겨지는 누구에게나 무척 불손하게 행동하는 버릇이 심해졌다.

언젠가 영국인 보모가 쉬는 날이어서 자기가 아이를 돌봐야 했던 날, 스콧은 어린 딸을 데리고 제재소 문을 들어섰는데, 층계 밑에서 딸이 소변을 보겠다고 말했다. 스콧이 딸의 옷을 벗기려고 하니까 우리 아래층에 살던 주인이 나타나서 아주 겸손하게 말했다. "선생님. 바로 앞 층계의 왼쪽에 화장실이 있는데요."

"알아. 하지만 자네 말조심하지 않으면 그 변소에다 머리를 처박아 주겠어." 스콧이 그에게 말했다.

그해 가을 내내 그는 성미가 무척 나빠졌지만, 정신이 들 때면 틈을 내어 새로운 장편 소설 집필을 계속했다. 나는 그가 말짱한 정신일 때를 별로 보지 못했지만, 술이 깨면 그는 항상 유쾌했고 여전히 웃기는 소리를 잘했으며, 가끔 자신을 비웃는 농담까지 했다. 하지만 술만 취했다 하면 그는 나를 찾아와 젤다가 그의 일을 방해할 때나 마찬가지로 내 일을 방해하며 즐거워했다. 이런 일이 몇 해나 계속되었지만, 그 몇 해 동안 스콧은 술이 깨어 있을 때는 나에게 누구보다도 성실한 친구이기도 했다.

1925년 가을에 그는 내가 『태양은 다시 떠오른다』의 초벌 원고를 보여 주지 않은 일로 기분 언짢아했다. 나는 그 작품을 내가 검토하고 다시 쓰기 전에는 아무런 의미가 없는 물건이라고 생각하기 때문에, 누구에게도 먼저 보여 주거나 거론하고 싶지 않다고 설명했다. 우리들은 오스트리아의 포어아를베르크 지방 슈룬스에 첫눈이 내리기만 하면 당장 그곳으로 떠날 예정이었다.

나는 원고의 앞부분 절반을 그곳에서 고쳐 썼는데, 일을 끝낸 때가 1월이었다고 생각된다. 나는 퇴고를 끝낸 원고를 뉴욕으로 가지고 가서 스크리브너의 맥스 퍼킨스에게 보여 준 다음에 슈룬스로 돌아가 나머지 원고를 손질했다. 스콧은 4월 말에 정리가 완전히 끝나 스크리브너로 보낼 때까지는 내 원고를 보지 못했다. 항상 그렇듯이 일단 무언가 일이 하나 끝나기만 하면 도와주지를 못해서 걱정과 조바심을 하던 스콧과 내 소설 원고에 대해서 그에게 농담을 했던 일을 나는 기억한다. 하지만 퇴고를 하는 동안에는 그의 도움을 받고 싶지가 않았다.

우리 가족이 포어아를베르크에서 살며 내가 낚시를 하고 소설을 고쳐 쓰는 사이에 스콧은 아내와 딸을 데리고 파리를 떠나 피레네 산맥 저지대의 온천으로 갔다. 젤다는 샴페인을 너무 마시면 흔히 걸리는 내장 병을 앓던 중이었는데, 당시에는 대장염이라고 진단을 내렸다. 스콧은 술을 안 마시고 집필에 몰두했으며, 우리들더러 6월에 주앙-레-팡으로 찾아오라고 했다. 우리들이 머물 비싸지 않은 별장을 찾아보겠고, 이번에는 자기가 술을 마시지 않을 테니까 좋았던 옛 시절로 되돌아가서 같이 수영을 하고, 건강하게 지내며 살을 검게 태우고, 점심과 저녁 식사 전에 반주로 한 잔씩만 들자고 그랬다. 젤다는 건강을 되찾아서 그들은 두 사람 다 잘 지내며 소설도 기막히게 잘 써진다고 했다. 『위대한 개츠비』를 무대에 올렸더니 성공을 해서 돈이 들어오고, 영화사에도 팔릴 듯싶으며, 걱정거리가 하나도 없다는 얘기였다. 젤다는 정말로 잘 있으며 모든 일이 자리가 잡히리라는 소식이었다.

　나는 5월에 마드리드로 내려가 혼자 일을 하던 중이었고, 바욘에서 3등 열차편으로 주앙-레-팡으로 갔는데, 바보처럼 돈을 헤프게 다 써 버리고는 프랑스와 에스파냐의 국경에 위치한 앙다이에서 마지막으로 식사를 한 터라 꽤 배가 고팠다. 별장은 마음에 들었으며 별로 멀리 떨어지지 않은 스콧의 집은 훌륭했고, 나는 별장을 예쁘게 가꾸어 놓은 아내는 물론이요 친구들을 만나 무척이나 행복했으며, 점심 식사 전의 한잔 술이 아주 입맛이 당겨 내친김에 몇 잔을 더 마셨다. 그날 밤에는 우리 가족을 환영하는 모임이 카지노에서 열렸는데, 조촐한 행사이기는 했지만 매클리시 부부와 머피 부부, 피츠제럴드 부부 그리고 별장에 머무는 우리들이 모두 자리를 같이했다. 샴페인보다 독한 술을 마시겠다는 사람은 아무도 없었고, 분위기가 아주 유쾌하여 글을 쓰기에는 더할 나위 없이 좋은 곳 같았다. 혼자 지낼 수만 있다면 작품을 쓰기 위해 필요한 조건은 무엇이나 다 갖추어진 셈이었다.

　젤다는 무척 아름다웠고 멋진 황금빛으로 살갗이 탔으며 머리카락은 아름답게 짙은 금발이었고, 아주 다정했다. 매처럼 사나운 그녀의 눈은 맑고 차분했다. 그녀가 앞으로 몸을 수그리면서 굉장한 그녀의 비밀을 털어놓기라도 하듯 나에게 "어니스트, 앨 졸슨[73]이 예수보다 훨씬 위대하다는 걸 알아요?"라고 물었을 때, 나는 모든 일이 잘 돌아가고 결국은 좋은 결말이 오리라고 믿었다.

그때는 아무도 그런 생각을 하지 못했었다. 그것은 매가 인간과 무엇인가를 함께 나누듯, 젤다가 나와 함께 누린 유일한 비밀이었다. 하지만 매는 아무것도 나눠 먹으려고 하지 않는다. 스콧은 아내가 정신 이상이라는 사실을 알게 되기까지는 더 이상 아무런 훌륭한 글을 쓰지 못했다.

---

73 Al Jolson. 최초의 유성 영화에서 흑인으로 분장하고 노래를 부른 미국 배우.

축제의

뒷이야기

젤다　　　　　　　"미국 날개족 1호"라는 별명을 남편 스콧
피츠제럴드가 붙여 준 젤다 세이어(Zelda
Sayre, 1900~1948)는 영미 문학계에서라면 아주 널리 알려진 특이
한 여성이다. 1930년에 정신 분열증 진단을 받고 프랑스와 스위스
와 미국의 여러 요양 시설을 전전하다가 정신 병원에 화재가 나서
끔찍한 최후를 맞은 그녀는 어려서부터 버르장머리가 없었고, 남자
들과 놀기를 좋아하며 여고 시절부터 술과 담배를 가까이한 불량소
녀였다.

남편이 글을 쓰는 동안 심심해서 못 견디고 훼방만 놀았다고 사람
들이 흔히 암적인 존재처럼 말하지만, 젤다는 일기를 많이 남겨 남
편에게 소설에 활용할 자료를 무척 많이 제공하기도 했다. 피츠제
럴드의 여러 소설에 등장하는 여주인공들은 젤다의 분신이라고 하
겠는데 《새터디 이브닝 포스트》에 그가 발표한 「다시 찾은 바빌론
(Babylon Revisited)」(1931) 역시 그런 대표적인 사례였다. 그들 부
부의 사생활이 너무 속속들이 드러나 보여서 때로는 민망하기까
지 한 면모가 구석구석 번져 나오는 「다시 찾은 바빌론」은 리처드
브룩스 감독이 「내가 마지막 본 파리(The Last Time I Saw Paris)」
(1954)라는 제목으로 영상화했는데, 활자가 아니라 시각적으로 스
콧과 젤다의 내면세계를 접하기 쉬운 자료라고 하겠다.

프랑스 현지에서 촬영한 영화 「내가 마지막 본 파리」에서는 엘리자
베스 테일러가 맡은 여주인공 헬렌이 젤다를 빼다 박은 듯 닮았다.
예를 들면 대학에서 퇴학을 당하고 몰락한 상류층 가족과 파리에

서 합류하여 국적 이탈자로 살아가는 부박한 헬렌의 대사들이 그렇다.

"잔치가 영원히 끝나지 않았으면 좋겠어요."

"하루하루가 마지막 날인 것처럼 살아요."

"파리를 즐기는 데 무슨 돈이 필요한가요."

"항상 무엇에 쫓기는 듯 만족을 모르겠어요."

그런가 하면 남주인공 밴 존슨은 피츠제럴드와 헤밍웨이를 합성해 놓은 듯싶은 인물이다. 유로파 통신사 파리 특파원 존슨은 작가가 되려고 부단히 노력하지만 5년 동안 실패를 거듭한다. 테일러와 결혼한 그는 푼돈을 벌기 위해 승부 조작 경마장을 드나드는 장인 월터 피전으로부터 투자를 잘못하여 오랜 세월 내버려 둔 유전의 일부를 장난삼아 지참금으로 받는다. 그런데 뜻밖에 텍사스 황무지에서 기름이 쏟아져 나와 떼부자가 된 테일러는 방종한 생활로 빠져든다.

부자는 되었을지언정 작가로 성공하지 못한 남편은 허탈감과 헛수고의 고통을 이겨내지 못한다. 끝없는 도전과 반복되는 실패 끝에 영혼이 비어 버린 미완성 작가는 집념의 껍데기만 남아 목적이 사라진 인생이 힘겨워 구두에 술을 따라 마시고 팔씨름이나 하면서 부질없는 분노와 이유 없는 절망 그리고 쓸데없이 목숨을 거는 자동차 경주로 나날을 보낸다. 그리고 그는 묻는다. "벌써 일요일이야? 금요일하고 토요일은 어디로 갔고?"

작품에 대한 집념에 남편을 빼앗겼다는 불안과 질투심에 소외감을 느낀 테일러는 딸을 술집 다락방에 맡겨 둔 채로 바람둥이 정구 선수 로저 무어와 놀아나고, 자학이 심해진 두 사람은 상대방에게 상처를 줄 말만 골라서 하며 파멸로 치닫는다. 방황과 방탕은 행복의 길이 아니어서 아내는 때늦은 귀소를 갈망하여 피곤한 타향살이를 청산하고 고향으로 도망치자고 남편에게 애원한다. 그러나 재출발에 실패한 다음 테일러는 겨울비를 맞고 폐렴에 걸려 숨을 거둔다.

텍사스의 석유는 일 년 만에 허망하게 소금물로 변하고 존슨은 술을 하루에 한 잔만 마시는 건전한 작가로 거듭난다.

영화의 주요 무대인 주점 딩고는 『호주머니 속의 축제』에서 자주 언급했듯이 피츠제럴드의 단골 술집이었다. 주점의 담벼락에 무명 화가가 그려 놓은 테일러의 벽화는 영화에서 시각적인 유적 노릇을 한다. 잃어버린 다이아몬드를 찾는다고 분수대에 들어가 교통 체증을 일으켜 신문에까지 난 작은 사건이 벽화 전설의 주제인데, 역시 젤다를 연상시키는 대목이다.

단역이지만 사교계의 여왕인 전문 이혼녀(professional divorcee) 에바 가보르 또한 결사적으로 먹고 마시며 노는 방종의 시대 사람들이 넘쳐난 20세기 초반 피츠제럴드 세상의 풍속도를 구성하는 대표적인 전형이다. 미모를 앞세워 네 번의 결혼을 거치며 사랑, 돈, 군인, 투우사를 수집하여 저마다 다른 남자에게서 하나씩 잇속을 챙기는 가보르 같은 여자를 한때는 노다지 사냥꾼(gold-digger)이라고 했다. 영화가 진행되는 동안 가보르는 존슨과 잠시 놀아난 다음 다섯 번째 결혼을 거쳐 다시 이혼을 준비한다. 우연히 다시 만난 그녀가 존슨에게 "아직도 같은 여자와 살아요?"라고 묻는 장면이 퍽 인상적이다.

크기가 문제

훨씬 훗날의 일이지만 젤다가 당시 신경 쇠약이라고 일컬어지던 첫 발작을 일으킨 후 우리들은 우연히 같은 시기에 파리에서 지냈고, 스콧은 나더러 자콥 거리와 생-페르가 만나는 길모퉁이의 미쇼 식당에서 점심을 같이하자고 청했다. 그는 세상에서 무엇보다도 중요한 문제가 있어서 나한테 의견을 구하고 싶으니 아주 솔직하게 대답해 주면 좋겠다고 했다. 나는 최선을 다하겠다고 약속했다. 오랜 기간 반복된 일이기는 하지만, 무언가 절대적으로 솔직하게 대답해 달라고 그가 부탁을 하는 경우, 비록 그러기가 아주 힘들기는 하더라도 나는 충실하고 솔직한 대답을 해 주려고 노력했지만, 그는 내가 한 말을 당장은 아니더라도 곰곰이 따져보고 한참 지난 후에 화를 내는 일이 종종 있었다. 내 말은 그가 파괴해 버려야 할 대상이 되었고, 나도 그 말과 더불어 없애 버려야 할 존재로 바뀌기 십상이었던 셈이다.

점심 식사와 함께 포도주를 마셨지만 그는 탈이 없었고, 그 포도주는 식사의 입맛을 돋우기 위해 마신 것도 아니었다.

우리들은 작품과 사람들에 대한 얘기를 나누었고, 그는 최근에 만나지 못한 이들의 안부를 물었다. 나는 그가 훌륭한 무슨 작품을 쓰면서 굉장히 어려운 여러 가지 문제에 부딪혔다는 사실은 알았지만, 그가 하려던 얘기는 작품에 관한 내용이 아니었다. 나는 아주 솔직하게 대답을 해 줘야 할 질문이 나오기를 계속 기다렸지만 그는 마치 사업상 타협을 하기 위해 만났다는 듯 식사가 다 끝나 갈 무렵에야 겨우 얘기를 꺼냈다.

딸기 파이를 먹고 마지막 한 잔의 포도주를 마시고 나자 그는 마침내 입을 열었다. "당신도 알겠지만, 난 젤다 외에 어떤 여자하고도 잠자리를 같이해 본 적이 없어요."

"아뇨, 그건 몰랐는데요."

"얘기를 해 준 것 같은데요."

"아네요. 여러 가지 얘기를 많이 하긴 했지만 그런 소린 안 했어요."

"당신한테 물어보고 싶은 게 바로 그거예요."

"좋아요. 물어봐요."

"젤다는 내 덩치를 보면 어떤 여자도 행복하게 해 주지를 못하게 생겼고, 처음부터 그게 마음에 걸렸다고 그랬어요. 크기가 문제라면서요. 아내한테 그 얘기를 듣고 난 다음부터 나는 줄곧 마음이 언짢았고, 그래서 확실히 알아야 되겠어요."

"진찰실로 나와요." 내가 말했다.

"진찰실이 어딘데요?"

"화장실요." 내가 말했다.

우리들은 방으로 돌아와서 식탁에 다시 앉았다.

"당신은 멀쩡해요. 괜찮다고요. 모두 정상예요. 위에서 자기 몸을 내려다보면 앞쪽이 짧게 보이기 마련이죠. 루브르에 가서 조각된 사람들을 본 다음에 집으로 가서 거울에 비친 몸의 옆모습을 보라고요."

"조각상들은 정확하지 않을지도 모르잖아요."

"어쨌든 상당히 쓸 만해 보이죠. 대부분의 사람들은 그 정도라면 만족해요."

"그럼 아내가 왜 그런 소릴 했을까요?"

"당신 기를 죽이려고 그랬을 거예요. 그건 남자의 기를 죽이기 위해 동원하는 세상에서 가장 고전적인 수법이죠. 스콧, 날더러 사실대로 얘기하라고 그랬으니까 하는 말인데, 할 얘기가 더 있기는 하지만 이것은 절대적인 진실이고, 당신한테는 그것만으로 충분해요. 진작 의사를 찾아가 보기라도 하지 그랬어요?"

"그러고 싶지는 않았어요. 난 당신한테서 솔직한 얘기를 듣고 싶었어요."

"그럼 이제 내 말을 믿겠어요?"

"모르겠어요." 그가 대답했다.

"당장 루브르로 가 봅시다. 길거리를 내려가 강을 건너면 금방이니까요."

우리들은 루브르로 갔고 그는 조각상들을 확인해 보았지만 아직도 자신에 대한 의문을 떨치지 못했다.

"그건 근본적으로 휴식을 취하고 있을 때의 크기와는 상관이 없는 문제예요. 얼마나 커지느냐가 문제지. 그리고 각도의 문제이기도 하고요." 나는 그에게 베개를 사용한다든가 하는 따위의, 알면 도움이 될 만한 몇 가지 방법을 설명해 주었다.

"날 무척 다정하게 대해 주던 젊은 여자가 하나 있었어요."그가 말했다. "하지만 젤다에게 그런 얘기를 듣고 난 다음부터는……."

"젤다가 한 얘기는 잊어버려요. 젤다는 미쳤어요. 당신은 이상한 곳이 하나도 없다니까요. 그냥 자신감을 가지고 그 젊은 여자가 원하는 대로 해 줘요. 젤다는 당신을 파멸시키기만을 원할 뿐이니까요."

"당신은 젤다에 대해서 아무것도 몰라요."

"좋아요."내가 말했다. "그렇다고 해 두죠. 하지만 당신은 물어볼 것이 있어서 날 찾아왔고, 난 성의껏 솔직한 대답을 해 주었으니까요."

하지만 그는 아직도 의심을 털어 버리지 못했다.

"우리 다른 그림이나 좀 둘러볼까요?"내가 물었다. "모나리자 외에 여기서 본 그림이 하나라도 있기는 한가요?"

"난 그림을 감상할 기분이 아녜요."그가 말했다. "리츠 바에서 누구와 만날 약속이 있어요."

여러 해가 지나, 2차 세계 대전이 끝난 훨씬 후에, 리츠 바에서 지금은 우두머리가 되었지만 스콧이 파리에서 살 때에는 제복을 입은 하급 종업원이었던 조르지가 나에게 물었다. "파파, 피츠제럴드 씨가 누구길래 모두들 그분 얘기를 자꾸 물어보죠?"

"그 사람을 몰랐나요?"

"그래요. 전 그 당시 사람들을 모두 기억하죠. 하지만 요즈음엔 누구나 다 그분 얘기만 물어봐요."

"그 사람들한테 뭐라고 그러나요?"

"듣고 싶어 할 만큼 흥미 있는 얘기라면 아무거나 다 하죠. 재미있어할 얘기요. 하지만 그분이 누구인지, 선생님이 좀 얘기해 주지 않겠어요?"

"그 사람은 1920년대 초기의 미국인 작가였고, 파리와 외
국에서도 얼마 동안 살았죠."

"그런데 왜 제가 그분을 기억하지 못할까요? 그분은 훌륭
한 작가였나요?"

"그 사람은 아주 훌륭한 책을 두 권이나 썼고 하나는 완성
하지 못했는데, 그의 작품을 잘 아는 사람들은 그 미완성 소설
이 아주 훌륭한 소설이 되었으리라고들 그러더군요. 그는 멋
진 단편도 몇 편 썼어요."

"그분은 술집을 자주 드나드셨나요?"

"그랬을 거예요."

"하지만 선생님은 1920년대 초기에는 호텔 주점을 찾아
오지 않으셨어요. 전 그때 선생님이 가난해서 다른 지역에 사
셨다는 걸 알고 있어요."

"돈이 있을 땐 난 크리용 호텔 주점으로 갔죠."

"그것도 알아요. 우리들이 처음 만났을 때를 전 생생하게
기억해요."

"나도 그래요."

"제가 그분을 전혀 기억하지 못하다니 이상한 일이죠." 조
르지가 말했다.

"그때 사람들은 다 죽었어요."

"그렇기는 해도 죽었다고 해서 우린 누군가를 잊어버리지
는 않고, 그래서 사람들은 자꾸만 그분 얘기를 저한테 물어봐
요. 제 회고록에 쓰게 그분 얘기를 선생님이 좀 들려주세요."

"그러죠."

"전 선생님하고 폰 블릭센 남작이 어느 날 밤 찾아왔던 때

가 생각나는데 그게 몇 년도였죠?" 그가 미소를 지었다.

"그 사람도 죽었어요."

"그래요. 하지만 사람들은 그분을 잊지 않아요. 무슨 얘긴지 아시겠죠?"

"그[74]의 첫 번째 아내는 아주 아름다운 글을 썼어요." 내가 말했다. "내가 읽어 본 아프리카에 관한 책들 가운데에는 새뮤얼 베이커 경[75]이 쓴 아비시니아의 나일 강 지류에 관한 책을 제외한다면 그녀의 글이 최고였으니까요. 당신 회고록에 그 얘기도 넣지 그래요. 이왕 작가들에 대해 관심이 생겼다니까 하는 소리지만요."

"좋아요. 남작은 쉽게 잊힐 남자가 아니죠. 그런데 그 책의 제목이 뭐죠?" 조르지가 물었다.

"『아프리카를 떠나며』였어요." 내가 말했다. "블리키[76]는 첫 아내의 작품을 항상 자랑으로 삼았죠. 하지만 우린 그녀가 그 책을 쓰기 오래전부터 아는 사이였어요."

"사람들이 자꾸만 저한테 물어보는 피츠제럴드 씨는요?"

"그는 프랭크가 이곳에서 일하던 시절 사람이었어요."

"그래요. 하지만 저는 그때 하급 종업원이었어요. 선생님도 하급 종업원이 무엇인지는 아시잖아요."

"난 옛 시절의 파리를 회상하는 책에다 그 사람 얘기도 좀

---

74   Isak Dinesen 또는 Karen Christenze von Blixen-Finecke(1883~1962). 아프리카 케냐에서 농장을 경영하며 살았고 이자크 디네센이라는 필명으로 작품을 발표했다.

75   Sir Samuel White Baker(1821~1893). 수단 지역에서 총독을 지낸 영국의 탐험가.

76   블릭센의 별명.

쓸 생각예요. 난 그 책을 꼭 쓰겠다고 작정했어요."

"잘하셨어요." 조르지가 말했다.

"난 처음 만났을 때 내가 받은 인상 그대로 그 사람에 대해서 서술하려고 그래요."

"좋아요." 조르지가 말했다. "그러신다면 만일 그가 정말로 이곳엘 찾아왔었다면, 제가 그를 기억해 낼 수가 있을 거예요. 아무튼 사람이란 쉽게 잊히지 않는 법이니까요."

"관광객들도요?"

"당연하죠. 하지만 그분이 여길 자주 드나들었다고 선생님이 그러셨잖았어요?"

"그 사람이 퍽 아끼는 곳이었으니까요."

"기억하고 계신 대로 그분에 대해서 글을 쓰신다면, 만일 정말로 그분이 이곳을 찾아오셨다면 전 그분을 기억해 낼 수가 있을 거예요."

"그럴지도 모르죠." 내가 말했다.

파리의 얘기는 끝을 모른다

식구가 단둘이 아니라 셋이 되자 겨울을 맞은 우리들은 추위와 날씨 때문에 결국 파리를 떠나야만 했다. 혼자 몸이라면 고생쯤은 익숙해지는 데 별문제가 없었다. 나는 언제라도 아침이면 카페로 가서 커피를 들며 글을 쓰고, 웨이터들이 청소를 하고 쓰레질을 하는 동안 아침 내내 일했으며, 그러다 보면 날씨가 조금씩 따뜻해지기 마련이었다. 아내는 추위를 이기려고 스웨터를 두툼하게 껴입고 추운 곳에서 피아노를 치고는 집으로 돌아와 범비에게 젖을 먹이면 그만이었다. 그러나 비록 우는 적이 없고 주변에서 벌어지는 모든 일을 신기해하며 구경하는, 지루해하지 않는 아기라고 하더라도 어린것을 겨울에 카페로 데리고 가는 것은 바람직한 일이 아니었다. 그때는 아기를 봐주는 사람이 없었고, 범비는 F. 푸스라고 이름을 지어 준 커다랗고 귀여운 고양이와 함께 높다랗게 난간을 막아 우리처럼 만든 요람 안에서 즐겁게 지냈다. 아기를 고양이와 함께 두면 위험하다고 말하는 사람들도 있었다. 지극히 무지하고 편견이 심한 사람들은 고양이가 아기의 입을 빨아 숨이 막혀 죽게 한다고 그랬다. 또 어떤 사람들은 고양이가 아기의 몸 위로 올라가 엎드리면 어린것이 그 무게에 질식을 당하리라고 했다. F. 푸스는 난간이 높다란 아기 침대 안에서 범비의 옆에 엎드려 커다랗고 노란 눈으로 문을 지켜보면서 우리들이 외출을 하고 가정부가 집을 비울 때면 아무도 아기에게 접근을 못 하도록 지켜 주었다. 아기를 지켜 줄 사람은 필요가 없었다. 아이는 F. 푸스가 보살펴 주었다.

하지만 캐나다에서 돌아온 다음 내가 특파원 생활을 모두 집어치우고 작품은 하나도 팔리지가 않던 시절에 우리들은 정말로 가난했고, 그렇게 생활에 워낙 쪼달리다 보니 파리에서 아기와 함께 겨울을 지내기는 고생스러웠다. 생후 3개월에 범비 선생은 뉴욕에서 핼리팩스를 경유하는 큐나드 회사의 작은 여객선을 타고 1월에 12일 동안 북대서양을 항해했다. 날씨가 험해서 밖으로 떨어지지 않도록 침대를 울타리로 막아 놓으면 아기는 즐거워하며 웃었고, 여행 도중에 한 번도 울지를 않았다. 하지만 어린것에게는 우리들의 파리가 너무 추웠다.

우리들은 오스트리아 포어아를베르크의 슈룬스로 갔다. 스위스를 지나면 펠트키르히에서 오스트리아 국경이 나온다. 기차는 리히텐슈타인을 통과해서 블루덴츠에 다다르는데, 그곳에서 작은 지선이 갈라져 자갈이 많고 송어들이 사는 강을 따라 밭과 숲이 펼쳐진 계곡을 지나 슈룬스로 이어지고, 햇살이 밝고 시장이 있는 이 작은 마을에는 제재소와 상점과 여관들이 옹기종기 모여 있으며, 우리들은 일 년 내내 문을 여는 그곳의 타우버 호텔에서 살았다.

타우버의 넓은 방들은 큼직한 창문에 커다란 난로와 좋은 담요와 깃털 홑이불을 늘 갖춰 놓아 아늑했다. 식사는 간단하고 훌륭했으며, 나무로 단장한 구내 주점과 식당은 난방이 잘되고 분위기가 포근했다. 넓고 탁 트인 계곡은 햇살이 화창했다. 우리 세 사람이 지내던 하숙집에서는 하루에 2달러쯤 받았는데, 오스트리아의 실링이 물가 폭등으로 가치가 떨어지는 바람에 숙식비는 점점 줄어드는 셈이었다. 이곳의 물가폭등과 빈곤은 독일만큼 심각한 정도는 아니었다. 실링은 화폐 가치가 오르기도 하고 내리기도 했지만 길게 보면 내려가는 추세였다.

슈룬스에서 올라가는 스키 승강기와 등산 전차가 그때는 없었지만 여기저기 산의 계곡을 따라 높은 지대로 올라가는 산길과 가축이 지나다니는 길들은 있었다. 스키를 메고 걸어서 올라가다가 눈이 너무 많이 쌓인 높은 곳까지 이르면 스키 바닥에 부착해 둔 바다표범 가죽신을 신고 올라가야 했다. 계곡의 꼭대기에는 여름 등산객들이 잠을 자고 나서 사용한 장작 값을 놓아두도록 만든 커다란 산악회 오두막들이 있었다. 어떤 대피소는 스스로 나무를 해서 가지고 올라가야 했으며, 높은 산과 빙하를 오르기 위해 오랫동안 등산을 할 경우에는 나무와 식량을 날라다 줄 사람을 고용하고 기지를 따로 마련해야 했다. 높은 지대의 기지 노릇을 하는 이런 대피소들 가운데에는 린다우어휘테와 마들레너-하우스와 비스바데너-휘테가 가장 유명했다.

타우버의 뒤에는 과수원과 밭들 사이로 타고 내려오도록 만든 일종의 연습용 스키장이 하나 있었고, 계곡 건너편으로는 술 마시는 방의 벽에 멋진 샤무아 영양의 뿔들을 잔뜩 장식한 아름다운 여관이 자리 잡은 차군스 뒤쪽으로 또 다른 홀

룡한 스키장이 있었다. 계곡의 저쪽 끝자락에 위치한 차군스 벌목 마을의 후방에 마련한 이 스키장에서 계속 올라가면 나중에는 산맥을 지나 질브레타를 넘어 클로스터 지역으로 들어가게 되었다.

슈룬스는 범비의 건강에 좋은 곳이었으며, 검은 머리의 예쁜 여자가 그를 썰매에 태워 바깥으로 데리고 나가 돌봐주는 동안에 해들리와 나는 새로운 고장과 새로운 마을 들을 모두 구경하며 돌아다녔는데, 마을 사람들은 무척 친절했다. 한때는 이름난 아를베르크 출신의 스키 선수였던 하네스 슈나이더와 동업을 해서 눈의 상태가 어떤 경우에라도 산을 오르도록 개량한 전천후 스키 왁스를 만들었으며 고산 지대 스키의 개척자였던 발터 렌트 선생이 산악 스키 학교를 시작하자 우리 두 사람은 당장 등록했다. 발터 렌트의 강습 방법은 가능한 한 빨리 학생들로 하여금 연습 스키장을 벗어나게 해서 높은 산으로 여행을 데리고 가는 것이었다. 스키를 타는 방식도 지금과는 달랐는데, 그 당시에는 나선을 그리며 올라가는 등산 전차가 많지 않았고 다리가 부러졌다 하면 손을 쓸 길이 없는 실정이었다. 스키 순찰 대원도 없었다. 어디에서건 내려오고 싶으면 꼭대기까지 기어 올라가는 수밖에 없었다. 그러면 스키를 타고 내려오기에 넉넉할 만큼 다리가 저절로 튼튼해졌다.

발터 렌트가 생각하는 스키의 즐거움이란 사람이 아무도 없고 눈에는 아무 자취도 나 있지 않은 가장 높은 산악 지역으로 올라가 알프스의 꼭대기 준령들과 빙하들을 넘어 이 등산 대피소에서 저 대피소로 돌아다니는 것이었다. 넘어질 때 다리가 부러질지 모르는 쥠쇠는 금물이었다. 다리가 부러지기 전에 스키가 떨어져 나가야 했기 때문이다. 그는 밧줄을 사용하지 않는 빙하 스키를 정말로 좋아했지만, 그런 스키를 즐기려면 빙하의 틈새들이 충분히 덮이는 봄까지 기다려야만 했다.

해들리와 나는 스위스에서 함께 타 본 이후로 스키를 좋아하게 되었고, 그 후 범비를 가졌을 때는 돌로미티 알르스 산맥의 코르티나 담페초에서도 타게 되었는데, 밀라노의 의사는 아내가 넘어지지 않게 하겠다고 약속만 한다면 스키를 타도록 허락하마고 그랬었다. 그래서 아주 꼼꼼하게 조심해서 지형과 스키 장소를 고르고 완전히 통제를 받아 활강해야 했는데 아내는 멋진 다리가 기막히게 튼튼했으며 스키를 워낙 잘 다루는 덕에 넘어지지 않았다. 우리들은 눈의 상태가 어떻게 달라지는지를 자세히 알았으며, 가루눈이 깊게 쌓인 곳에서 스키를 타는 방법도 익혔다.

우리들은 포어아를베르크를 좋아했고, 슈룬스도 좋아했다. 우리들은 추수 감사절 무렵에 그곳으로 가서 거의 부활절이 다 될 때까지 지냈다. 슈룬스는 많은 눈이 내리는 겨울 외에는 스키 휴양소 노릇을 할 만큼 높은 지대가 아니었지만 스키는 항상 탈 수가 있었다. 산을 오르는 것도 재미있었으며, 그때는 등산을 마다할 사람이 아무도 없었다. 평상시에 산을 오르는 속도보다 훨씬 늦은 걸음걸이로 올라가면 힘이 별로 들지를 않고 심장에도 좋았으며 묵직한 배낭의 무게가 자랑스럽게 여겨졌다. 마들레너-하우스로 올라가는 도중에는 가파르고 아주 힘든 부분이 나왔다. 하지만 두 번째 올라갈 때는 훨씬 쉬워졌고, 결국은 처음보다 짐을 두 곱절 짊어지더라도 쉽게 올라가고는 했다.

우리들은 항상 배가 고팠고 식사는 끼니마다 대단한 행사가 되었다. 우리들은 담색 맥주나 흑맥주, 새 포도주와 때로는 일 년쯤 묵은 포도주를 마셨다. 백포도주가 맛이 제일 좋았다. 다른 술로는 계곡에서 만든 버찌 술과 산에서 자라는 용담을 발효한 슈납스를 챙겨 갔다. 저녁 식사로 가끔 항아리에 넣고 삶은 토끼고기에 맛이 강한 붉은 포도주 소스나 밤 소스를 친 사슴고기를 먹었다. 식사에는 백포도주보다 비싸기는 해도 붉은 포도주를 곁들여 마셨는데, 최고급품이 1리터에 20센트였다. 보통 포도주는 훨씬 싸서, 우리들은 술통을 꾸려 마들레너-하우스로 가지고 올라가곤 했다.

우리들은 실비아 비치가 겨울 동안 가지고 가서 봐도 좋다고 허락한 책들을 읽었고, 호텔의 여름 정원으로 통하는 볼링장에서 마을 사람들과 함께 어울리기도 했다. 한 주에 한두 번 호텔의 식당에서는 창문들을 모두 닫고 문을 잠근 채로 포커판이 벌어졌다. 그 무렵 오스트리아에서는 도박이 금지되어 있었는데, 나는 호텔 주인 헤어 넬스와 산악 스키 학교의 렌트 선생, 마을의 은행 지점장과 검사이자 헌병 대장이던 사람과 포커를 했다. 모두들 솜씨가 노련해서 막상막하이고 빈틈이 없었지만 스키 학교가 돈이 벌리지를 않아서였는지 렌트 선생은 너무 거칠게 덤볐다. 헌병들이 순찰을 돌다가 문밖에 와서 걸음을 멈추는 소리가 나면 헌병 대장이 손가락으로 귀를 가리켰는데, 그러면 우리는 그들이 갈 때까지 침묵을 지켜야 했다.

아침 날씨가 추우면 하녀는 동이 트자마자 방으로 들어와서 창문들을 닫고 커다란 자기 화로에다 불을 지폈다. 그러면 방 안이 따뜻해졌고, 아침 식사로는 새로 구운 빵이나 토스트와 함께 맛 좋은 과일 절임과 커피, 싱싱한 계란 그리고 원한다면 훌륭한 햄까지 추가로 먹을 수가 있었다. 침대 발치에서 잠을 자곤 하던 슈나우츠라는 이름의 개는 스키 여행에 즐겨 따라 나섰는데, 내가 언덕을 타고 내려올 때면 등이나 어깨에 업혀 같이 내려왔다. 그 개는 범비 선생과도 친해져 작은 썰매 옆에서 따라가는 보모와 함께 셋이서 산책을 다녔다.

슈룬스는 일을 하기에 좋은 곳이었다. 그곳이 일하기에 좋다는 사실을 내가 인정하는 까닭은 처음에 계속해서 여섯 주 동안 단숨에 초고를 써서 장편 소설로 키운 『태양은 다시 떠오른다』의 가장 힘들었던 퇴고 작업을 1925년과 1926년에 해낸 곳이 바로 슈룬스였기 때문이다. 그곳에서 무슨 단편들을 썼는지는 기억이 나지 않는다. 하지만 훌륭한 작품이 몇 개 거기에서 나오기도 했다.

나는 추운 날씨에 스키와 스키 장대를 메고, 불빛을 바라보며 밤에 집을 향해 마을로 갈 때 길에서 발밑에 뽀드득거리던 눈과 마침내 마을이 나타나고 길에서 사람들이 "Grüss Gott"[77]라고 하던 인사말을 기억한다. 포도주를 파는 간이 주막집에는 징을 박은 장화를 신고 산사람의 옷을 걸친 시골 사람들이 항상 있었고, 안에는 연기가 자욱했으며, 마룻바닥은 징에 긁혀 여기저기 흠집이 났다. 손님들 중에는 오스트리아 산악 연대에서 복무를 한 젊은이들이 많았고, 제재소에서 일하던 한스라는 사람은 이름난 사냥꾼이었으며 우리들은 이탈리아의 같은 산악 지역에서 전쟁을 치렀기 때문에 쉽게 친해졌다. 우리들은 같이 어울려 술을 마시고 산에 관한 노래들을

---

77   신의 은총이 있기를 바란다는 뜻의 독일어.

다 같이 불렀다.

마을 위 과수원과 산기슭 농장의 밭들 사이로 난 오솔길들과 커다란 난로를 들여놓고 눈속에 장작과 잔뜩 쌓아 놓은 따뜻한 농가들을 나는 잘 기억한다. 여자들은 부엌에서 털실을 풀어 회색이나 검정 옷감을 짰다. 물레는 한쪽 발판을 밟아 돌렸고 옷감에는 물을 들이지 않았다. 검정 옷감은 검은 양의 털로 짰다. 양털은 가공을 하지 않고 기름기를 빼지 않았기 때문에, 그 양털로 짠 해들리의 모자와 스웨터, 긴 목도리는 눈에 젖지 않았다.

어느 해 성탄절에는 교장이 연출한 한스 작스[78]의 연극이 공연되었다. 좋은 작품이었기 때문에 나는 연극평을 써서 호텔 주인에게 번역을 시켜 지방 신문에 싣게 했다. 또 어느 해에는 머리를 면도로 밀어 버리고 여기저기 상처가 난 퇴역 독일 해군 장교가 와서 유틀란트 전투에 대한 강의를 했다. 그는 두 함대의 작전을 환등기로 보여 주면서 당구 큐를 막대기로 사용했고, 젤리코[79]의 비겁함을 열심히 지적했는데, 가끔 너무 격분해서 목소리가 나오지 않을 정도였다. 마을 학교 교장은 그가 막대기로 영사막을 뚫어 놓기라도 할까 봐 걱정했다. 나중까지 그 퇴역 해군 장교가 마음을 진정하지 못하자 주막집에 모인 사람들은 모두 불안해졌다. 검사와 은행 지점장만이 그와 술을 마셨는데, 그들은 따로 떨어진 식탁을 썼다. 라인란트 사람인 헤어 렌트는 강연에 참석하려 하지 않았다. 빈

---

78 Hans Sachs(1494~1576). 종교 개혁을 열렬히 지지하는 시를 많이 쓴 독일의 구두장이 극작가.

79 John Rushworth Jellicoe. 유틀란트 전투를 지휘한 영국 해군 참모 총장.

에서 스키를 타러 온 부부도 있었는데, 높은 산으로 가기를 원치 않았던 그들은 주르스로 떠났다가, 나중에 소문을 듣기로 눈사태를 만나 목숨을 잃었다고 한다. 남편은 강연을 한 사람이 독일을 망쳐 놓은 돼지 같은 인간들과 한통속이며 20년 안에 그들이 똑같은 짓을 되풀이하리라고 말했었다. 그와 동행한 여자는 이런 곳은 워낙 바닥이 좁아서 나중에 무슨 일을 당할지 모르니까 조심하라고 프랑스 말로 그에게 주의를 주었다.

그해에는 눈사태로 목숨을 잃은 사람이 유난히 많았다. 처음 당한 큰 사고는 우리들이 머물던 계곡의 산 너머 아를베르크의 레히에서 벌어졌다. 독일인 한 무리가 성탄절 휴가를 맞아 헤어 렌트와 스키를 타러 오겠다고 했다. 그해에는 눈이 늦게 내렸고, 산과 언덕의 등성이들이 햇빛을 받아 아직 따뜻할 때 굉장한 폭설이 쏟아졌다. 눈이 높게 쌓였고 가루가 되어 날렸으며 전혀 땅에 달라붙지 않았다. 스키를 타기에는 더없이 위험한 상태여서 헤어 렌트는 베를린 사람들에게 오지 말라고 전보를 쳤다. 하지만 모처럼 맞은 휴가철이었고, 그들은 눈사태에 대해서 무지했기 때문에 겁을 내지 않았다. 그들이 레히에 도착하자 헤어 렌트는 그들을 안내해서 나서기를 거부했다. 한 남자가 그를 겁쟁이라고 욕하면서 그렇다면 자기들끼리 스키를 타러 가겠다고 말했다. 결국 그는 가장 안전하다고 판단한 산등성이를 찾아내어 그들을 데리고 갔다. 그는 산등성이를 건넜고, 뒤를 따르던 일행에게로 언덕이 한꺼번에 해일처럼 솟구치며 무너져 내렸다. 열세 명은 눈더미에서 파냈지만 아홉 사람이 죽었다. 그 전에도 재미를 못 보던 산악스키 학교는 그 후로 수강생들이 우리 부부밖에 남지 않았다.

우리들은 눈사태의 여러 종류와, 어떻게 눈사태를 피하고 어쩌다가 혹시 당하더라도 어떻게 대처해야 할지 등 눈사태에 대해서는 해박한 지식을 얻게 되었다. 그해에 내가 쓴 글은 대부분 눈사태가 일어나는 시기에 쓴 작품들이었다.

눈사태가 심했던 그해 겨울에 대해서 내가 기억하는 가장 참혹한 광경은 눈더미에서 파낸 어떤 남자의 모습이었다. 스키 학교에서 배운 그대로 그는 쪼그리고 앉아서 눈이 몸 위로 점점 높이 쌓이는 동안 숨을 쉴 공기를 잃지 않으려고 얼굴 앞에다 두 팔로 상자 같은 공간을 만들었다. 엄청난 눈사태여서 사람들을 파내는 데 오랜 시간이 걸렸고, 그 남자는 마지막으로 발견되었다. 그는 죽은 지 얼마 안 되었으며 목이 쏠려 피부가 벗어져서 힘줄과 뼈가 밖으로 드러나 있었다. 그는 쌓인 눈의 압력을 견디려고 목을 좌우로 자꾸 돌린 모양이었다. 이 눈사태로 새로 내렸다가 미끄러져 내린 가벼운 눈이 전부 터 쌓여 있던 눈과 함께 뒤섞여 쏟아졌으리라. 우리들은 그가 일부러 그랬는지 아니면 제정신이 아니었는지를 판단할 길이 없었다. 어쨌든 그에게 천주교 신자라는 증거가 전혀 없었기 때문에 지방 신부는 그를 성당 묘지에 매장하기를 허가하지 않았다.

슈룬스에 살 때 우리들은 마들레너-하우스로 등반을 떠나기에 앞서 가끔 계곡을 한참 올라가 여관에서 잠을 잤다. 그곳은 아주 아름답고 낡은 여관이었으며, 우리들이 먹고 마시던 방의 벽들은 나무가 오랜 세월 동안 닳아 반들거려 비단처럼 윤이 났다. 식탁과 의자도 마찬가지였다. 우리들은 커다란 침대에서 창문을 열어 놓고 깃털 이불을 덮고는 아주 가까이서 무척 밝게 빛나는 별들을 보며 꼭 붙어 잤다. 아침에 식사를 끝낸 다음 우리들은 짐을 모두 꾸려 스키를 메고 어슴푸레한 속에서 무척 밝은 별들에 둘러싸여 산을 오르기 시작했다. 짐꾼들은 짧은 스키를 신고 무거운 짐을 날랐다. 우리 부부는 누가 더 무거운 짐을 지고 산을 오를지 짐꾼들과 경쟁을 벌였지만 몬타폰 지방의 사투리만 쓰던 땅딸막하고 무뚝뚝한 농민 짐꾼들과는 상대가 되지를 않았는데, 짐꾼들은 마차를 끄는 말들처럼 꾸준히 꼭대기까지 올라가서 눈 덮인 빙하 옆 바위 턱에 지어 놓은 산악회 대피소에서 짐을 내려 돌담에 기대어 놓고는 협의한 요금보다 더 내라고 요구했으며, 타협에 성공한 다음에는 짤막한 스키를 타고 난쟁이 요정들처럼 쏜살같이 밑으로 내려갔다.

우리들과 같이 스키를 타던 친구들 가운데에 한 사람은 독일에서 온 젊은 여자였다. 키가 작고 몸매가 아름답던 그녀는 산악 스키 솜씨가 대단했으며, 똑같이 무거운 배낭을 지고도 나보다 훨씬 더 먼 거리를 거뜬히 걸었다.

"저 짐꾼들은 꼭 우리들이 죽어서 시체로 끌고 내려가기를 고대하는 사람들 같은 눈초리로 항상 우릴 쳐다봐요." 그녀가 말했다. "산을 오를 때 수고비가 얼마인지를 미리 정해 놓지만 더 달라지 않은 적이 한 번도 없고요."

슈룬스에서 겨울을 보내는 동안 나는 백설이 쌓인 고지대에서 내 얼굴이 햇볕에 너무 타지 않도록 수염을 길렀으며 이발 또한 구태여 할 필요가 없었다. 어느 날 저녁 늦게 산길을 따라 스키를 타고 내려오다가 헤어 렌트는 슈룬스 위쪽의 산길을 지나가는 나를 보고 농부들이 "검둥이 그리스도"라는 별명을 붙였다는 얘기를 했다. 그는 또한 포도주 주막집의 어떤 단골들이 나를 "버찌 술을 좋아하는 시커먼 그리스도"라고 부른다는 사실도 알려 주었다. 하지만 마들레너-하우스로 가기 위해 짐꾼을 고용하러 찾아간 우리들을 몬타폰 꼭대기 마을의 농부들은 제정신인 사람들이라면 가지 말아야 하는 높은 산으로 쓸데없이 찾아가는 외국 악마들이라고만 여겼다. 햇살이 퍼져 위험해지기 전에 눈사태 지역을 통과하려고 우리들이 동이 트기 전에 출발한다는 요령을 그들은 남다른 지적인 능력이라고 인정해 주지 않았다. 그런 지식은 우리들이 모든 외국 악마들이 그러듯이 마법을 부린다는 증거가 될 따름이었다.

나는 나무꾼 오두막에서 너도밤나무 잎사귀를 요처럼 깔고 잠을 잔 밤과 소나무 냄새, 산토끼나 여우의 발자국을 따라 숲 사이로 스키를 타고 달린 순간들이 기억난다. 나무들이 경계선을 이룬 수목 한계선 위쪽의 높은 산에서 여우 발자국을 따라가다가 마침내 여우를 보았던 때도 기억나는데, 여우는 오른쪽 앞발을 들고 서서 한참 무엇인가를 노려보더니 조심스럽게 얼마쯤 걸어가서는 다시 걸음을 멈추었다가 마침내 덮쳤으며, 하얀 빛깔과 푸드득 소리와 함께 눈에서 뛰쳐나온 뇌조(雷鳥)가 산등성이를 넘어 날아가 버렸다.

바람에 따라 눈이 일으키는 온갖 변화와 스키를 타고 달릴 때 바람이 벌이는 온갖 못된 장난 또한 나는 기억한다. 그런가 하면 높은 산의 대피소 안으로 피신하고 나서 바깥에서 몰아치던 눈보라도 생각나고, 눈보라에 둘러싸여 한 번도 가본 적이 없는 낯선 고장인 듯 조심스럽게 길을 찾아가야 했던 이상한 세계도 기억한다. 사실 한 번도 보지 못한 세상이라면 그것은 새로운 세계나 마찬가지다. 그러다가 마침내 봄이 오면 미끄러운 빙하 위를 직선으로 스키를 타고 달리게 되는데,

두 다리가 버티어 주기만 한다면 영원히 직선으로, 속도에 맞춰 아주 나지막하게 몸을 기울이며, 파삭거리는 얼음 가루의 고요한 쇳소리 속에서 한없이 한없이 내려가게 된다. 그것은 비행, 어떤 비행보다도, 그 무엇보다도 좋았으며 우리들은 얼음 스키를 몸에 익혔고, 무거운 배낭을 메고 오랫동안 산을 오르는 기술도 터득했다. 우리들은 돈을 주고 그냥 오르거나 표를 사서 꼭대기까지 올라갈 다른 방법이 없었다. 우리들은 겨우내 줄곧 그 목적을 달성하기 위해 몸을 단련했다.

산에서 우리들이 보낸 마지막 해에 새 사람들이 우리 삶에 깊숙이 끼어들었고, 만사가 옛날과는 영원히 달라졌다. 눈사태가 심했던 겨울은, 겉으로는 한없이 크나큰 즐거움의 탈을 쓴 듯싶었던 악몽의 이듬해 겨울과 그 뒤를 이은 살인적인 여름에 비하면, 즐겁고 순진했던 어린 시절의 겨울이나 마찬가지였다. 돈 많은 사람들이 나타난 것은 바로 그해였다.

돈 많은 사람들의 곁에는 언제나 앞장을 서서 가며, 때로는 약간 귀머거리 노릇을 하고, 때로는 약간 눈이 먼 체하지만, 그러면서도 항상 조심스럽게 아양을 떨면서 미리 여기저기 냄새를 맡아 주는 일종의 길잡이 고기[80]가 따라다닌다. 길잡이 고기는 이런 식으로 얘기한다. "글쎄요, 저로서는 잘 모르겠는데요. 그래요, 물론이죠, 정말 몰라요. 하지만 그분들을 전 좋아합니다. 난 그 두 사람을 다 좋아한다니까요. 그래요, 정말입니다, 헴. 전 그분들이 좋아요. 왜 그런 소리를 하시는지 알겠습니다만, 난 정말 그분들을 좋아하고, 그 여잔 정

---

80   pilot fish. 상어나 바다거북과 가오리를 먹이가 많은 곳으로 인도하고는 사냥이 벌어지는 동안 찌꺼기를 챙겨 먹는 육식성 동갈방어.

말 기막힌 데가 있어요." (그는 여자의 이름을 정겹게 발음한다.) "아니에요, 헴, 공연히 그렇게 까다로운 태도를 보이진 마세요. 전 그분들을 정말 좋아합니다. 두 분 다 좋아한다는 걸 맹세하겠어요. 사귀고 보면 (어린애 같은 말투로 애칭을 대면서) 그분을 선생님도 좋아하게 되실 거예요. 두 분 모두 정말 좋아요."

그래서 돈 많은 사람들과 사귀게 되면 모든 것이 예전과는 완전히 딴판으로 달라진다. 물론 길잡이 고기는 행방을 감춘다. 그는 항상 어디로 가거나 어디에서 나타나고는 하지만, 한 장소에 오래 머무는 법이 없다. 그는 옛날에 어느 나라나 어떤 사람의 삶을 제멋대로 드나들었듯 정치나 연극계에 끼어들었다가 떠나 버린다. 그는 절대로 붙잡히지를 않아서, 돈 많은 사람들에게조차 잡히지를 않는다. 아무것도 그들을 절대로 잡지 못하며, 그들을 믿는 자들만이 붙잡혀 죽임을 당한다. 그는 일찍이 사생아로서의 삶을 몸에 익히고, 숨어서 지내며, 오랫동안 돈의 즐거움을 누릴 권리를 박탈당한다. 그는 돈을 한 푼씩 벌 때마다 그만큼 조금씩 앞으로 나아가서 결국은 스스로 부자가 된다.

돈 많은 사람들이 그를 사랑하고 믿는 까닭은 그가 소심하고, 재미있고, 좀처럼 잡히지를 않고 교묘히 빠져나가며, 벌써부터 돈을 벌어 주고, 실수를 모르는 길잡이 고기 노릇을 눈부시게 해내기 때문이다.

서로 사랑하고, 행복하고, 유쾌하며, 혼자서 또는 함께 정말로 훌륭한 어떤 일을 하는 두 사람이 있다면 밤에 휘황하게 빛나는 등대로 지나가는 철새들이 모여들 듯 틀림없이 누군가는 그들에게로 꼬여 든다. 만일 두 사람이 등대처럼 튼튼하다면 별로 피해가 없고 오히려 새들만 다치고 만다. 행복감이나 재능 때문에 남들을 끌어당기는 힘을 지닌 사람들은 흔히 경험이 부족하다. 그들은 휩쓸리지 않거나 벗어나는 방법을 모른다. 성품이 나쁘지 않고, 선량하고, 매혹적이고, 호감이 가고, 쉽게 사랑을 받는, 너그럽고 이해심이 깊은 부유한 사람들의 습성을 그들은 좀처럼 터득하지 못하는데, 그런 부류는 날마다 축제 같은 기쁨을 주고 필요한 영양분을 다 취하고 나면 아틸라의 말굽이 거쳐 간 어떤 초원보다도 황폐한 폐허만 남겨 놓고 사라진다.

　부유한 사람들이 길잡이 고기를 앞세우고 찾아왔다. 1년 전이었다면 절대로 찾아오지 않았을 사람들이었다. 그때는 아무것도 확실하지가 않았다. 일은 어느 때나 마찬가지로 잘되었고 훨씬 행복했지만 장편 소설을 하나도 써 놓지 않았을 무렵이었으므로 부유한 자들은 우리들에 대한 확신이 없었다. 그들은 확실하지가 않은 무엇을 위해서 시간이나 매력을 낭비하는 일이 결코 없다. 그럴 까닭이 어디에 있겠는가? 그들은 피카소에게 대해서만큼은 확신이 있었고, 물론 그들이 그림에 관한 얘기를 아예 한 번도 들어 보기 전부터 그는 이미 미래가 확실한 대상이었다. 사람들은 어떤 다른 화가에 대해서 역시 무척 자신이 만만했다. 다른 수많은 화가들에 대해서도 마찬가지였다. 하지만 그해에는 그들에게 자신감이 생겼고, 길잡이 물고기 또한 나타났으며, 부유한 자들은 우리가 그들을 문외한이라고 느끼지를 않기 때문에 까다롭게 굴지 않으리라는 귀띔까지 받았다. 길잡이 고기는 물론 우리들의 친구였다.

　그 무렵에 나는 수로를 재정리한 지중해 항해 지시 사항이나 『브라운판 항해 연감』의 도표 못지않게 길잡이 고기를 믿었다. 부유한 그들의 매력에 도취된 나는 총을 든 사람이면 누구나 따라 나서는 새잡이 개처럼, 오직 자기만을 있는 그대로 사랑해 줄 누군가를 드디어 찾아낸 곡마단의 훈련받은 돼지처럼 어리석게 그들을 믿었다. 하루하루가 축제나 마찬가지라는 사실이 나에게는 가슴 벅찬 발견처럼만 여겨졌다. 심지어 나는 고쳐 쓴 내 소설의 한 부분을 큰 소리로 읽어 주기까지 했는데, 그것은 작가로서 더할 나위 없을 정도로 격이 떨어지는 짓이었으며, 작가에게는 겨우내 눈이 내려 균열이 덮이기 전에 밧줄도 없이 빙하에서 스키를 타는 것보다도 훨씬 위험한 일이었다.

그들이 "이건 굉장해요, 어니스트. 정말 대단해요. 얼마나 대단한지를 당신은 잘 모를 거예요."라고 말하면 나는 즐거워서 꼬리를 쳤고, '이런 하찮은 녀석들이 좋아하다니, 어디가 잘못되었기에 이럴까?'라고 따져 보는 대신에 주인의 마음에 들 만큼 멋진 막대기라도 물어다 주려고 주위를 두리번거리는 개처럼 인생은 찬란한 향연이라는 착각에 빠져들었다. 기성 작가로서의 기량을 제대로 발휘했다면 나는 의혹을 품었어야 마땅하고, 하기야 제대로 된 기성 작가였다면 내 작품을 그들에게 읽어 주지도 않았어야 옳았다.

이 돈 많은 사람들이 나타나기 전에 우리들은 이미 가장 낡아 빠진 수법을 구사하는 다른 돈 많은 사람들에게 침범을 당했었다. 그것은 마치 결혼을 하지 않은 젊은 여자가 결혼한 다른 여자와 당분간 가장 친한 친구가 되어 그들 부부와 함께 살기 시작해서 알지도 못하는 사이에, 주저하지 않으면서 죄의식조차 없이 남편을 가로채어 결혼하려는 공작을 시작하는 과정이나 마찬가지였다. 만일 남편이 작가이고 집필에서 어려운 고비를 맞아 많은 시간을 일에 몰두하느라고 하루 가운데 대부분을 아내에게 훌륭한 반려자나 친구가 되지 못하는 경우라면, 그런 상황은 결과가 어떻게 나타날지를 뒤늦게 깨닫기 전까지는 그런대로 도움이 되기도 한다. 일이 끝나고 나면 남편의 곁에는 사랑스러운 두 젊은 여자가 여전히 남아 있다. 하나는 낯설고 새로운 얼굴이며, 운수가 나쁘면 그는 두 사람을 다 사랑하게 된다.

그러면 아이를 둔 그에게는 두 사람 대신에 세 사람과 얽혀 든다. 처음에는 재미있고 자극적이어서 얼마 동안 상황이 지속된다. 모든 일이 정말로 순진하게 시작되어 사악함으로 이어진다. 그래서 하루하루를 아무렇게나 살아가고, 가진 것을 누리며 걱정을 하지 않는다. 그는 거짓말을 하고 그것을 증오하며, 그로 인해서 파멸을 당하고 날마다 한층 위험해지면서도 전쟁을 치르듯 하루하루를 그냥 살아간다.

나는 슈룬스를 떠나 출판사를 새로 고르려고 뉴욕으로 가야 했다. 뉴욕에서 볼일을 보고 파리로 돌아갔을 때 나는 오스트리아로 가는 첫 기차를 동역에서 탔어야 옳았다. 그러나 내가 그때 사랑한 여인은 파리에 있었고, 그래서 나는 첫 번째 기차를 타지 않았고, 두 번째나 세 번째 기차 역시 타지 않았다.

목재를 쌓아 놓은 곳을 지나 기차가 역으로 들어갔고, 철로 옆에 나타난 아내를 다시 보게 된 나에게는 그녀 외에 다른 어느 누구를 사랑하게 되기 전에 차라리 죽었어야 했다는 생각이 들었다. 아름다운 몸매의 그녀가 미소를 지었고, 눈과 태양에 그을은 사랑스러운 얼굴이 햇살을 받아 빛났고, 황금빛

머리카락은 겨우내 아름답고도 낯설게 치렁치렁 자랐으며,
그녀의 곁에 서서 기다리는 금발의 범비 선생은 겨우내 뺨이
단단하게 익은 멋진 포어아를베르크 소년 같았다.

"아, 테이티." 아내가 말했고, 나는 그녀를 품에 안았다.
"정말 큰 성공을 거두고 잘 돌아왔어. 사랑해, 너무나 당신이
보고 싶었어."

나는 아내를 사랑했고, 다른 사람은 아무도 사랑하지 않
았으며, 우리들끼리만 지낼 때는 사랑이 가득한 황홀한 시간
을 누렸다. 나는 일이 순조롭게 잘되었고 우리들은 멋진 여행
을 했으며, 우리가 이제 다시 곤경을 당하지 않으리라는 생각
이 들었지만, 늦은봄 산에서 나와 파리로 돌아간 다음에는 다
른 상황이 다시 이어졌다.

파리 생활의 첫 부분은 거기에서 끝났다. 파리는 항상 그
대로였고 파리와 함께 사람도 따라 변하기 마련이었지만, 우
리는 다시 옛날로 돌아갈 수가 없었다. 우리들은 포어아를베
르크로 다시는 돌아가지 않았고, 돈 많은 사람들도 마찬가지
였다.

파리는 영원히 끝이 없으며 그곳에서 살았던 사람들은 저
마다 다른 그들만의 추억을 간직한다. 우리들이 어떤 사람이
었건 간에, 그곳이 얼마나 달라졌든지 간에, 그곳으로 가기가
얼마나 쉽거나 어렵든지 간에 우리들은 항상 파리로 돌아갔
다. 파리는 항상 그에 대한 보상을 해 주었으며, 우리들이 그
곳에 무엇을 가져다주었든지 간에 우리는 항상 그에 대한 보
답을 받았다. 우리들이 아주 가난했고 아주 행복했던 시절의
파리는 그러했다.

축제의
뒷이야기

**결혼을 하지 않은
젊은 여자와 결혼한
다른 여자**

작가의 사생활에 얽힌 배경을 알지 못하
는 독자들은 마지막 꼭지 「파리의 얘기는
끝을 모른다」에서 어니스트 헤밍웨이가

쏟아 놓는 모호한 참회의 마무리를 이해하기 힘들 듯싶어서 보충
설명을 적는다. "결혼을 하지 않은 젊은 여자"는 여성지 《보그》의
파리 주재 미국 여기자 폴린 파이퍼(Pauline Marie Pfeiffer,
1895~1951)를 뜻한다.

"결혼한 다른 여자"는 물론 해들리다. 해들리는 헤밍웨이보다 여덟
살이 많았다. 네 아이의 막내로 태어난 그녀는 어릴 적 2층 창문에
서 떨어져 일 년 동안 침대에 누워 지낼 때부터 음악가 어머니로부
터 과보호를 받으며 자라서 나이에 비해 퍽 어린애 같은 성격이었
다고 한다.

모성 본능 또한 강했던 해들리와 살면서 헤밍웨이는 소망했던 바
를 모두 성취했다고 제프리 마이어스는 전기 『헤밍웨이』에서 밝혔
다. "아름다운 여인의 사랑, 넉넉한 수입, 유럽에서의 삶"이 그가 받
은 축복이었다. 그리고 그들의 행복한 삶이 1925년 12월 『태양은
다시 떠오른다』의 본격적인 집필 작업을 하러 헤밍웨이가 처자를
데리고 슈룬스로 갔을 때 만난 "길잡이 고기" 앞에서 무너졌다.

헤밍웨이 가족이 슈룬스로 간 지 불과 한 달밖에 안 된 이듬해 1월
스키를 타러 그곳에 나타난 파이퍼는 그들 부부와 친해져 가까이
지내게 되었는데, 이때 그녀는 해들리의 반대를 무릅쓰고 헤밍웨
이더러 출판사를 스크리브너로 옮기도록 부추겼다. 우리나라와는

달리 미국에서는 한 작가가 여러 출판사에서 책을 내지 않고 전속 체제를 지켜야 한다. 그러니까 첫 작품을 내 준 출판사가 새로 발굴한 작가를 평생 관리하게 되며, 작품이 탐탁지 않아서 출판사가 풀어 주기 전에는 모든 '다음 작품'을 출판하는 우선권을 첫 출판사가 독점한다. 헤밍웨이처럼 출판사를 바꾼 경우는 지극히 예외적이다.

그는 『태양은 다시 떠오른다』를 집필 중이던 1925년 12월에 겨우 열흘 동안 서둘러 『봄날의 격류』를 완성하여 그때까지 그가 소속했던 출판사 바니 앤 리버라이트로 보냈다가 채 한 달이 안 되어 출판 거부 통지서를 받았다. 작가 자신은 부인했지만 출판계에서는 그가 계약 파기를 목적으로 작품을 일부러 무성의하게 썼다는 소문이 파다했다. 어쨌든 그래서 『봄날의 격류』는 스크리브너로 옮겨 1926년에 초판 1250부를 찍었고, 『태양은 다시 떠오른다』의 원고는 자연스럽게 맥스 퍼킨스에게로 넘어갔다.

퍼킨스와의 상견례와 계약 체결을 위해 오스트리아를 떠난 헤밍웨이는 프랑스로 돌아갔을 때 해들리가 기다리는 슈룬스로 곧장 가는 대신 파리에 머무는 파이퍼와 재회하여 본격적인 불륜을 시작했다. 해들리와 헤밍웨이는 소설 『태양은 다시 떠오른다』에서 중요한 부분을 차지하는 팜플로나 길거리 투우 축제를 구경하러 해마다 에스파냐 여행을 했는데, 1926년 7월에는 파이퍼가 그들에게 따라붙었다. 남편과 파이퍼와의 관계를 알게 된 해들리는 1927년 1월에 헤밍웨이와 이혼했고, 넉 달 후인 5월에 파이퍼는 헤밍웨이의 두 번째 아내가 되었다.

날마다 축제　　　　불륜에 대한 자책감 때문이었겠지만 어니스트 헤밍웨이는 『태양은 다시 떠오른다』를 해들리와 아들에게 헌납했으며, 인세 또한 첫 아내에게 양도했다. 이때부터 얼마 동안 부유한 천주교 집안인 두 번째 아내 폴린 파이퍼 가족이 헤밍웨이를 부양하다시피 했으며, 재혼에 앞서 헤밍웨이가 가톨릭으로 개종하면서 이 회고록의 제목에 간접적인 영향을 주었다고 혹자들은 주장한다.

우리나라에서도 흔한 일이지만 천주교 집안에서는 흔히 배우자가 될 사람의 개종을 요구하는 일이 많은데, 개신교 집안에서 성장한 헤밍웨이는 파이퍼와 재혼하기 위해 파리에서 교리 문답을 받다가 이동 축일(移動祝日, moveable feast)이라는 종교 용어를 처음 접했으리라고 패트릭 헤밍웨이는 개정판 회고록에서 밝혔다. 패트릭은 헤밍웨이와 파이퍼 사이에서 태어난 아들이다. 이동 축일이란 부활절처럼 해마다 날짜가 오락가락 달라지는 축제일을 뜻한다.

반면에 그의 마지막 아내 메리 헤밍웨이는 원제 A Moveable Feast 의 출처가 남편이 1950년 A. E. 하치너(Aaron Edward Hotchner) 에게 보낸 개인적인 편지에서 확인이 가능하다고 주장한다. 고등학생 시절부터 헤밍웨이의 열렬한 애독자였던 하치너는 자신도 소설과 희곡을 발표한 작가이기는 하지만 『파파 헤밍웨이(Papa Hemingway)』(1966)를 집필한 전기 작가로 유명하다. 당시에는 순수 문학지였던 《코스모폴리탄(The Cosmopolitan)》의 기자로 1948년에 원고 청탁을 하러 찾아갔다가 사이가 가까워진 헤밍웨이를 하치너는 14년 동안 그림자처럼 붙어 다녔으며, 말년에 이르러 체력과 정신력이 쇠퇴하여 사나이 작가로서의 삶을 살지 못하게 된 헤밍웨이가 좌절감에 빠져 두어 차례 자살을 시도하자 정신병 치료를 받도록 앞장서서 추진한 사람이기도 하다.

하치너에게 보낸 편지에서 헤밍웨이는 이렇게 밝혔다. "젊은 시절을 파리에서 보낸 행운을 누린 사람이라면 누구나 어디를 가더라도 그 추억을 평생 간직하고 살아간다네. 그건 파리라는 도시가 머릿속에 담아 가지고 다닐 수 있는 휴대용 축제(a moveable feast)나 마찬가지기 때문이지."

『호주머니 속의 축제』가 미국에서 출판되자마자 부랴부랴 구해서 읽은 시기는 옮긴이가 졸업반 대학생이었을 무렵, 열심히 영어로 소설을 쓰던 습작 시절이었다.『밤나무 집(The Chestnut House)』이라는 제목으로『은마는 오지 않는다』의 초고를 탈고한 직후였을 듯싶다. 영어로 글쓰기를 하면서 옮긴이에게 가장 부럽고 위대한 귀감은 존 스타인벡과 어니스트 헤밍웨이였고, 특히 헤밍웨이 빙하 이론(Iceberg Theory)은 나에게 유일무이한 문학적 나침반이었다.

소설 일곱 권을 써서 태평양 건너 여러 미국 출판사에 보내며 그때부터 20년이 넘도록 수많은 거절 편지(rejection slip)를 받아야 했던 옮긴이에게는『호주머니 속의 축제』에 표구된 작가의 삶과 좌절과 꿈이 기시감과 동일시의 간접 체험이었다. 그래서 1974년부터 번역 활동을 시작하게 된 옮긴이는 기회가 나자마자『호주머니 속의 축제』를 우리말로 옮기는 작업에 착수하여 1980년에『우울한 도시의 축제』라는 제목으로 첫선을 보였다. 그리고는 37년이 흐른 지금『호주머니 속의 축제』를 다듬어 다시 펴내자니, 이 또한 하나의 축제가 아닌가 하는 감회가 든다.

'아버지(Papa)'나 '사나이(Machismo)'라는 별명을 얻으며 남성적인 삶으로 뚜렷하게 부각된 헤밍웨이는 고등학교를 졸업한 다음 고향 신문《캔자스 시티 스타》에서 육 개월간 수습 기자로 일하면서 언론 글쓰기 지침으로부터 소중한 교훈을 얻었다. 그것은 "짧은 문장을 써라. 첫 문단은 짧아야 한다. 힘찬 영어를 구사하라. 부정형이 아니라 긍정형 표현을 쓰라."라는 등의 가르침으로서, 이후 헤밍웨이가 빙산 이론을 정립하는 뿌리가 되었다. 옮긴이 또한 4학년 때부터《코리아 헤럴드》기자로 일하면서 수습 기간에 AP 통신의 편람(stylebook)으로 기사 작성법을 공부했고, 언론 글쓰기 공식이 문학 수업에 얼마나 중요한지를 실감했었다.

1차 세계 대전이 터지자 헤밍웨이는 적십자 모병에 응하여 구급차 운전병으로 이탈리아 전선 보병대에 배속되었다. 전쟁터에서 참혹한 죽음의 현장을 체험한 그는 이때의 기억을 투우사들의 두려움과 용기, 죽음의 예술과 영광을 그린 비소설『하오의 죽음(Death in the Afternoon)』에 고스란히 담았다.

1918년 7월 8일 그는 전선의 장병들에게 전해 줄 담배와 초콜릿을 운반하다가 박격포 공격을 받아 심한 부상을 당했다. 이때 그는 양쪽 다리에 파편이 박히는 중상을 당한 몸으로 타국 병사들을 안전지대로 대피시킨 공훈을 세워 이탈리아 정부로부터 은성 무공 훈장을 받았다. 야전 병원에서 닷새 동안 치료를 받고 밀라노 적십자 병원으로 후송되어 6개월 요양을 하는 동안 그는 연상의 간호사 애그니스 본 커로스커와 첫사랑에 빠졌다. 두 사람은 결혼을 약속했지만 몇 달 후 그녀는 이탈리아 장교와 약혼했다는 이별의 편지를 보내왔고, 이때 받은 충격으로 헤밍웨이에게는 여자에게 버림받기 전에 먼저 여자를 버리려는 방어 본능이 생겼다고 제프리 마이어스는 헤밍웨이의 전기에서 주장했다.

1919년에 귀국한 그는 적응과 회복 기간을 거쳐《토론토 스타》의 특파원으로 발탁되어 파리로 건너가『호주머니 속의 축제』시대를 보냈다. 1923년에 실비아 비치의 도움을 받아 첫 작품집『세 가지 단편과 열 편의 시』를 자비 출판하고 1925년 에『우리들의 시대』를 펴냈지만, 그가 명실공히 첫 성공을 거 둔 작품은 장편 소설『태양은 다시 떠오른다』였다. 걸작 단 편「살인자들(The Killers)」이 실린 작품집『여자 없는 남자들 (Men Without Women)』은 1927년에, 그리고 마지막 단편집 『승자는 아무것도 취하지 않는다(The Winner Takes Nothing)』 는 1933년에 각각 선을 보였다.

파리에서 두 번째 아내 파이퍼와 귀국한 그는 플로리다 키 웨스트에 새로운 둥지를 틀고『무기여 잘 있어라』를 완성 했다. 그들 부부는 1933년 처갓집 돈으로 아프리카 탕가니 카로 사파리 여행을 떠났고, 여기에서 얻은 체험을 살려 탄 생시킨 작품들로는 중단편「킬리만자로의 눈(The Snows of Kilimanjaro)」과「프랜시스 매코머의 짧고 행복한 생애(The Short Happy Life of Francis Macomber)」그리고「아프리카의 푸 른 언덕들(Green Hills of Africa)」이 평단의 주목을 받았다.

1934년에 헤밍웨이는 7,495달러를 주고 12미터짜리 낚 싯배를 장만하여『누구를 위하여 종은 울리나』의 여장부 유 격 대원 필라르[81]의 이름을 붙이고는 카리브해를 항해한 다 음, 공황기에 플로리다 밀수선 선장이 잡다한 인간 군상과 엉

켜드는 소설 『소유와 무소유(To Have and Have Not)』를 써냈다. 미국을 무대로 한 헤밍웨이의 소설로는 『봄날의 격류』 다음으로 두 번째 작품인 『소유와 무소유』는 에스파냐 내전을 거치며 헤밍웨이가 접한 마르크스 사상을 밑에 깔기는 했지만, 문학적으로는 가장 실패한 작품 가운데 하나로 꼽힌다.

하지만 『소유와 무소유』는 여러 차례 영화로 제작되어 큰 성공을 거두었다. 하워드 호크스 감독에 험프리 보가트가 주연한 1944년작 「탈출(To Have and Have Not)」에서는 젊은 요부 역을 맡은 로런 바콜의 "내가 필요하면 휘파람만 불어요.(You just put your lips together and blow.)"라는 대사가 세상을 뜨겁게 달군 고전이 되었다. 1950년에 제목을 바꿔 다시 제작된 마이클 커티스 감독의 「파국(The Breakig Point)」에서는 퍼트리샤 닐이 바콜 못지않게 농염한 분위기를 풍겼으며, 1958년에 돈 시겔이 「밀수선(The Gun Runners)」이라는 제목으로 만든 영화는 평범한 오디 머피 활극이었다.

헤밍웨이는 1937~1938년에 나나 통신(North American Newspaper Alliance) 소속 종군 기자로 에스파냐 내전을 취재하러 갔다가 유일한 희곡 「제5열(The Fifth Column)」을 생산했다. 지금은 사어가 되어 버렸지만 '5열'은 첩보전을 의미한다. 반공을 국시로 삼았던 시절 우리나라 방방곡곡 전봇대와 골목 담벼락에 "5열이 날뛴다."라는 표어를 담은 방첩 벽보가 즐비했었다. '다섯 번째 줄'은 군대가 행진할 때는 4열로 줄을 지어 나아가고, 간첩은 숨어 다니며 제5열을 형성한다는 개념에서 나온 표현이다.

---

81   Pilar. 에스파냐어로 '기둥'이라는 뜻.

헤밍웨이를 그대로 재생한 희곡의 남주인공은 자칭 "3류 기자 행세를 하는 2류 수사관"으로, 공산주의 국제 연합(Comintern) 소속의 미국 첩보원이다.

프랑코 장군의 4열 군대가 사실상 봉쇄하여 날마다 포탄이 쏟아지는 마드리드에 갇힌 헤밍웨이는 사방에서 준동하는 첩자들과 후방 공작원들(saboteurs)의 이야기를 그야말로 생생한 현장에서 신문 보도를 하듯 실감나게 써냈는데, 이 작품은 1944년 공연 이후 70년 만에 2016년 4월 런던에서 처음으로 재상연이 이루어졌다.

여주인공은 《코스모폴리탄》과 연줄이 닿는 여성 특파원으로, 폴린 파이퍼를 재구성한 인물이라고는 하지만, 사실은 연극의 무대가 된 플로리다 호텔에서 내전 당시에 헤밍웨이와 같이 지내며 연인 사이가 된 종군 기자 마사 겔혼(Martha Gellhorn)을 훨씬 더 많이 닮았다. 헤밍웨이는 파이퍼와 결별하고 1939년 쿠바에서 동거를 시작한 겔혼과 이듬해 결혼했다.

20세기 최고의 종군 기자들 가운데 한 사람으로 꼽히는 겔혼은 전 세계를 누비며 히틀러의 등장에서부터 노르망디 상륙 작전은 물론이요 베트남전까지 취재했다. 핀란드, 중국, 버마, 싱가포르 등 종횡무진 돌아다니며 공수 부대 장군 등 남자 수집도 서슴지 않았던 그녀에게 아바나에서 독수공방 생활에 지친 헤밍웨이가 이런 편지를 보냈다고 한다. "당신 본업은 종군 기자요 아니면 나하고 침대를 같이 쓰는 마누라요?" 결국 그들은 5년 만에 이혼했다. 그녀의 일대기를 그린 HBO 전기 영화 「헤밍웨이와 겔혼(Hemingway & Gellhorn)」(2012)에서는 니콜 키드먼이 그녀의 역을 맡았다. 소설가이며 기행 작가이기도 했던 겔혼에게서 영감을 받아 헤밍웨이가 엮어 낸 소설 『누구를 위하여 좋은 울리나(For Whom the Bell Tolls)』(1940)는 퓰리처상 후보에 올라 1930년대에 침체기를 겪은 헤밍웨이가 재기하는 계기를 마련했다.

「강을 건너 숲으로(Across the River & into the Trees)」(1950)는 심장병으로 곧 죽을 몸인 50세 대령이 사냥을 나가서 기나긴 회상을 하는 내면의 독백(의식의 흐름) 형식을 취했으며, A. E. 하치너의 청탁으로 《코스모폴리탄》에 연재했지만 별로 좋은 반응을 얻지 못했다. 이어서 퓰리처상을 받고 1954년에 그가 노벨 문학상을 타게 길을 터 준 『노인과 바다(The Old Man and the Sea)』(1952)는 사실상 그의 마지막 전작 소설이 되었다.

헤밍웨이가 엽총으로 자살한 다음 『호주머니 속의 축제』에 이어 그의 유고들 가운데 '바다 3부작'으로 구성했다고 여겨지는 『흐르는 섬들(Islands in the Stream)』(1970)이 사후에 출판되었다. 『흐르는 섬들』은 메리 헤밍웨이(Mary Welsh Hemingway, 1908~1986)가 찾아낸 그의 유작 332편 가운데 하나였다. 헤밍웨이의 네 번째 아내 메리 역시 《시카고 데일리 뉴스》 여기자 출신이며, 1940년부터 유럽 특파원으로 2차 세계 대전을 취재했고, 1946년 헤밍웨이와 쿠바에서 결혼했다. 남편이 죽은 다음 그녀는 『호주머니 속의 축제』를 비롯하여 『흐르는 섬들』과 다른 유작들의 출판을 위해 많은 힘을 썼다.

옮긴이
안정효

1941년 서울 공덕동에서 태어났고, 서강대학교에서 영문학을 전공했다. 1964년부터 《코리아 헤럴드》 문화부 기자로 일하다가 입대하여 파월 복무를 하며 《코리아 타임스》에 「베트남 삽화」를 연재하고 베트남과 미국 신문에 기고하였다. 이는 훗날 첫 소설 『하얀 전쟁』의 기초가 되었다. 《코리아 타임스》에서 문화·체육부장으로 일하면서 번역 활동을 시작했다. 가브리엘 가르시아 마르케스의 『백년 동안의 고독』을 시작으로 지금까지 128권의 번역서를 펴냈다. 1982년에 존 업다이크의 『토끼는 부자다』로 1회 한국 번역 문학상을 수상했다.

1977년에 장편 수필 『한 마리의 소시민』을 발표한 후 1985년 《실천문학》에 「전쟁과 도시」(『하얀 전쟁』)를 발표하여 등단했으며, 「은마는 오지 않는다」, 「할리우드 키드의 생애」 등 24권의 소설을 펴냈다. 1992년 『악부전』으로 김유정 문학상을 수상했으며, 외국어로 출간된 소설은 미국에서 두 권, 독일에서 두 권, 덴마크와 일본에서 한 권씩이다.

호주머니 속의
축제

1판 1쇄 펴냄 2019년 5월 31일
1판 3쇄 펴냄 2023년 11월 8일

지은이 어니스트 헤밍웨이
옮긴이 안정효
발행인 박근섭, 박상준
펴낸곳 (주)민음사

출판등록 1966. 5. 19. 제16-490호
서울시 강남구 도산대로 1길 62(신사동)
강남출판문화센터 5층 06027
대표전화 02-515-2000 팩시밀리 02-515-2007
www.minumsa.com

© 안정효, 2019. Printed in Seoul, Korea

ISBN 978 89 374 2952 1 04800
ISBN 978 89 374 2900 2 (세트)